Für sie in Dankbarkeit und Liebe - von ihm

HEIMLICHE SZENEN DES ADDA-BEGLEITERS

Herzlichen Dank an das Management
der Musikgruppe "PUR" für die Erlaubnis der Veröffentlichung
des Textes (S.119) ihres Liedes "Nur zu dir"!

Bibliografische Information der Deutschen Nationalbibliothek: Die
Deutsche Nationalbibliothek verzeichnet diese Publikation in der
Deutschen Nationalbibliografie; detaillierte bibliografische Daten sind im
Internet über dnb.dnb.de abrufbar.

© 2020 Carla Dehner
Herstellung und Verlag: BoD – Books on Demand, Norderstedt
ISBN 978-3-7519-1237-2

INHALT

II.

III.

Teil
I

Risiko der klassischen Situation

Eine überaus lange Zeit ließ er sich nicht auf das Wagnis ein, mit dem Schreiben dieser Zeilen zu beginnen. Diese Zeilen können ihn verraten. Er setzt sich eines hohen Risikos aus, entdeckt zu werden. Ist es nicht ein großer Blödsinn, sich dieser Gefahr auszusetzen? Was ist der Gewinn daraus, ein geheimes Buch zu schreiben? Anerkennung, Berühmtsein, oder Start einer Karriere als Autor? Dies schließt sich als Nutzeffekt aus, weil er unerkannt bleiben muss. Kann der innere Antrieb des Niederschreibens seines größten Geheimnisses die Lust auf Risiko und Nervenkitzel sein? Dieser Typ von Mensch ist er nicht. Im Moment kann er sich seiner inneren, tieferen Beweggründe nicht bewusst werden. Eine wichtige Erfahrung seines Doppellebens hat er erst kürzlich gemacht: Mit zunehmender Dauer der heimlichen Liebschaft wächst der Leichtsinn, wächst die Bereitschaft, ein erhöhtes Risiko einzugehen. Gleichzeitig sinkt der wachsame Blick auf das Restrisiko. Die innere Offenheit für das Wahrnehmen einer sich verratenden Situation sowie einer leicht zu durchschauenden Handlung droht betäubt zu werden. Wie bei jener Begebenheit, welche eine klassische, überaus peinliche und peinlich Klischee triefende Situation widerspiegelt.

Zur vereinbarten Zeit rief er sie von zuhause aus an um abzusprechen, wann und wo sie sich treffen wollen. Aufgrund knapper Zeit und Autoreifen mit geringer Profiltiefe wollte sie bei starkem Schneefall das Haus für diesen Vormittag nicht verlassen. Also schlug sie zum ersten Mal ihr Haus als Treffpunkt vor. Der Mann sei bei der Arbeit, der Schwager habe sich erst für den Nachmittag angekündigt und ihr Vater sei auch wieder bei sich zu Hause und nicht mehr bei ihr. Dieser Vorschlag ist gleichzeitig attraktiv, verführerisch prickelnd, jedoch ebenso gefahrvoll. Eine grundsätzliche Entscheidung über das eventuelle Eingehen auf ein höher dimensioniertes Risiko steht an. Gerne würde er ihr Haus von innen sehen, die Atmosphäre schnuppern, in welcher sie mit ihrer Familie lebt, wie sie die Räume gestaltet hat, wie ihr Leben von Gegenständen des Alltags umrahmt wird, wie sie mit ihren Tieren zusammenlebt, welche Bilder an der Wand hängen und wie das von außen harmonisch und sympathisch wirkende Haus in seinem Inneren lebt - wie sie lebt. Allzu oft gehört, gelesen, erzählt: Der ertappte Liebhaber im Haus der Geliebten, Phantasien von Prügel, Mord und Totschlag durchziehen seine Gedanken. Er zögert, wägt ab, lässt sich die Sache durch den Kopf gehen, fühlt und empfindet. Letztendlich entscheidet er sich doch für den Reiz, die Lust, für das Prickeln. Er entscheidet sich für die Gefahr. In weniger als 90 Minuten würde er sie wieder sehen, ihr nahe sein, mit ihr sein. Und dies in einer neuen Umgebung. Zum ersten Mal würde dieser fremde, freudig erregende Ort, nämlich ihr Zuhause, der Schauplatz ihres Treffens sein. Die Arbeitsunterlagen zusammengepackt, überlegt, was für den ganzen Tag mitgenommen werden muss. Dann lässt er sich merkwürdigerweise beim Frühstück viel Zeit. Er braucht noch eine Zeitspanne des Nachsinnens - ein nochmaliges Abwägen der

Entscheidung für diesen Ort ihres Zusammenkommens. Er will seiner Phantasie Raum geben, sich Bilder machen, sich Szenarien ausdenken und all dieses vor seinem inneren Auge ablaufen lassen. Das bedächtige Schwanken zwischen Freude und Vorsicht setzt sich in ihm nochmals, aber abgeschwächt, erneut fort. Jetzt den voll beladenen Frühstückstisch seiner vielköpfigen Familie abtragen, Arbeitstaschen aufnehmen, die ersten ins Fahrzeug tragen und schließlich die Winterkleidung anziehen. Das Telefon klingelt. Sie ist es und ihre Stimme sagt: „Planänderung!"

Mein Sohn ist von der Arbeit nach Hause gekommen. Sie sind 60 km zum Ort ihres Arbeitseinsatzes gefahren, konnten wegen widriger Umstände nicht arbeiten und sind wieder zurückgefahren."

Das war knapp. Was wäre geschehen, wenn er früher losgefahren wäre und beim Eintreffen des Sohnes bereits dort in ihrem Haus gewesen wäre? Peinlich, unvorstellbar peinlich. Entdeckt, Skandal! Harte Zeiten stünden vor ihm, vor ihnen. Enttäuschung, Wut oder Aggression beim 19-jährigen Sohn? Wie würde er reagieren? In welch peinlicher Situation hätte er sie angetroffen? In welchen Gewissenskonflikt zwischen der geliebten Mutter und dem akzeptierten Vater wäre er geworfen worden?

Unverantwortlich. Nein, diese Lektion ist gelernt. .Nie mehr diesen Ort mit prickelnder Atmosphäre für ihr Liebesspiel auswählen! Jedem vernünftig denkenden Menschen müsste doch die Unmöglichkeit dieses Ortes und die Größe der Gefahr klar sein. Wenn jedoch der Reiz, die Gier, die Wollust den gesunden Menschenverstand und die Ratio überlagern, hat man gute Chancen, das Spiel zu verlieren. Jetzt beim Schreiben vorheriger Zeilen wird er sich auch jener momentanen Gefahr wieder stark bewusst, die Niederschrift könnte entdeckt und gelesen werden. Oder es kommt ein Familienmitglied in sein Zimmer und fragt, was er gerade auf dem Laptop schreibe. Seine Ehefrau ist für ein paar Tage weggefahren, wodurch sich die Wahrscheinlichkeit unerwünschter Situationen minimieren lässt. Ist auch hier der Verstand getrübt und das Potential, entdeckt zu werden zu groß? Wie versteckt er am besten das Manuskript? Im eher unauffälligen Kollegblock belassen, die geschriebenen Seiten heraustrennen und in einem Ordner unter anderen Themen verbergen? Im Büro oder zuhause im Bücherregal seines Zimmers unauffällig aufbewahren? Hier hat er noch keine Lösung, obwohl er sie doch gerade jetzt braucht. Weitere Überlegungen: Den Kollegblock ständig in der Aktentasche mitführen und dabei die einzelnen Seiten in einem dicken Ordner verstecken? Und was bei einem Autounfall? Dann wäre der Text dabei, würde beim Suchen nach der Adresse des Verunglückten vielleicht gefunden? Oder doch die demaskierenden Texte zuhause lassen? Dann könnte er allerdings nicht zu jeder Zeit am Konzept weiter schreiben, dann nämlich, wenn sich ihm gerade Gelegenheit und Inspiration bieten.

Seine Tendenz geht in Richtung „immer dabei haben".

Schließlich treffen sie sich an diesem Vormittag an einem ihnen wohlbekannten Waldparkplatz. Trotz ihrer schlechten Reifen traut sie sich nun doch, ihren fensterlosen, mittelgroßen Lieferwagen zu benutzen. Während ihres Spaziergangs im Schnee fragt er sie, wie viel Zeit sie habe. Sie bleibt mit ihrer Antwort unklar und, wie ihm später auffällt, auch geheimnisvoll: „Ich weiß auch nicht, vielleicht mehr oder weniger, es kommt darauf an." Er wundert sich und fragt sich, worauf es wohl ankäme – sagt aber nichts und akzeptiert diese Unklarheit. Sie schlägt vor, umzukehren und er lässt sich in dieser Situation von ihr führen.

Am Fahrzeug angekommen öffnet sie die Schiebetür. Zunächst wird ein mit Stückgut belegter Innenraum sichtbar. Hinten im Heck jedoch sind zwischen den Radkästen Matten ausgelegt und diese bedecken den Boden sowie den unteren Teil der Seitenwände. Ein herrliches Nest hat sie vorbereitet. Unter der von ihr mitgebrachten extra großen Zudecke drücken sie sich aneinander. Anfangs ist es richtig kalt. Ihre Körper wärmen sich langsam gegenseitig. Irgendwann ziehen sie die Zudecke zusätzlich über ihre Köpfe und diese bildet so ein Dach über Ihnen. Es entsteht eine ringsum geschlossene Höhle, in der es sich lustvoll kuscheln lässt. Er ist fasziniert von ihrem „magischen Dreieck", jenem Bereich ihres Körpers zwischen Hüften und Schambereich, bedeckt mit einem locker sitzenden schwarzen Slip. Mund und Hände wandern los und entdecken behutsam zärtlich diese besonders faszinierende Landschaft, ein Feenland voll Weite, Wald und tiefen Schluchten. Die Faszination ist immer wieder neu. Beide liebkosen und erregen sich gleichzeitig und gegenseitig. Bei diesem Spiel haben jetzt beide Mund und Zunge am Schambereich des anderen.

Ihre Hand, und später ihr Mund, finden seinen „magic stick" während seine Zunge in den Schluchten wandelt. Gleichzeitig bewegt sich sein Mittelfinger in der „Blauen Grotte" rhythmisch höhlen einwärts und höhlen auswärts. Was er sich in seiner Phantasie seit langem vorstellte und ersehnte ergibt sich nun einfach so, ganz ohne Absprache und Vorsatz. Die nonverbale Kommunikation zwischen den beiden funktioniert bestens. Sie ist im tiefsten Grunde ebenso offen für ein zärtliches Zusammenspiel wie er. Beide sind ausgehungert und sehnsüchtig: Lieben und geliebt werden.

Verbündete im Geiste

Sie hatte von Freitag bis Sonntag zu tun und die Arbeit war anstrengend. Deshalb ist sie heute von diesem Wochenende noch sehr müde. Die beiden haben sich getroffen und liegen nebeneinander. Sie versteckt ihre Müdigkeit nicht. Sie weiß um seine verständnisvolle Art und lässt die schweren Augenlieder leicht zufallen. So wirkt sie halb schläfrig.
Einfühlsam geht er auf ihre Befindlichkeit ein und sagt süffisant und zweideutig: „Dann schlafe ruhig weiter, kümmere dich um nichts".
Nach eineinhalb Stunden liebevollem gemeinsamem Spiel fragt er sie: „Bist du jetzt ausgeschlafen?" Sie meint daraufhin trocken und schlagfertig: „ Ja, war was?" Er, ihren Ball aufgreifend: „Nee, nicht dass ich wüsste", wendete dabei seinen Kopf scheinbar ahnungslos zur Decke und legt ein fragend unschuldiges Gesicht an den Tag. Beide lachen.

Sie können auf derselben Ebene miteinander scherzen, verstehen die jeweilige verdeckte Ironie und sind heimliche Verbündete im Geiste.

Vorsicht im Straßenverkehr

Bei solch einer verdeckten, heimlichen Liaison ist sorgfältig darauf zu achten, nicht miteinander in Verbindung gebracht zu werden. Es kann schon auffällig sein, wenn die beiden Fahrzeuge der befreundeten Partner des Öfteren nebeneinanderstehen. Zumal an einem entlegenen Ort. Sicher wäre es ein großer Zufall, wenn ein Zeitgenosse gerade zur selben Zeit des Weges käme, beide Autos kenne, diese zuordnen könne und daraus Rückschlüsse zu ziehen vermag. Trotzdem: Die Möglichkeit des „Zufallens" von Kenntnissen über eine Beziehung muss nicht gefördert, sondern sollte eher vermieden werden – sofern kein unbewusster, verdeckter Wunsch auf Entdeckung besteht. Es ist eine Kleinigkeit, die beiden Autos etwas entfernt voneinander zu parken und ein paar Schritte zu Fuß zu gehen, sei es auf einem Parkplatz eines Einkaufscenters oder auf einem Waldparkplatz. Auch in der Stadt die beiden PKW ohne Sichtkontakt zu parken gebietet die Vernunft, damit kein Gehirn daraus Verbindungen und Verknüpfungen herstellen kann.

Waldspaziergang

Es ist das erste Treffen nach der kalten Winterzeit. Die Sonne hat an Kraft gewonnen, der Wind ist aber noch sehr frisch. Der Frühling lässt die Knospen sprießen, die Regenperiode hat am Vortag geendet, der Boden ist fast abgetrocknet und die Sonne wird nicht mehr von den Wolken behindert.

Sie treffen sich an einem Parkplatz. Ihr Van ist heute leider sehr voll geladen und so beschließen sie, spazieren zu gehen. Er nimmt seine Lederjacke mit, weil es ihm ansonsten zu kühl wäre. Sie lässt ihre Jacke zurück. Für gewöhnlich verzichtet sie auf ein Unterhemd. Sie scheint viel Wärme in sich zu tragen. Allerdings stellt er bei ihr immer wieder fest, dass sich die äußeren Seiten ihrer Oberschenkel recht kalt anfühlen. Dann lässt er für gewöhnlich seine Hände länger auf diesen Körperstellen ruhen, um diese zu wärmen.

Der Weg führt sie in den Wald zu einer gemauerten Gedenkstätte. Bereits auf dem Weg dorthin bleiben sie immer wieder stehen und umarmen und küssen sich. So auch an dieser geschichtsträchtigen Stelle. Doch nicht nur dieses. Beide haben heute mehr Zeit. Sie verweilen an diesem Ort und es entwickelt sich ein Gespräch in Richtung eines Austauschens ihrer Gefühle. Auch über diejenigen, welche das Zusammenleben mit ihren jeweiligen Ehepartnern betrifft.

Sie vertraut ihm an, sie habe ihren Partner seit fünf Jahren nicht mehr richtig geküsst. Er will wissen, was sie unter „richtig küssen" verstehe. Es habe, meint sie, sowohl mit der Intensität, der Begierde, der Leidenschaft beim Küssen zu tun als auch mit dem dazugehörigen Fühlen und Empfinden. Ein Beispiel dafür sei das Zurückhalten der Zungen bei einem Kuss. Er verrät ihr seinerseits den mangelnden liebenden körperlichen Kontakt zu seiner Ehefrau. Seit einem viertel Jahr hätten sie sich weder herzlich umarmt noch miteinander geschlafen. Eine schwermütige Phase der Beziehung ohne Liebe. Zusätzlich berichtet er von einem Bekannten, der ihm anvertraut habe, er hätte vor seiner eigenen Trennung von seiner Frau vier Jahre lang keine sexuelle Beziehung mehr zu ihr gehabt.

Im weiteren Reden haben sie Übereinstimmung darüber festgestellt, sich nicht gegenseitig mit Klagen und Erzählungen über ihre desolaten ehelichen Beziehungen belasten und einander volljammern zu wollen. Sie befürchten, dies könnte ihrer gemeinsamen Beziehung abträglich sein. Schließlich wollen sie sich aneinander freuen und miteinander glücklich sein. Belastungen mit ihren Ehepartnern haben sie im Alltag genug und die Gegenwart mit negativen Klagen aus der Vergangenheit zu füllen erscheint alles andere als sinnvoll.

Wie sie sich ausdrückt, hätten sie das Recht und die bittere Notwendigkeit, auch ein bisschen an sich selbst denken zu dürfen. Er sieht diese Notwendigkeit und Berechtigung im Zusammenhang eines hilfreichen Energietankens und fördern der eigenen seelischen Stabilität, um den belastenden, konfliktreichen Alltag mit dem Ehepartner besser aushalten und darin bestehen zu können.

Gleichwohl ist ihm schon länger bewusst, dass seine Ehefrau, sofern sie nicht ebenfalls „fremd geht", ihre belastende Situation mit ihm ohne seine Kompensationsmöglichkeit aushalten müsse, was er wiederum selbst unfair findet. Die Lösung dieses Ungleichgewichts wäre eine Trennung. Dann wäre es ihr moralisch erlaubt, sich ihrerseits auf eine sie nährende, positive und stabilisierende Liebesbeziehung einzulassen. Doch eine Trennung würde den Kindern zum jetzigen Zeitpunkt in deren aktuellen Lebensalter mehr schaden als die ebenfalls belastenden Streits und die destruktive Alltagsatmosphäre – vermutet nicht nur er. Die Aussagen der Kinder gehen eindeutig ebenso in diese Richtung.

Also was bleibt? Dieses Doppelleben noch weitere Jahre fortführen und die weitere Entwicklung abwarten? Dabei versuchen, die eheliche Beziehung positiv zu gestalten? Somit auch die Belastungssituation seiner Frau verringern? Wie edel, ritterlich und selbstlos! Im Moment sieht er keine andere oder bessere Lösung und keine realistischere Möglichkeit. Außer seiner Ehefrau vielleicht eine innere Trennung vorzuschlagen bei gleichzeitigem weiteren äußeren Zusammenwohnen. Würde sich seine Ehefrau darauf einlassen?

Von dieser Gedenkstätte wandern sie im Wald weiter, halten sich an der Hand, führen einander wie ein junges Liebespaar. Na ja, sie sind auf jeden Fall ein jung gebliebenes Liebespaar. Dies sollte sich auch heute wieder zeigen.

Sie schlagen zuerst den Weg durch dichtes Gestrüpp ein und gelangen auf einen breiteren, wohl selten benutzten Fahrweg. Diesem folgen sie zunächst bergan und bei Weggabelungen wählen beide jeweils intuitiv den schmaleren, einsameren Pfad. Sie freut sich, diese stille, unausgesprochene Übereinstimmung feststellen zu können. Auch diesen aktuellen Pfad verlassen sie und verlangsamen ihren Schritt. Wie suchend stapfen sie zwischen den Bäumen umher. Sie bleibt an einer markanten Stelle stehen und fragt ihn, was er rieche. Er vermutet einen Geruch nach „Abwasser", denn es riecht eher unangenehm. Sie zieht ihn etwas auf indem sie zweifelnd anfragt, woher wohl Abwasser kommen könne ohne Häuser in der näheren und weiteren Umgebung und wie dieses mitten im Wald obenerdig fließen könne. „Nein", meint sie, „ das ist der Geruch nach ´Wildschwein`!"

Die Vorstellung von einer Muttersau, welche ihre Jungen beschützt, verteidigt und deshalb gewaltbereit ist, macht sich in ihm breit. Er schaut sich prüfend um. Er macht zwei Vorschläge für andere Stellen, ohne mit diesen selbst wirklich zufrieden zu sein. Sie findet genau diesen Platz recht gut, auch wenn er relativ einsehbar ist. Schließlich würden Familien montags wohl kaum einen Ausflug machen. Er fügt skeptisch, ironisch hinzu, dass sie ja auch darauf hoffen könnten, dass sich der Förster den Fuß gebrochen habe. Weil es keinen besseren Vorschlag gibt, ist er schließlich mit dieser Stelle einverstanden.

Sie umarmen und erfühlen sich im Stehen. Irgendwann zieht er seine Lederjacke aus und legt sie auf den mit Tannennadeln und Tannenzapfen übersäten Waldboden. Sie lassen sich auf der bescheidenen, dünnen und kurzen Auflage nieder. Den leichten Pulli will sie sich im Liegen gerade ausziehen, hält aber plötzlich inne. Dazu ist es an diesem Frühlingstag im Wald und ohne direkte, wärmende Sonnenstrahlen doch noch zu kühl.

Kleine Aufmerksamkeiten

Wer vernünftig bleiben will und Vorsicht walten lässt, vermeidet es, Fotografien, Mitbringsel und Gegenstände aller Art der oder dem Liebsten zu schenken. Dieses Vermeiden und Unterlassen möge am besten auf dem Hintergrund gegenseitiger Absprache und Übereinkunft geschehen.

„Kleine Geschenke erhalten die Freundschaft", sagt der Volksmund. Dies ist zwar uneingeschränkt richtig, aber bei einem eingeschränkt offenen Verhältnis leichtsinnig. Wohin mit der aufdeckenden Fotografie des oder der Liebsten, wohin mit dem Souvenir aus Spanien und wohin mit dem Geburtstags- oder Freundschaftsgeschenk? Wenn es Sinn macht, das Alltagsleben genauso weiter zu leben wie vor der Romanze, dann sind fremde, neue Veränderungen in Form von materiellen Gegenständen Gift für das Geheimnis. Gibt es denn keine Ausnahmen? Die Antwort ist abhängig vom Grad der Bereitschaft, ein Risiko einzugehen.

Der kleine, wunderschön gemusterte Kieselstein, aus ganzer Liebe geschenkt, mag in der Jacken- oder Manteltasche unauffällig sein. Der Stein erweckt jedes Mal eine zärtliche Erinnerung an ihn oder an sie, wenn Jacke oder Mantel getragen werden und das Kleinod in der Tasche erfühlt werden kann. Dabei ist allerdings darauf zu achten, wer das Kleidungsstück für gewöhnlich ausbürstet und zur Reinigung bringt. Mache ich das selbst oder ist dies die Aufgabe der Ehefrau oder des Ehemannes? Es ist also von Vorteil, seine

eigenen Angelegenheiten grundsätzlich und gewohnheitsmäßig selbst zu erledigen. Sicherlich ist
ein Kieselstein im Sommer unauffällig, weil im
Einklang mit der Jahreszeit. Doch welche Gedanken kann ein im Winter in der Jackentasche
gefundener Kieselstein auslösen? Der Phantasie
sind keine Grenzen gesetzt. Sollte sich jedoch im
Futter der Innentasche wie zufällig ein Loch befinden, gerade groß genug für einen kleinen, runden Kieselstein, dann erklärt sich ein im Winter
gefundener Kieselstein zwischen Innenfutter und
Außenstoff wie von selbst. Und zu erspüren ist
das wohltuende Erinnerungsstück trotzdem –
sooft es einem gefällt. Gerade vielsagende Sym-
bole können die lange Zeit zwischen zwei Treffen
überbrücken helfen. Dabei ist auf deren All-
tagstauglichkeit zu achten. Sie weiß zum Beispiel
von seiner Freude am Reparieren seines Autos
und seinem handwerklichen Geschick. In einer
Schaufensterauslage eines Kaufhauses entdeckt
sie unter den ausgestellten Werkzeugen einen
kleinen, aber feinen Kreuzschlitz-
Schraubendreher. Dies ist ein unauffälliger Gegenstand, welcher in keinem Haushalt fehlen
sollte. Sie erstand gleich zwei dieser praktischen
Schraubendreher. Einen für ihn und den anderen
für sich. Sie selbst hat eine kleine Schachtel mit
Werkzeugen. Der besondere Effekt des zweifa-
chen Kaufes ist leicht verständlich: jedes Mal,
wenn beide unabhängig voneinander den typglei-
chen Schraubendreher benutzen oder auch nur
sehen, erinnert sie dieser unauffällige Gebrauchs-

gegenstand des täglichen Lebens an den geliebten und liebenden Menschen.

Zu dir oder zu mir?

Früher stellte sie einmal ironisch die typische Frage: „Na, gehen wir zu dir oder zu mir?"
Sie standen damals vor ihren beiden Autos. Ihr Fahrzeug ist ein mittelgroßer Lieferwagen mit verkleideten Wänden und einem komfortablen Dachhimmel. Die zweite Sitzreihe lässt sich bequem umklappen und so entsteht eine freie Ladefläche. Diese wird auch zum Transportieren von langen Gegenständen genutzt. Ihr Fahrzeug ist das komfortablere.
Er dagegen hat einen fensterlosen, langen Transporter, den er beruflich verwendet. Ein reines Zweckfahrzeug. Nur selten, wenn ihr Lieferwagen nicht zur Verfügung stand, verwendeten sie in der Vergangenheit sein Fahrzeug für ihr Liebesspiel.
Der Innenraum seines Transporters ist unverkleidet und kahl. Das nackte Blech kann kaum als attraktiv und kuschelig bezeichnet werden. Den Jahreszeiten entsprechend herrschen dort klirrende Kälte oder eine stehende, brütende Hitze. Im Winter tropfte kondensierte Feuchtigkeit ihrer erhitzten Körper vom blanken Blechdach auf sie herab. Sein Transporter ist groß und hat eine Kastenform. Fenster gibt es nur im Fahrerhaus und an den Hecktüren. Fahrerhaus und Transportraum sind durch eine fest montierte metallene Wand mit kleinem Fenster voneinander getrennt.
Deshalb war ihre Frage „... zu dir oder zu mir?" witzig und nicht ernsthaft gemeint. Es war klar,

welches Fahrzeug komfortabler ist, welches sinnvoller Weise bevorzugt wird und welches üblicherweise nur in Notfällen zum Einsatz kommt.

Heute schmunzelt er zuhause still und freudig.
Seine handwerklichen Anstrengungen der letzten
Wochen, Tage und Stunden haben Früchte getragen: Sein bislang nackter Lieferwagen mit blanken Metallwänden hat jetzt eine Innenverklei-
dung. Die Seitenwände, der neue Dachhimmel
und der Holzfußboden sind jetzt isoliert. Zusätzlich hatte er auf halber Höhe eine Ablagefläche
für sein Transportgut eingebaut, welche sich über
die gesamte Wagenbreite erstreckt.
Er sitzt jetzt in seiner Arbeitskleidung unter der
Ablagefläche, vom Zusägen der Hölzer verstaubt,
zufrieden und sich seiner Phantasie überlassend.
Es ist kuschelig, in dieser Höhle zu sitzen. Doch
das Beste ist seine selbst ausgedachte Konstruktion von zweimal drei Luftdurchlässen zwischen
Fahrerhaus und Transportraum. Drei Luftdurch-
lässe in der Trennwand sind nahe dem Fahrzeug-
boden angebracht und drei knapp unter dem
Dachhimmel. Dadurch kann er im Winter unauffällig warme Luft aus dem Fahrerhaus in den
Transportraum strömen lassen. Sicher, der großvolumige Raum wird niemals richtig warm werden. Aber ein bescheidener Luftaustausch von
kalter Luft im Heck und warmer Luft im Front-
bereich würde zu einem leichten Erwärmen seines Liebesnestes führen. Das Quartier wird im
Winter nicht mehr eiszapfenkalt sein und das
kondensierende Wasser wird nicht mehr vom

nackten Blechdach tropfen. Gigantisch, schön, zum Frohlocken – die Zukunft kann kommen.

In der Vergangenheit haben sie wie bereits erwähnt notfalls auch sein Fahrzeug als Liebeslaube genutzt, wenn ihres nicht zur Verfügung stand. Allerdings war die bisherige Situation Abenteuer pur. Es stellte jedes Mal einen Härtetest dar, denn auch unter der übergroßen Zudecke ist es anfangs zitternd kalt. Aber mit zunehmender Dauer des Liebkosens wird es immer wärmer – ganz erstaunlich. Allerdings nur dann, wenn eine überlange Zudecke über beide Köpfe zu ziehen ist, und das ist ratsam. Die erste Zudecke war zu kurz. Seine Füße blieben meistens unbedeckt, ihre oftmals auch, weshalb er dann beim Liebesspiel stets die Socken anbehielt. Überlebenskünstlern sei empfohlen, die ausgezogenen Kleidungsstücke mit unter die Zudecke zu nehmen, dann werden sie mit warm. Ansonsten droht nach dem Akt nahezu ein Kälteschock, wenn eiskalte Kleidungsstücke auf den warmen oder erhitzten und nackten Körper gezogen werden.

So schweifen seine Gedanken in die süße winterliche Vergangenheit. Dieser Reiz von Abenteuer und Überlebensliebeskunst mit den extrem niedrigen Temperaturen wird sich in seiner neuen mobilen Behausung nicht mehr in dem Maße einstellen. Die Luft dürfte im neu isolierten Innenraum zumindest überschlagen sein, auch wenn die kalte Luft nach unten fällt und die warme Luft nach oben steigt. Aber so kalt wie bislang kann es nicht mehr werden. In welchem

Maße jedoch bleibt abzuwarten und es gilt, neue Erfahrungen zu sammeln. Erfahrungen voller Reize, mit vielfachen sensorischen Eindrücken.

Auf alle Fälle freut er sich schon darauf, sie in seine neue Höhle, in das veränderte Nest einzuladen. Dann wird er sie fragen: „Na, gehen wir zu dir oder zu mir?"

Das Prinzip „Vorsicht"

Für gewöhnlich haben bei einer heimlichen Beziehung beide Partner das Bestreben, ein passives entdeckt werden oder ein aktives Aufdecken ihres Geheimnisses zu vermeiden.

Glücklich dieser Umstand: Sowohl sie als auch er legen eine ähnliche Vorsicht an den Tag.

Von Übel wäre eine lockere, unbedachte Einstellung zur Vermeidung von Hinweisen auf ihre Beziehung seitens des einen Partners, während der oder die andere Partner/in alleine auf besondere Vorsicht bedacht wäre. Ein starkes Ungleichgewicht der Bemühungen um Vorsicht hätte Unwohlsein, Genervtheit, Stress und Streit als unausweichliche Folge. Eine solche Beziehung würde aufgrund von Zank nicht lange halten und bliebe auch nicht lange unentdeckt.

Das Einsteigen der beiden in seinen neu ausgebauten Transporter ist bei ihrem jetzigen Treffen durch die seitliche Schiebetür nicht möglich. Ein geparktes Auto mit einem darin sitzenden und wartenden Fahrer steht in Sichtweite und in Blickrichtung zum vorgesehenen Einstieg. Deshalb täuschen sie ein Weggehen vom Transporter an. Durch die fensterlosen Seitenwände verdeckt gelangen sie unbemerkt zu den hinteren Flügeltüren und benutzen diese zum Einsteigen. Leicht auszumalen die Szene, welche sich zwischen den beiden zugetragen hätte, wenn über ihre Vorgehensweise Uneinigkeit bestanden hätte.

Nach zweieinhalb Stunden freudigen Liebes-
spiels in seinem Transporter ist dieser PKW nicht
mehr zu sehen.

Allerdings ist aus dem Innenraum seines Transporters jetzt frontal zu dessen Vorderfront ein
anderes Kraftfahrzeug mit einem Fahrzeuglenker
hinterm Steuer zu erblicken. Beim Verlassen
seines Transporters durch die seitliche Schiebetür
wäre das gemeinsame Verlassen der Liebeslaube
zu erkennen gewesen. Auch das Entschlüpfen ins
Freie durch die hinteren Flügeltüren ist nicht
möglich, weil sie dann seitlich links oder rechts
am Lieferwagen entlang hätten gehen müssen, um
ins Fahrerhaus zu gelangen. Auch das ergäbe ein
verräterisches Bild. Dabei muss sie doch dringend nach Hause, um ihren Laden zu öffnen.

Nach kurzer Überlegung unter Zeitdruck und mit
unangenehmem Gefühl hat er eine Idee: Er steige
hinten alleine aus, sie bleibe im Frachtraum zunächst alleine zurück, er fahre eine Strecke Richtung Wendeplatte, dort steige sie uneinsehbar für
den wartenden PKW-Lenker aus und er fahre
dann alleine zurück und ohne anzuhalten weiter
seines Weges. Sie würde zeitversetzt zu ihrem
Fahrzeug, ihrem Lieferwagen, zurückschlendern.
Nach kurzem Durchdenken seiner Idee macht sie
einen Verbesserungsvorschlag. Er würde statt
Richtung Wendeplatte mit ihr sofort in die andere
Richtung fahren, wodurch vermieden werde, an
dem wartenden PKW zweimal und in entgegen
gesetzten Richtungen vorbeifahren zu müssen,
was doch ungewöhnlich und seltsam erscheinen

würde. Dies leuchtet ein. So wird es dann auch gemacht.

Gute Kooperation und Kommunikation zwischen den Liebenden ist hier wirklich von großem Vorteil.

Telefonieren möglich?

Beim Abwägen der Absicht, sie anzurufen, empfindet er ein aufgeregt zauderndes Gefühl. Er kennt ungefähr ihre privaten Rahmenbedingungen: Kinder und Mann könnten wegen Ferien und Urlaub zuhause sein. Es gebietet die Vorsicht, von einem Anruf abzusehen.

Andererseits schlafen ihre Kinder, oder altersentsprechend genauer ausgedrückt ihre Jugendlichen und junge Erwachsenen, in der Ferienzeit wohl länger. Sie nehmen also den Telefonhörer mit relativ hoher Wahrscheinlichkeit nicht als erstes ab. Im Gegensatz zu ihrem eher nachdenklich bedächtigen Ehemann ergreift sie aufgrund ihrer spontanen Art vermutlich relativ rasch das klingelnde Telefon.

Wäre seine Sehnsucht nicht so groß, welche zusätzlich durch die aktuellen Auseinandersetzungen mit seiner Ehefrau gesteigert ist, wäre sein Gehirnjogging von „Anruf tätigen oder es lassen" weniger nötig. Wieder stehen sich Gefühl und Verlangen dem Verstandesdenken gegenüber.

Er wagt es. Wer ist am Telefon? Es ist die Tochter. Dumme Situation. Natürlich kann sich niemand darauf verlassen, dass   Jugendliche und junge Erwachsene in den Ferien immer länger schlafen und niemand kann sich darauf verlassen, die Geliebte gehe bei der Privatnummer immer als erste an den Apparat.

Die Situation ist zwar unangenehm, aber nicht verräterisch. Durch ihren häufigen Kundenkontakt bekommt sie des Öfteren Telefonate von unterschiedlichen Menschen – auch an ihre Privatadresse.

Er lässt sich mit ihr verbinden. Der Ehemann ist heute nicht anwesend, könnte es aber am morgigen Tag durchaus sein. Deshalb ist ihr Vorschlag, er möge sie zwischen 11.00 Uhr und 12.00 Uhr auf ihrem Handy zu erreichen versuchen. Ist es ausgeschaltet, dann ist ein Treffen am Nachmittag nicht möglich und ist es eingeschaltet, können sie einen gemeinsamen Ort, den Zeitpunkt und die ungefähre Zeitdauer besprechen.

Knappe Zeit, volles Glück

Die Szene erscheint einfach irreal, wie wenn das Vergangene nicht wirklich erlebt worden wäre.

Es ist Abend und jetzt sitzt sie bei dem Geburtstagsfest ihrer Freundin zusammen mit ihrem Mann. Er ist eher verknöchert und versteinert, das Gegenteil von lustig, aufgeweckt und kommunikativ. Sie dagegen erfreut sich am Kontakt mit anderen. Hat sie es tatsächlich am eigenen Leib erfahren?

Trotz aller direkten und vielfältigen Kontakte zu Anwesenden schweifen ihre Gedanken immer wieder zurück in die nahe Vergangenheit. Keine vier Stunden sind vorüber, dass sie mit ihrem „Süßen" ein Erlebnis der anderen Art hatte.

Sie hatten sich vereinbarungsgemäß per Handy verständigt und ein Treffen vereinbart. Es war ihr doch möglich, ihn am Nachmittag zu sehen.

Allerdings hatte er die nötige Zeitdauer von seinem aktuellen Arbeitsplatz zum vereinbarten Ort völlig falsch eingeschätzt. Als dies abzusehen war, informierte er sie über das Handy, er könne nicht rechtzeitig eintreffen, die Fahrt würde länger dauern als gedacht.

So wartete sie fast eine dreiviertel Stunde. Die Restzeit wurde knapp, die ihnen noch zur Verfügung stehen würde, wenn er jetzt einträfe. Die Minuten vergingen und wie bei einer Countdown-Messung blieb immer weniger der erhofften kostbaren, süßen Zeit übrig.

Endlich erschien er und dann ging alles sehr schnell. Eigentlich blieben ihnen nur noch sechs

Minuten übrig. Kaum Zeit der Begrüßung. Keine Zeit für einen Spaziergang. Lieber sofort in seinen Transporter. Schnell sich ihrer Kleider entledigt. Es ist der erste wärmere Sonnentag nach einer nasskalten Wetterperiode. Sie hat wieder auf das Unterhemd verzichtet.

Sie lieben sich. Sie setzt sich auf ihn, ungeduldig, lange gewartet, ihn lange ersehnt, lange erwartet. Nach ungefähr sechs Minuten ergießt er sich in ihr freudig offenes, stark erregtes Geschlecht. Auch sie ekstatisch an ihrem Höhepunkt. Innerlich lachend und belustigt meint sie zu ihm, er habe das perfekte Zeitgefühl, du „Perfect-Lover". Sie will noch etwas hinzufügen, verkneift es sich aber. Er will wissen, was sie noch sagen wolle und verspricht, ihr zögern bemerkend, nicht rot zu werden, falls es etwas Unanständiges sei. Doch alle seine weiteren Versuche, ihr den unausgesprochenen Satz zu entlocken blieben erfolglos. Sie verspricht jedoch, es ihm bei ihrem nächsten Treffen zu sagen. Schnell wieder angezogen und nur kurz sich verabschiedet.

Und jetzt sitzt sie auf diesem Sofa bei diesem Fest voller Gespräche, Worte, Gelächter, Gerüche, Geschmacksfreuden und Berührungen. Doch Gedankenblitze und Erinnerungsfetzen durchziehen ihre Gegenwart, süß wie die Schokoladentorte, mild wie die Trauben, verführerisch wie das Tiramisu. Habe ich das wirklich erlebt? Es war so intensiv, von so kurzer Dauer, so phantastisch.

Ihre Beziehung – abgeschrieben

Sie hat ihre eheliche Beziehung abgeschrieben.
Der Alltag läuft auf einem Level, welches auch als
„Nichtangriffspakt" bezeichnet werden kann.

Ihr Ehemann fragt abends fast regelmäßig nach,
was sie den Tag über gemacht habe und wo sie
gewesen sei. Zusätzlich gibt er ihr Arbeitsaufträ-
ge, sie möge dieses oder jenes besorgen oder
erledigen. Dieses „Nachfragen" wird von ihr als
Kontrolle empfunden. Es ist seine Art, vielleicht
seine einzig realistische Möglichkeit, seine Beziehung, also sein „Auf-Sie-Bezogen-Sein", aufrecht
zu erhalten.

Während sie ihre Enttäuschung über ihr „Versehen" bezüglich ihrer Partnerwahl so ausdrückt,
sie seien einfach grundverschieden und würden
nicht zusammenpassen, ist ihrem Ehemann
Tobias ihre innere Distanz unerklärlich. Tobias
leidet ebenso – nur lauter.

Seine berufliche Situation trennt ihn zusätzlich
von ihr und seiner Familie. Er arbeitet ganztägig,
über 20 Kilometer von seinem Heimatort entfernt und kommt erst am späten Nachmittag
zurück. Dadurch ist er den größten Teil des Tages abgetrennt vom Leben zu Hause und von den
Informationen darüber, was familiär geschieht
und wem es wie geht.

Ihr Ehemann hat die Hoffnung auf Besserung
ihres distanzierten, kalten Kontaktes noch nicht
aufgegeben.

Durch den Ausbau des Hauses ist ein Reden
miteinander zwangsläufig gegeben. Absprachen

sind zu bewerkstelligen und Entscheidungen über Bodenbelag, Farbe der Wände oder Form des Türgriffs zu treffen. So ist ihm das Kontakthalten möglich. Wirklich, es ist ein Halten des Kontakts, ein Festhalten - um nicht zu fallen, um nicht aus der Beziehung zu fallen. Tobias leidet nicht an ihrer Verschiedenheit. Er hat sie sich gewählt und wünscht, mit ihr glücklich zu sein, anstatt mit oder ohne Worte immer wieder abgeblockt und in die Ecke gestellt zu werden.

Insofern ist ihr Zusammenleben mit Tobias nicht glücklich, aber auch nicht existentiell bedroht. Es besteht fort, plätschert dahin, stirbt nicht, ist aber auch nicht wirklich lebendig. Manchmal gehen sie auch gemeinsam auf ein Konzert, so wie es viele Paare tun. Noch mehr Ehepaaren gelingt nicht einmal das. Wie viel Leichenstarre liegt unter den Teppichen der Häuser in Dörfern und Städten?

Streben nach eigenem Wohlbefinden?

Ein „Fremdgehen" wird begünstigt durch den Reiz, den Liebreiz eines Menschen. Es wird auch begünstigt durch eine persönliche Drucksituation. Wie zum Beispiel bei einer durch andauerndem Streit und Zank belasteten Beziehung zum eigenen Ehepartner.

Ist es in solch einer konstant misslichen Lage vermessen, nach sich selbst zu schauen, nach seinem eigenen „Selbst"? Sein eigenes Wohlfühlen im Auge zu haben, nach diesem zu streben und dementsprechend zu handeln? Ist es vermessen, ist also das Maß falsch oder unmoralisch, vermesse ich mich, wenn der Maßstab an mir ausgerichtet ist?

Brauche ich eine Erlaubnis von irgendeiner Stelle, einer höheren Macht, dem Gesetz, den sozialen Regeln oder sonstigen gesellschaftlichen Normen, oder darf ich bei einem Zustand des fortdauernden Unglücklichseins nach Veränderung streben, nach einer Besserung der eigenen Situation?

In der psychiatrischen Therapie wird auf die Wechselwirkung von „ich" und „du" geachtet. In einem professionellen, systemisch orientierten psychotherapeutischen Prozess wird das nahe und weitere Umfeld des Menschen unter die Lupe genommen: Wie wirkt sich das eigene Verhalten auf andere aus und umgekehrt, wie wirkt jenes Verhalten anderer auf sie oder ihn. Ist verantwortungsvolles, anstatt von Verantwortung losgelöstes Handeln, dann gegeben, wenn dieses Handeln „Wohl und Wehe", also die Gefühlslage sowie die allgemeine Situation des Partners oder der Partnerin mit berücksichtigt?

Diese Rücksichtnahme auf die oder den Andere/n ist beim Fremdgehen zunächst nur dann gegeben, wenn deren und dessen Nichtwissen, und somit Nichtleidens, gesichert ist. Aber eine dauerhafte Sicherheit vor Entdeckung gibt es letztendlich nicht. Nur solange ein fremder Kontakt unentdeckt bleibt, ist diese Rücksicht gegeben. Danach wird es umso schmerzlicher vom Betrogenen erlebt, weil der Mangel an Offenheit und Vertrauen noch hinzukommt.

Im Grunde ist es absurd, die Verbesserung des eigenen Unglücklichseins durch ein Glücksgefühl mit einem anderen als dem vertrauten Menschen zu erreichen versuchen. Das Fremdgehen löst kein Problem, sondern schafft bei Entdeckung zusätzlich neue und tiefere. Spätestens dann muss man sich den Problemen mit der kritischen, belastenden Primärperson stellen. Aber eine Sekundärbeziehung mildert die Belastungssituation, lenkt ab und ersetzt schmerzhaft Vermisstes.

Das Fremdgehen ist und bleibt ein Handeln, welches allein die eigene Gefühlslage berücksichtigt. Aber das nur, solange das fremde Verhältnis unentdeckt bleibt.

Ihr Traum (1)

Sie hat von ihm geträumt. Er hatte an ihrer Tür geklingelt. Sie öffnete und er betrat die Wohnung. Dort waren ihre beiden Töchter sowie ihre Mutter versammelt. Seltsamerweise waren nur Frauen in dem Haus zugegen. Er sah anders aus als normalerweise. Sie wusste jedoch, er ist es. Seine glatten dunklen Haare, der Paschenschnitt wie Prinz Eisenherz und seine Kleidung waren ihr jedoch fremd.

Wieso eigentlich wie Prinz Eisenherz? War er der Held ihrer Träume, das Ideal aller Schwiegermütter, der Schwarm ekstatisch kreischender Mädchen? War er der Familie vorzeigbar, eine gute Partie aus der Sicht der Mutter und ein liebevoller Ersatzvater für die Töchter?

Interessant und doch schwer verstehbar, was ihr das eigene Unbewusste durch den Traum sagen will.

Hoffen auf ihren Anruf

Bei ihrem letzten Treffen vor den kurzen Schulferien ist ihr nicht klar, ob ihr Mann Tobias in der kommenden Woche Urlaub nehmen würde oder nicht.

Dieser fragte sie, ob sie in den Ferien arbeiten würde, was sie bejahte. Weiter deutete er an, eventuell die Absicht zu haben, an den See zu fahren, um sein Segelboot für den Sommer startklar zu machen. Dazu lässt er sich für gewöhnlich drei bis vier Tage Zeit.

Die Ehefrau ihres Geliebten andererseits hat eine fast einwöchige Fortbildung und deshalb kombiniert sie, es könne sich eine Gelegenheit bieten, wieder mal eine ganze Nacht mit ihrem Geliebten zu verbringen.

Würde ihr Mann keinen Urlaub nehmen, dann gäbe es keine Gelegenheit für eine kuschelige Nacht. Wenn ja, dann wäre eine realistische Chance aller Vorrausicht nach vorhanden.

Ihrem Geliebten verspricht sie, ihn anzurufen, sobald sie Neues erfahren würde. Dann trennen sie sich.

Zu seiner Freude und Überraschung meldet sie sich bereits am Nachmittag desselben Tages bei ihm: „Ich weiß noch nichts Neues, aber ich konnte einfach nicht so lange warten, dich zu hören." Sie scherzen und necken einander und unterhalten sich prächtig. Wie es kommende Woche laufen könnte, kann sie zu diesem frühen Zeitpunkt noch nicht sagen.

Jetzt ist es bereits drei Tage später und sie hat immer noch nicht angerufen. Und dies, obwohl er ihr erklärte, sie könne ihn jederzeit am Telefon verlangen. Seine Frau ist auf diese Fortbildung gefahren und die halb erwachsenen Kinder würden keinen Verdacht schöpfen, weil er beruflich immer wieder angerufen wird – auch von Frauen und auch am Wochenende.

An diesem Nachmittag hat er vor, sich auf die Terrasse zu legen. Es ist frühlingshaft, die Vögel zwitschern, die Sonne zeigt sich mehrmals und er träumt und wünscht sich zu ihr. Er schwankt zwischen sehnsüchtiger Hoffnung auf ein Klingelzeichen und frustrierter Resignation. Soll er demzufolge das Mobilteil mit nach draußen nehmen oder es im Haus lassen? Er entscheidet sich für Hoffen und Zuversicht.

Auch an diesem Tag gibt es jedoch kein Lebens- und Liebeszeichen von ihr. Er verwünscht ihr Angebot, sie würde ihn anrufen. Das ist er nicht gewohnt: In der Regel ruft er sie an, weil sie normalerweise leichter, öfter und unverdächtiger zu erreichen ist als er.

So harrt er, wartet ungeduldig, schwankt erneut zwischen bitterer Enttäuschung und versprochener Freude. Zu allem Übel kann er sie erst in zwei Tagen wieder anrufen. Das ist zwar sehr schmerzhaft und eine schier endlos lange Zeit, aber tröstend die Aussicht, in achtundvierzig Stunden wieder aktiv werden zu können – eine schwache Perspektive für die nahe Zukunft. Deshalb sagt er sich immer wieder, er müsse nicht verzweifeln, nicht aufgeben, sich nicht wegwerfen.

Ein nächtliches Rendezvous

Endlich erreicht ihn ihr Anruf. Langes, fast ver-
zweifeltes Warten hat nun ein Ende. Sie sieht eine
Möglichkeit, sich nachts zu treffen.
Allerdings sind ihre Kinder zuhause. Der Zeitpunkt der Begegnung kann erst dann sein, wenn
sie eingeschlafen sind.
Sie verabreden sich folglich für sehr spät in der
Nacht.
Bezüglich des genauen Stehplatzes seines Trans-
porters sind sie sich uneinig. Während sie einen
Standort in Sichtweise des Hauses vorgeschlagen
hat, bevorzugt er einen anderen, einen einsamer
gelegenen. Dieser wäre zusätzlich weniger beleuchtet, weniger frequentiert und weniger auffällig. Doch sie besteht auf ihren vorgeschlagenen
Standort. Erst nach wiederholtem Nachfragen
seinerseits rückt sie mit ihrer Begründung heraus:
Sie will das Haus im Auge behalten. Falls die
Kinder aufwachen würden müsse sie schnell zur
Stelle sein, um keine größeren Bedenken bei ihren Lieben aufkommen zu lassen. Diesen Grund
kann er rasch akzeptieren. Warum hat sie ihre
weitsichtigen Gedanken nicht schon früher geäußert?
   Er schlägt nun vor, er würde es bei ihr per
Telefon klingeln lassen um ihr spät nachts zu
signalisieren, er wäre eingetroffen und an Ort und
Stelle. „Das ist nicht nötig“, meint sie, „ich werde
dich von meinem Fenster aus sehen.“

Freudig fährt er zu ihren Heimatort und parkt an der vereinbarten Stelle. Lange braucht er nicht zu warten. Seine Seitentür öffnet sich leise. Sie schlüpft herein. Nach kurzem abklären, ob im Haus alles klar sei, wenden sie sich ihren körperlichen Reizen zu. Nur selten erhebt sie sich und überprüft, ob in den Zimmern weiterhin alles dunkel sei.

Irgendwann muss er nach genüsslichem Treiben eingeschlafen sein. Er wacht auf, als sich die Schiebetür erneut öffnet und sie wieder ins Auto steigt. Es ist bereits früh am Morgen. Sie hat also die restliche Nacht in ihrem Haus verbracht und kommt ihn in aller Frühe besuchen.

„Guten Morgen, mein Süßer, gut geschlafen?" „Ja, sehr gut, in jeder Beziehung!" Kurz darauf fragt er: „Bin ich eigentlich bald eingeschlafen, ich habe es überhaupt nicht gemerkt?" „Nein, geht so. Ich wünsche dir einen schönen Tag. Ich verlasse dich jetzt wieder." „Ja, in Ordnung. Ich danke dir, dass du noch einmal vorbeigekommen bist. Ist sehr lieb von dir."

Er bleibt noch eine ganze Zeit lang liegen und erfreut sich der Erinnerungen an die Erlebnisse der vergangenen Nacht. Dann zieht er sich an, setzt sich möglichst unauffällig hinters Steuer und fährt wieder nach Hause – in bester Stimmung.

Flexibilität in der Ortswahl

Eine Woche später kehrt bei beiden der normale Alltag zurück.

Die Ehepartner sind wieder zuhause, gehen der Arbeit nach und die jugendlichen Kinder befinden sich wieder in der Schule oder in der Lehre.

Diesmal schlägt sie am Telefon einen gänzlich neuen Ort ihres nächsten Treffens vor. Eine eher wenig befahrene Landstraße würde zwischen zwei Ortschaften durch ein kleines Wäldchen führen. Dort sei ein kleiner Waldparkplatz.

Er trifft dort früh ein. Die Stelle war leicht zu finden. Er verlässt seinen Transporter und schaut sich in der Gegend um. Es gibt nur zwei Stellplätze auf dem Parkplatz, direkt an der Straße gelegen. Aus rund 200 Meter Entfernung sind Waldarbeiter mit ihren Kettensägen zu hören. Der in deren Richtung führende befahrbare Waldweg endet direkt an den beiden Stellplatzen, um dort in die Landstraße einzumünden. Diese Umstände sind nicht gerade dazu angetan, sich an einem sicheren und ungestörten Plätzchen zu wähnen und sich aneinander zu erfreuen.

Nach geraumer Zeit seines Wartens kommt sie angefahren. Schnell eröffnet sie ihm, sie könnten hier nicht bleiben. Ihr Neffe hat im übernächsten Ort etwas zu erledigen und werde sehr wahrscheinlich diese Strecke nehmen. Er kennt ihr Auto. Sicher würde sich der Neffe dann fragen, was sie an diesem abgelegenen Ort zu dieser Tageszeit wohl machen würde. Ein zweites Fahrzeug direkt neben dem ihren geparkt würde ihm sicherlich verdächtig vorkommen.

Nach kurzem Beratschlagen wählen sie einen größeren Parkplatz an einer wenig genutzten Sporthalle, welche gegenüber einem Discounter liegt und sich drei Ortschaften weiter befindet. Sie fahren zwar hintereinander, lassen aber viel Abstand zwischen ihren Fahrzeugen.

Dort angekommen ist er nicht mit der Wahl ihres Standortes einverstanden. Dieser sei zu dicht an der Straße gelegen und somit zu gut einsehbar, sowohl durch die vorbeifahren Autos als auch vom gegenüberliegenden Discounter. Dort dürfte erheblicher Publikumsverkehr sein. Sie lässt sich überzeugen, bewegt ihr Auto in die Nähe des seinen. Jetzt stehen die Fahrzeuge drei Parkreihen weg von der Straße, durch eine leider etwas lichte Hecke einigermaßen verborgen.

Zweimal fährt ein Straßenbaufahrzeug in etwa 50 Meter Entfernung an ihnen vorbei. Weiter entfernt in südlicher Richtung sind Motorgeräusche von Baustellenfahrzeugen zu hören.

Dies lenkt jedoch nicht sonderlich ab. Ihr kreatives Liebesspiel zeugt davon. Nach längerem Liebkosen entwickelt sich unabgesprochen eine Liebesstellung, welche sie noch nie praktizierten: Sie stützt sich rückwärts auf ihren gestreckten Armen ab, während ihre Ober- und Unterschenkel im rechten Winkel zueinander stehen. Kopf, Oberkörper, Becken und Oberschenkel bilden so eine waagrechte Linie. Er kniet vor ihren gespreizten Beinen und fasst sie an ihren Pobacken. Eine Lage, die ihm sehr viel Lust bereitet.

Auch sie erfreut sich sehr an dieser Position, trotz ständigem und lang andauerndem sich Abstützens. Ihr schlanker, muskulöser Körper ist zu dieser akrobatischen Meisterleistung in der Lage.

Wagnis eines häuslichen Treffens

Wie ist nun das Wagnis eines Treffens im eigenen Haus oder in der eigenen Wohnung zu bewerten?

Sicherlich hängt die Größe des Wagnisses von den äußeren Umständen ab. Eine kritische, negative Erfahrung haben sie ja bereits gemacht.

Folgende Punkte können mit in die Überlegung einbezogen werden: Die Wahrscheinlichkeit einer überraschenden Rückkehr von Angehörigen und die Einsehbarkeit des Zugangs zu Haus oder Wohnung. Oder sind andere überraschende Ereignisse, wie z. B. Besuche von Dritten, in hohem oder in geringem Maße wahrscheinlich?

Zum ersten Punkt: Selbst wenn der Partner oder die Partnerin auf Geschäftsreise im Ausland unterwegs ist, kann eine vorzeitige Rückkehr nicht ausgeschlossen werden. Eine mögliche Schutzmaßnahme vor einer unliebsamen Überraschung ist ein aktueller telefonischer Kontakt zur Vergewisserung der tatsächlichen Präsenz im Ausland.

Zum zweiten Punkt: Der Haupteingang eines Hochhauses ist zwar sehr gut einsehbar, aber viele BewohnerInnen und Gäste benutzen diesen Haupteingang. Wer weiß schon, wessen Gast die unbekannte Person ist. Die Übersicht ist für MitbewohnerInnen schwierig.

Wie sieht es aber mit dem Zugang zur eigenen Wohnung oder zum Einfamilienhaus aus? Gibt es dort aufmerksame Nachbarn, welche alles registrieren? Ist es Tag oder Nacht, gibt es einen Bewegungsmelder, welcher ankommende Personen hell beleuchtet oder haben Nachbarn Einblick in eines der Fenster?

Es gilt, für Nachbarn beobachtbare Angewohnheiten beizubehalten, um keine ungewohnte, dann nämlich Aufmerksamkeit erregende Situationen herzustellen.

So sollten zum Beispiel einsehbare Fenster, die üblicherweise über Nacht ohne Verdunkelung durch Rollladen offen bleiben, den Anschein behalten, sie seien über Nacht auch weiterhin unverdunkelt. Deshalb sind Rollläden bei Bedarf zum Zweck des vollständigen Abdunkelns frühestens bei Dunkelheit, nicht schon am helllichten Tage abzusenken. Bei dieser Handlung sollte dabei auf gleichzeitiger Innenraumbeleuchtung verzichtet werden. Erst dann, nach dem vollständigen Schließen der Läden, kann das Licht im Raum angemacht werden. Vor dem nächsten Morgen sollten die Rollläden noch bei Dunkelheit wieder geöffnet werden, damit der Schein der gewohnt offenen Fenster bewahrt bleibt.

Zum dritten Punkt: Überraschende Besuche können von Verwandten und Freunden sein oder der Paketzustelldienst, die Briefträgerin oder ein Lieferant erbitten Einlass.

Sicherlich kann die Tür bei manchen Personen einfach geschlossen bleiben. Doch würde eine gut hörbare schöne Musik aus der Wohnung Fragen aufwerfen. Angehörige haben ihre eigene Hausschüssel, was dann?

Wenn es auch komfortabler ist, die eigenen vier Wände als Treffpunkt zu wählen, ist dort das Risiko auf Entdeckung deutlich höher als an einem dritten Ort. Dieser alternative Ort sollte möglicht weit weg liegen vom üblichen Aktionsradius der beiden Liebenden. Dorthin sollten sich keine Bekannte, Vereinsbrüder, Kolleginnen und Kollegen, Nachbarn, zu grüßende Dorf- oder Stadtbewohner zufällig verirrt haben. Hoffentlich nicht. Wer hat aber nicht schon im Urlaub selbst in den fremdesten Länder Menschen getroffen, welche einem zufällig irgendwie bekannt sind oder welche einen selbst kennen. Nein, König „Zufall" ist kein Freund und Bündnispartner von heimlich sich Liebenden.

Abstand, Meer, Spanisch

Jetzt sitzt er am endlos weiten Meer auf seiner isolierenden Matte, den Rücken bequem an einen warmen Felsen gelehnt.
Seine Augen blicken aufs ruhige Wasser hinaus und der Wind weht ihm sanft ins Gesicht. Er kneift die Augen leicht zusammen und lässt den Kopf langsam nach hinten fallen, entspannt sich. Geschafft. Er hat den Atlantik erreicht.

Das ist der Beginn seines „Io-Iso-Trips": Er nimmt sich eine 14-tägige Auszeit von seinem Alltagsleben. Selbst den Geburtstag seiner Schwester sowie den eines Bekannten wird er nicht mitfeiern.
Er will zur Ruhe kommen, Zeit für sich haben, den Tag entsprechend seinem ihm innewohnenden Tempo gestalten. All die vielen kleinen und größeren Entscheidungen im täglichen, normalen Existieren prägen das Leben, erfordern Aufmerksamkeit und Aktion, geben ihm aber auch Richtung und Sinn.

Bei ihrem letzten Treffen scherzte sie noch: „Hoffentlich werde ich dich verstehen, wenn du aus dem Ausland anrufst, ich verstehe nämlich kein Spanisch."
Vor zwei Stunden erstand er eine Telphonkarte. Nun macht er sich auf den Weg zu einem öffentlichen Fernsprecher.
„Hallo Süße, ich rufe dich nur an um dir zu zeigen, dass es auch von Spanien aus möglich ist, in

deutscher Sprache nach Deutschland anzurufen."
„Ah, ja ich höre und staune, mein Süßer. Von Spanien aus kann man also tatsächlich auf „deutsch" ins Telefon sprechen und es kommt am anderen Ende der Leitung wirklich und original auch deutsch heraus."
So greifen sie ihren Scherz einige Tage später bei großer räumlicher Entfernung zwischen ihnen auf. Es gibt keine Probleme der Verständigung – und es gibt einen neuen Beweis ihrer Übereinstimmung in leichter, gelingender und schmunzelnder Kommunikation.

Geduldiges Warten

Immer wieder ruft er sie aus Spanien an.

Er schildert ihr seine Erlebnisse, berichtet von Buchten und einsamen Stränden und von einer Höhle, die nur vom Wasser aus zu erreichen sei.
Dort würde er sie gerne lieben. Ein idealer Ort, ein außergewöhnlicher Ort, ein fast magisch ursprünglicher, archaischer Ort.
Leicht, spontan und im Spaß geht sie darauf ein: „Sag mir, wo du genau bist, und in zwei Tagen bin ich bei dir." So scherzen sie miteinander, wohl wissend von der Unmöglichkeit ihres Kommens. Dazu ist sie zuhause durch verschiedenste Verpflichtungen viel zu eingespannt..
Erst ein Jahr später soll es ihm traurig bewusst werden, dass sie wohl nie gemeinsam in Urlaub fahren werden. Sie hat alles um ihren Lebensmittelpunkt herum organisiert: Ihren Laden, ihre zusätzlichen sozialen Aktivitäten und ihre große Leidenschaft, ihre Zuneigung zu ihren Tieren. Dadurch ist sie örtlich gebunden. Sie kann also überhaupt nicht wegfahren! Und wenn sie unbedingt wollen würde, dann nur mit viel organisatorischer Mühe.
Ein Nebel voll Trauer hüllt ihn ein. Sein Herz leidet.
„Nun ja", denkt er wehmütig, „ ihre ungewöhnlichen Erlebnisse müssen sie eben in der Nähe suchen und realisieren, nicht in der weiten Ferne, nicht in fremden Ländern. So wird er ihr wohl nie diese Höhle zeigen können." Das Rauschen des

Meeres hat er in weiser Voraussicht auf sein Handy aufgenommen. Dieses Erleben kann er ihr wenigstens, wenn auch gefiltert, später zu Gehör bringen.

Er kündigt seine Rückkehr wiederum telefonisch an. So gerne würde er sie in den Arm nehmen können, sie spüren, ihre Nähe genießen. Lange haben sie sich nicht mehr gesehen und wie sehr hat er sie die letzten beiden Wochen vermisst!
„Ich würde heute Nacht gegen zehn Uhr bei dir eintreffen, wenn es bei dir ginge."
„Etwas später wäre es möglich", erwidert sie und freut sich überschwänglich, ihn bald wieder liebkosen zu können.
So rollt er mit seinem ausgebauten Transporter von Spanien her kommend durch Frankreich. Er fährt die direkteste Linie und nimmt dabei auch Landstraßen in Kauf. So kann er nebenbei auch noch eine berühmte Kathedrale in einer größeren Stadt besichtigen.
Mit seiner Zeitrechnung aber verschätzt er sich. Es wird immer später.
„Hallo Liebste, es wird sicher später als Mitternacht werden, bis ich bei dir ankommen werde. Es tut mir Leid."
„Macht nichts, ich habe sowieso noch zu tun. Ich werde noch wach sein."
Zu allem Übel verfährt er sich auch noch. Die Landstraße lässt ein zügigeres Vorankommen nicht zu, obwohl nur noch wenige Autos nachts unterwegs sind. Schließlich wird es nach drei Uhr. Dann endlich ist er an ihrem Wohnort. Kurze

Zeit später sieht er im Mondlicht eine Gestalt herbeihuschen.

„Sie ist immer noch wach, hat immer noch auf mich gewartet. Ist sie nicht eine tolle Frau? Sie muss mich doch sehr lieb haben, wenn sie so geduldig meiner harrt", sagt er zu sich ganz gerührt.

Dann halten sie sich in den Armen. Müde vom Warten und müde vom Fahren durch die Nacht. Aber gierig und glücklich, überaus glücklich.

Am Badesee

Bereits bald nach Beginn ihrer Freundschaft vereinbarten sie damals im Scherz, irgendwann einmal nachts gemeinsam zu diesem einsam gelegenen Waldsee zum Schwimmen zu gehen. Der kleine See liegt versteckt, wild und natur belassen - romantischer geht es kaum noch.

Zurück aus seinem Urlaub nutzen sie kurze Zeit später das schöne warme Wetter. Nun, endlich ist es soweit. Sie verabreden sich zum Schwimmen. Allerdings nicht für die Nacht und nicht für ein Bad in einem Waldsee. Für ein solches Treffen zu ungewöhnlicher Stunde bedürfte es nämlich entweder einer besonders passenden Gelegenheit oder einer besonders stichhaltigen Begründung. Beides ist augenblicklich nicht gegeben und möglich.

Aber sie treffen sich endlich zum Schwimmen. Dies an einem großen öffentlichen Badesee an einem späten Nachmittag. Er wartet bereits etwa eine halbe Stunde auf sie. Dann sieht er sie endlich kommen und „Freude erfüllt sein Herz". Sie suchen sich auf dem großen Gelände einen wenig frequentierten Platz zum Liegen aus. Ihm ist diese Stelle immer noch zu einsehbar und er wünscht sich einen geheimeren Ort, versteckt und verborgen. Doch einen solchen gibt es nicht. Sie gehen zusammen ins Wasser, scherzen und necken und bespritzen sich, berühren sich jedoch kaum. Schließlich bewegen sie sich in der Öffentlichkeit.

Er ist nicht der beste Schwimmer. Bei jeder, auch nur flüchtigen, kurzen Umarmung in diesem tiefen See steigt Angst in ihm auf, sich nicht über Wasser halten zu können. Um seine Unsicherheit zu verbergen schwimmt er mit ihr weiter in den See hinaus, als es sein Zutrauen in sich selbst normalerweise erlaubt. Beim Zurückschwimmen Richtung Ufer und während ihres Scherzens fällt ihm eine Frau auf einer hölzernen Badeinsel auf. Diese springt immer wieder ins Wasser und ist nur mit Slip, ohne Oberteil bekleidet. Er ist fasziniert von deren wohl geformten, kräftigen Busen. Jetzt zwingt er sich, nicht allzu häufig und möglichst unauffällig hinzuschauen, um keinen Grund zu bieten, abgelenkt zu erscheinen.

Frauen erkennen eine solche Situation wohl intuitiv und müssen mit einem zusätzlichen Sinnesorgan ausgestattet sein, welches Männern im Verlauf der Evolution scheinbar abhanden gekommen ist: Sie registriert seine Blicke, wohl wissend - aber ohne darauf zu reagieren.

Zurück an ihrem ausgewählten Platz legen sie sich zunächst bewusst nicht auf seine extra mitgebrachte übergroße karierte Liegedecke, um diese trocken zu halten. Stattdessen liegen sie nun auf ihren Badehandtüchern, Kopf an Kopf, und lassen sich von der Sonne trocknen. Kaum wagen sie es, Zärtlichkeiten auszutauschen. Ein verliebtes, kuschelndes, älteres Paar kann schließlich unmöglich verheiratet sein. Und einen Eindruck von zwei Personen, welche vermutlich miteinander eine Affäre haben und zusätzlich vielleicht sogar jeweils Verheiratete sind, wollen sie unbedingt vermeiden. Sie können sich jedoch nicht ganz zurückhalten und turteln wie ein Taubenpaar zur Brunftzeit.

Irgendwann berichtet sie nachdenklich von ihrer Mutter, welche in einem nahe gelegenen Freibad für gewöhnlich täglich schwimmen ginge. Was wäre, wenn es der Mutter plötzlich mal einfiele, anstatt ins Schwimmbad an den Badesee zum Schwimmen zu gehen? Dann würde sie ihre verheiratete Tochter mit einem fremden Mann entdecken. Das Risiko scheint doch erheblich.

Ab diesem Zeitpunkt ist ihr Aufenthalt auf der Liegewiese nicht mehr unbeschwert. Ihre ihnen zur Verfügung stehende Zeit ist auch schon fast abgelaufen. Sie schlägt ihm vor, zwar zu gehen, aber ohne sich vollständig anzuziehen. Er ist darüber zwar verwundert, sagt aber nichts und macht mit.

So wandern sie zurück in Richtung Parkplatz, unvernünftiger weise Hand in Hand. Er in Badehose und T-Shirt und sie in knappem Bikini. Seine Augen beobachten die Blicke eines entgegenkommenden älteren Mannes, wie diese über ihren knackigen, schlanken, leicht bekleideten Körper wandern. Diese Blicke des Mannes kann er nur zu gut verstehen. Es erfüllt ihn mit Stolz. Ihm ist, als ob er mit einem Top-Model - er somit selbst ein Star - sich dem Publikum zeigend mit ihr Hände haltend promenierte.

Sie zieht ihn nach links, gemeinsam folgen sie jetzt einem Feldweg und verlassen dabei den zunächst eingeschlagenen Rückweg zum Auto.

Dann wird ihm ohne Worte klar, warum sie leicht bekleidet einen Feldweg entlanggehen – auch wenn dieser zunächst noch in der Nähe des Badesees entlang führt.

Ihre erfahrenen Blicke suchen nach einer passenden Stelle und sie tauschen sich darüber aus, welcher Ort besser geeignet wäre und welcher weniger. Diesmal finden sie kein wirklich sicheres und verborgenes Versteck. Aus der Not geboren drücken sie sich möglichst weit in eine Gebüschreihe hinein, um möglichst wenig gesehen zu werden, falls jemand tatsächlich vorbei käme. Auch ist das Gras der Wiese vor der Gebüschreihe nicht schützend hoch gewachsen. Nach dem Äußern seiner Bedenken meint sie, sie gehe davon aus, ein Spaziergänger würde eher wegschauen – was ihn allerdings nicht sonderlich beruhigt.

Drei Feldwege, wenn wohl auch wenig genutzt, treffen sich ganz in der Nähe ihres aktuellen Plätzchens zu einer Kreuzung. Auch dieser Umstand bereitet ihm Unbehagen.

Sie lassen sich aufeinander ein. Dabei hält er drei Pflanzen, welche er für Brennnessel hält, an deren unteren Stielenden schützend von ihr weg. Wenn er letztendlich auch froh und beglückt ist über ihr gemeinsames Erleben an dieser Gebüschreihe, ist die vor Blicken wenig geschützte Situation und das ständige Weghalten der Pflanzen von ihrem Körper bei gleichzeitigem Liebkosen und Penetrieren dem reinen Vergnügen abträglich.

Als blanke Ironie des Schicksals erfährt er danach das Vergebliche seines fürsorglichen Bemühens. Er wird von ihr darüber aufgeklärt, es handele sich bei diesen Pflanzen nicht um eine Brennnesselart, sondern um ganz gewöhnliches Unkraut. Kein Wunder hat diese Brennnessel auch ihn selbst nicht gepiekst und gebrannt.

Erste Krise

Heute ist zwischen den beiden ein Problem auf-
getaucht, welches bislang noch nicht an der
Oberfläche erschien.
Im Grunde kann es in jeder heimlichen Paarbeziehung bestehen, im Stillen schlummern und zu
einer Krise führen.

Die Frage lautet: Kann ich mir meines heimlichen, verdeckten Partners oder Partnerin sicher
sein auf dem Hintergrund der ungewissen Wei-
terentwicklung des emotionalen Verhältnisses
meines Partners oder Partnerin zu dessen oder
deren Primärpartner/in, in diesem Fall zu den
Ehepartnern?
Einer heimlichen Beziehung steht meist eine
offizielle Beziehung gegenüber, welche öffentlich
und gesellschaftlich sichtbar ist. Oft ist eine belastete Paarbeziehung der Hintergrund für die Bereitschaft, sich einem anderen Menschen zu öffnen. Manchmal auch empfundene Langeweile,
ein Leben lang brav und verantwortungsbewusst,
kopfgemäß, rein rational gehandelt zu haben,
funktioniert zu haben, ohne Freude oder lustvollen Ereignissen.
Ist die These richtig, es bestehe eine Wechselwirkung zwischen der primären und der verdeckten
Beziehung? Hängen die Gefühle zu dem oder
der offiziellen Partner/in, hier den jeweiligen
Ehepartnern, einerseits mit den Gefühlen zu dem
oder der inoffiziellen, verborgen bleibenden
Partner/in andererseits irgendwie zusammen? Ist

die Aussage richtig, eine weiter negative Entwicklung der Primärbeziehung ergäbe für die verdeckte, heimliche Beziehung fast automatisch eine gute Zukunftsprognose?

Die Beiden erfreuten sich dann jeweils verstärkt an ihren Zweitpartnern als Substitut, als willkommenen, hilfreichen Ersatz für die vielleicht ersehnte, aber nicht vorhandene harmonische und zu-frieden-e eheliche Partnerschaft.

Kurz und vereinfachend gesagt: Geht es der Primärbeziehung schlecht, blüht die heimliche Verbindung und umgekehrt, geht es der Primärbeziehung gut, leidet die heimliche Beziehung darunter? Oder sind beide Beziehungen autonom zu sehen, entwickeln sie sich unabhängig voneinander?

Er hat die Sehnsucht und Hoffnung auf eine Besserung der Beziehung zu seiner Ehefrau noch nicht aufgegeben und arbeitet auch daran. Ein wieder positiveres eheliches Verhältnis strebt er an, basierend auf einem rücksichtsvollen, akzeptierenden und freudigen Verhalten zueinander und miteinander. Diese ersehnte positive Entwicklung in seiner Primärbeziehung würde seinen Alltag erträglicher machen. Wäre eine solche günstige Entwicklung aber gleichzeitig eine Gefahr für seine Gefühle zu seiner Liebschaft in seiner sekundären Liebesbeziehung?

Und genau das ist ihr ein Problem. Dieses Gefühl von Zukunftsangst für ihre schöne, glückliche und liebevolle Zweitbeziehung entstand, nachdem er ihr sein Leid über seine belastete und konfliktreiche Ehe geklagt und seine Hoffnung auf Besserung zum Ausdruck gebracht hatte. Vor allem jedoch dadurch, dass er an einer positiven Entwicklung des Verhältnisses zu seiner Frau arbeitet. Deshalb kann ihre Partnerschaft mit ihm ihrem Empfinden nach gefährdet sein. Sie fragt sich: Welche Gefühle hat er nun zu mir, wenn er sich nach einem besseren Verhältnis zu seiner Ehefrau sehnt? Ist seine „Untreue" zu mir damit etwa vorprogrammiert?

Ein sehr schmales Rinnsal an salzigen Tränen rinnt ihr langsam über ihre Wangen. Sie liegen im Wald auf einer Decke zusammen, halten sich und reden schmerzvoll über dieses Thema, über diese Problematik. Sie äußert ihre schmerzlichen Befürchtungen.

„Und wie ist es für dich", fragt er, „sehnst du dich nicht auch nach einer besseren Beziehung zu deinem Tobias?"

„Nein", erwidert sie nach kurzem Überlegen, „da erwarte ich nichts mehr".

„Wieso?"

„Wie früher schon einmal gesagt: Wir sind einfach grundsätzlich verschieden, wir passen nicht zusammen."

Umso freudiger war sie über die Liebe und das Glück mit ihm. Und jetzt zeigt es sich, sie kann sich ihm nicht sicher sein. Wieder eine Sehnsucht nicht erfüllt, wieder eine Hoffnung wie eine Seifenblase zerplatzt. Vor allem, wieder eine Erfahrung von Trennung vor Augen, wie die leidvoll erfahrene Trennung ihrer Eltern. Schmerzvoll Erlebtes droht sich zu wiederholen.

Sie empfindet sich wie eine „Übergangslösung". Am Ende geht es ihm mit seiner Ehefrau irgendwann in der Zukunft wieder gut und er wird sagen: „Danke, das war`s, es war schön mit dir. Der Mohr hat seine Schuldigkeit getan." Sie hätte nur eine Funktion erfüllt und wäre nicht wirklich gemeint gewesen.

Wie soll es weitergehen? Soll sie einen Schlussstrich ziehen, um damit eine leidvolle Trennung zu einem späteren Zeitpunkt zu vermeiden? Anstatt eine passive und ausgelieferte Position einzunehmen lieber aktiv ihr Leben gestalten? Das Gesetz des Handelns in die eigene Hand nehmen?

Allerdings zu dem Preis, auf Zärtlichkeit, Zuneigung und Lieben mit, von und durch ihn verzichten zu müssen. Gerade das, was sie zurzeit zutiefst erfüllt und genießt, besser aufgeben? Und das für wie lange? Für eine unbestimmte Zeitspanne.

Und wie sieht seine Situation aus? Ist es ihm möglich, ihr „ewige Treue" zu schwören? Sie parallel von Herzen zu lieben und gleichzeitig auf ein zärtliches Gefühl seitens seiner Ehefrau zu hoffen?

In letzter Zeit stellt er seinerseits immer wieder ein notgedrungenes Schwindeln, Tarnen und Täuschen gegenüber seiner Frau bei sich fest, wenn diese ihn fragt, ob er sie liebe und er schlicht sagt: „Ja". Es kommt nicht von ganzem Herzen. Dieses „Ja" entspricht nicht der realen

Gefühlslage, eher dem Wunsch nach dem Gefühl von Liebe. Oder wenn er seine Ehefrau bei Begrüßung und Abschied küsst, kommt es ihm immer wieder als unecht und gelogen vor. Lügen durch Handlung, nicht durch Worte. Gefühl vortäuschen. Ein Judaskuss. Ist das nicht zum Kotzen?

Jetzt fürchtet er seinerseits, von ihr verlassen zu werden. Sie könnte aufgrund ihrer Angst, von ihm verlassen zu werden, sich zu einer Kurzschlusshandlung hinreißen lassen und sich von ihm trennen. Er gesteht ihr seine Befürchtung.

Sie liegen sich in den Armen. Während des intensiven Redens miteinander gab es wenig körperlichen Kontakt. Der äußere Abstand zeigte die innere Distanz.
Eine Brücke zwischen ihnen scheint gebaut, der Weg zueinander wieder offen.
Sicher sind sie sich aber nicht.

Letztes Zusammensein vor der Sommerpause

Auf dem Hintergrund ihrer Angst, er könne sich bei einer positiveren Entwicklung seiner ehelichen Beziehung von ihr abwenden, empfindet sie ihre gemeinsame, von den Umständen erzwungene, getrennte Sommerpause als für sich bedrohlich.

Es ist gegen Ende der letzten Begegnung vor ihrer Sommerpause, nach einer zärtlichen Stunde voll halten, berühren und lieben.
Eine Aura des Abschieds umgibt die beiden, hält sie in einer Stimmung von traurigem Sehnen und leidvollem Aufbäumen gegen eine zwar notgedrungene, aber nicht akzeptieren wollende Trennung auf Zeit gefangen. Auch aufgrund einer gewissen Erschöpfung durch den vorausgegangen Liebesreigen stehen beide matt eng umschlungen, streicheln sich und können noch nicht loslassen. Sie werden sich einige lange Wochen nicht mehr sehen. Somit zurückgeworfen allein auf ihre jeweiligen unangenehmen Partnerschaften werden sie Tage und Wochen ohne diesen warmen, seelischen Ausgleich verbringen müssen. Keinen Austausch von Lieben und Geliebtwerden. Keine Vorfreude auf ein baldiges Wiedersehen.
Auf dem Hintergrund dieses Gefühls des nahen Trennungsschmerzes wollen beide noch einmal die letzten Augenblicke ihres Zusammenseins festhalten, speichern, für immer konservieren.

Aber, wie es sich später herausstellt, auf ihre jeweils eigene Art.

Er streift ihr sacht und langsam über den oberen Teil ihres Pos, hin zum äußeren Bereich ihrer Lende. Diese konkave Form einer flachen Kurve, einer leichten Mulde, einer sanften Hügellandschaft gleich hat es ihm angetan. Diese Körperstelle will er sich ins Gedächtnis einbrennen, will sich noch Wochen daran erinnern können. So gibt sich seine Hand dieser faszinierenden Landschaft hin, wiederholt noch einmal diese langsame, fühlende Bewegung, dieses Ertasten der wellenähnlichen Formgebung jenes schlanken Körperteils.

Sie dagegen versucht, sich seinen Geruch einzuprägen. Seinen körperlichen Duft, eine Mischung aus natürlicher Ausdünstung, Rasierwasser, Duschgel und Deodorant. Sie gesteht ihm ihre Faszination für seinen Geruch, welcher dem einer Zimtstange ähneln würde.

Sie fragt nach den Namen seiner Duftstoffe. Leider kann er die Namen von Deodorant und Rasierwasser nicht nennen, trotz seines Bemühens, sich derer zu erinnern. Sie wollte sich diese als Auffrischungsmöglichkeiten für ihr Gedächtnis kaufen. So muss sie ohne diese aphrodisischen Düfte bleiben, ohne eine hilfreiche Erinnerungsstütze für ihr Riechen und dadurch für ihr liebendes Fühlen. Notgedrungen muss sie sich seiner über einen langen Zeitraum hin nur so zu erinnern versuchen, allein aus ihren schönen Erinnerungen an ihn und ihre gemeinsamen liebkosenden Begegnungen.

Sommerpause

Sie sehen sich über einen Monat lang nicht, haben keinen Kontakt zueinander, weder telefonisch noch schriftlich, schon gar nicht körperlich. Ihre Phantasie geht manchmal mit ihr durch. Sie stellt sich den Verlust ihrer schönen Erlebnisse vor: Hat sich zwischenzeitlich vielleicht etwas Neues ergeben, etwas völlig Unvorgesehenes etwa, womit niemand rechnet? Eine schlimme Krankheit, womöglich sein Tod? Oder auch - er könnte ihrer überdrüssig sein?

Sicher, sagt sie sich, es macht keinen Sinn, sich verrückt zu machen. Doch das vage, ängstlich bange Gefühl meldet sich immer wieder. Diese Unsicherheit korrespondiert mit ihrer Sehnsucht nach ihm.

Nachts im Bett , wenn sie neben ihrem Tobias liegt, wandern ihre Gedanken zu ihm. Sie streichelt sich, stöhnt leise und muss sich doch gleichzeitig zurückhalten. Sie darf nicht laut sein, kann ihr Fühlen und lustvolles Wollen nicht offenbar werden lassen.

Sie wünschte, er würde ein Lebenszeichen von sich geben. Und gerade von ihr selbst kam damals bei ihrem letzten Treffen der Satz, es sei besser, nicht voneinander zu hören, sie würden das schon aushalten. Denkt er an mich, manchmal, öfter, viel, wenig oder kaum? Ebenso häufig wie sie an ihn denkt, ihn versucht zu erriechen, ihn sich ersehnt, sich herbeiträumt und, so wie jetzt, ganz nahe bei ihm ist? Wäre doch keine zeitliche Schlucht, keine kilometerlange Distanz zwischen ihm und ihr, nur dichte Nähe, tiefes Verbundensein.

Geburtstag in der Sommerpause

In drei Tagen hat sie Geburtstag. Gerne würde er sie mit einem Geburtstagsgruß überraschen – und das während der Sommerpause.

Aber wie anstellen, ohne Selbstverrat und Hinweis auf ihre Beziehung? Schließlich befinden sich ihr Mann aufgrund seines Urlaubs und die Kinder wegen deren Ferien zuhause. Und dann fällt ihr Geburtstag auch noch auf einen Sonntag. Der Griff zum Telefonhörer scheidet also eher aus. Zwar ist es wahrscheinlich, dass sie an diesem Tag als erste ans Telefon geht, um Glückwünsche entgegenzunehmen, sicher ist dies jedoch nicht. Einfach wieder auflegen, sobald ein Familienmitglied sich meldet, kann verdächtig wirken.
Er lässt folgende Situation an seinem inneren Auge vorüberziehen: Sie sei tatsächlich am Apparat und dann wüsste er zwar, was er ihr mitteilen will und könne dies auch ohne Bedenken zum Ausdruck bringen, aber was sollte sie spontan sagen in der eventuellen Gegenwart von Mann oder Kind? Sie müsste sich rasch einen Namen und eine Geschichte ausdenken. Sie ist zwar erfinderisch und schnell im Reagieren, doch in eine

solche potentielle Verlegenheit will er sie nicht bringen.

Nein, er muss sich zuerst eine Geschichte aus-denken, auch einen Namen vielleicht, welche er ihr präsentieren kann, damit sie direkt und unver-züglich darauf eingehen kann.

Ihm fällt ein, es sei am günstigsten, dicht bei der Wahrheit zu bleiben, weil diese oft das Glaub-würdigste sei. Also als Mitarbeiter seiner Organi-sation, für die sie immer wieder nebenberuflich arbeitet, ihr offiziell Dank und Glückwünsche zum Geburtstag aussprechen. Doch dabei seinen Namen nennen? Oder den seines Kollegen, mit dem sie vor allem zu tun hat? Beide Möglichkei-ten würden Gefahren bergen. Was, wenn der Kollege auf die Idee komme, ihr auch telefonisch zu gratulieren? Und wenn sein Name einmal genannt ist, würden damit für die Zukunft un-weigerlich Gedankenbrücken gebaut sein? Ein Risiko ist immer dabei. Dieses einzugehen oder nicht einzugehen ist letztendlich die zu entschei-dende Frage.
Natürlich wäre eine SMS denkbar, sofern nur sie selbst das mobile Telefon benutzen würde. Dies ist zwar in der Regel der Fall, aber nicht immer. Manchmal benutzen auch die Kinder ihr Handy. Vor Schriftlichem und Dokumentiertem ist je-doch grundsätzlich Vorsicht geboten. Dies prägt sich manchen ungewollt zur Kenntnis gelangten Mitwissern besser in das Gedächtnis ein als Ge-sprochenes.

So ist seine erste Überlegung wohl zu verwerfen, ihr ein offizielles Schreiben zu senden. Die Worte wären dabei zwar selbstverständlich gänzlich unverfänglich zu wählen. Allein ein offizielles Schreiben selbst sollte ihr unausgesprochen ein Zeichen seiner tiefen Zuneigung und sehnend verzehrender Sehnsucht sein. Ein Unausgesprochenes: Ich denke an dich, ich liebe dich.

Sind offizielle Schreiben tatsächlich unverfänglich? Oder gerade wegen ihrer scheinbaren Unverfänglichkeit verdächtig?

Er kann sich nicht entscheiden. Alle Möglichkeiten scheinen einen Hacken zu haben und könnten sich negativ auswirken. Es ganz zu lassen und kein Zeichen von sich zu geben, wäre eine weitere Alternative. Zwar ist dies die sicherste aller Möglichkeiten, aber auch besonders unbefriedigend und recht erbärmlich.

Es stellt sich für ihn mal wieder die Frage, wie viel Risiko will er eingehen und wie viel Gefahr nimmt er in Kauf. Noch einmal geht er die Möglichkeiten in Gedanken durch und wägt sie gegeneinander ab. Irgendwann muss er sich entscheiden.

Bald.

Er hat bis zu ihrem Geburtstag noch drei Tage Zeit.

Wie gratulieren?

Inzwischen ist Sonntag, 20.00 Uhr. Er hat sich immer noch nicht entschieden. Heute ist ihr Geburtstag.

Was ihm jetzt als die günstigste aller schlechten Möglichkeiten erscheint ist, ihr doch eine förmliche SMS zu senden. Sicher würde ihr eine Nachricht, ein Zeichen von ihm gefallen. Also doch etwas Schriftliches. Wie üblich ist es eigentlich bei ihr, ihren Geschäftspartnern ihre Handynummer zu geben? Das weiß er nicht. Wenn dies nichts Ungewöhnliches ist, wäre es plausibel und deshalb in Ordnung. Wenn es aber eher tabu ist, dann wäre eine SMS mehr als seltsam. Langsam macht sich Verzweiflung in ihm breit. Er will das Richtige tun. Er schwankt, kann sich nicht entscheiden. Im nächsten Jahr wird sie an einem Montag Geburtstag haben. An einem Tag also, an denen berufliche Telefonate üblich sind und deshalb unauffällig. Doch diese Überlegung ins kommende Jahr nützt ihm für sein momentanes Problem überhaupt nichts, ist nicht mal ein schwacher Trost. Oder per SMS eine anonyme Information, nur mit dem Inhalt: "Alles Gute zum Geburtstag"? „So ein Quatsch", durchfährt es ihn, „eine anonyme Nachricht - verräterischer geht es wohl nicht!" Er lässt es sein. Es ist schon spät. Frustriert hört er auf, nach einer guten Lösung zu suchen. So träumt, denkt und betet er nur.

Ihr Bild projiziert er vor sein inneres Auge. Süßes Verlangen und stechendes Sehnen durchströmt seinen Körper.

Neue Bemühungen

Das Kapitel, ihr anlässlich ihres Geburtstages seine Aufmerksamkeit zu schenken, ist noch nicht abgeschlossen.

Immer wieder muss er an sie denken. Es erscheint ihm nachlässig, ihren Geburtstag zu ignorieren, ihr kein Lebenszeichen zukommen zu lassen. Inzwischen ist es wieder Abend geworden. Er sitzt auf der Terrasse in einem Liegestuhl, die Rückenlehne weit nach hinten gestellt, fast in Liegeposition. So ist sein Blick in den Nachthimmel gerichtet. Die Augen und Ohren offen für eine Botschaft, eine Inspiration, eine Eingebung - wie es wohl auch Elias tat in der Wüste. Er betrachtet die Vielzahl von Sterne, verfolgt zwei rot blinkende Lichter von Flugzeugen in sehr großer Höhe. Jetzt erkennt er eine schwach leuchtende Sternschnuppe und weil man sich beim Anblick einer Sternschnuppe etwas wünschen darf, wünscht er sich für sie alles Glück und es möge ihr gut gehen, sowohl heute als auch zukünftig.

Ende August beginnt schon der Herbst. Im Übergang vom Abend zur Nacht wird es immer kühler. Er legt eine Isoliermatte auf den Liegestuhl, zieht sich einen Pullover an und weil auch das noch nicht reicht, umhüllt er sich mit einer zusätzlichen Decke.

Nach einiger Zeit des Sehens und Genießens, dann des erneuten Fühlens und Abwägens steht er auf, entschlossen, ihr eine Nachricht, doch per

SMS, zukommen zu lassen. Meistens benutzt nur sie selbst das Handy, glaubt er sich zu erinnern. Den bereits am Vorabend angedachten Text verändert er nur wenig. Anstatt „alles Gute zu deinem Geburtstag" schreibt er „alles Liebe zu deinem Geburtstag, deine Samariter".

Der Samariterbund ist der Verband, für den er teilweise arbeitet. Andere Verbandsmitglieder haben häufiger offiziellen Kontakt zu ihr. Deshalb bleibt es für ihre uneingeweihte Familie unklar, welche Person diese SMS nun tatsächlich sendete.

Ein letzter Tastendruck und die SMS ist versandt. Innerlich ist er froh und erleichtert, sich entschlossen zu haben und ist zuversichtlich, es würde schon gut gehen.

Allerdings, fällt ihm später ein, könnte jede Person, welche ihr Handy benutzt, seine SMS zurückverfolgen und seine Handynummer unter „Mitteilungen" leicht herausfinden. Doch dann ist es eben sein offizieller Geburtstagsgruß als Mitarbeiter des Verbandes.

Kleine Überraschung

Vereinbarungsgemäß darf er keine Antwort auf seine SMS erwarten. Trotzdem schaut er am darauf folgenden Tag zweimal nach, ob sie nicht doch eine Nachricht, eine kurze Reaktion gesandt hat.

Aber es gibt keine Antwort. Schade. Seine Hoffnung wurde nicht erfüllt. Emotional muss er sich eine gewisse Enttäuschung eingestehen. Doch rational gesehen macht es Sinn, von ihr keine Information auf sein Handy zu erhalten. Er hatte ihr vor kurzer Zeit gesagt, auch seine Frau benutze manchmal sein Handy. So gesehen ist es folgerichtig klug von ihr, ihm keine SMS zu senden. Andererseits ist er allein im Urlaub, und das weiß sie ja.

Einige Zeit später bemerkt er beim Versenden zweier SMS an seine Kinder zu seinem großen Erstaunen, er habe einen Fehler gemacht. Es fällt ihm wie Schuppen von den Augen: Sie kann seine SMS letzte Nacht nicht erhalten haben!

Er befindet sich gerade im Ausland und hat die Vorwahlnummer des Heimatlandes der eigentlichen Nummer nicht vorangestellt.

Das lange Abwägen und Zögern, die vielen Befürchtungen und Überlegungen waren alle vergebens. Diese Mühe hätte er sich sparen können. Sein Wollen, ihr eine Freude und eine Überraschung zukommen zu lassen, war nicht von Erfolg gekrönt.

Andererseits war sein Vorhaben auch mit einem gewissen Risiko verbunden. Welche Ironie des Schicksals. Oder etwa eine gute Vorsehung? Vielleicht sollte es so sein. Es gibt schließlich keinen Zufall. Womöglich ist es so das Beste, für sie und für ihn. Wer weiß das schon.

Telefonat nach der Sommerpause

Immer wieder schaut er auf die Uhr. Es ist der erste Tag nach ihrer unfreiwilligen Sommerpause. Der Tag, an dem er wie vereinbart wieder Kontakt mit ihr aufnehmen kann.

Nicht früher als acht Uhr ist es möglich, bei ihr anzurufen. Gleichzeitig ist er schon weitgehend fertig und vorbereitet, aus dem Haus zu gehen. Nach ewig langer Zeit kann er endlich wieder mit ihr zusammenkommen.
Nicht mehr lange, nur noch wenige Minuten bis acht Uhr. Noch schnell die Zähne geputzt – da klingelt das Telefon.
Er rennt aus dem Bad in sein Zimmer, vielleicht ist sie es. Gemäß Absprache ist es eigentlich er, welcher anzurufen hat.
Er nimmt den Hörer ab, es ist ihre Stimme. Nach einem kurzen Hallo meint sie, sie habe eine schlechte Nachricht: Tobias sei diese Woche zu Hause. Sie müsse zwar heute in seine Richtung, aber sie sollten sich besser nicht sehen.
Nach dem ersten überraschten Erstaunen versucht er mit ihr einen Ort auszuhandeln, welcher zwischen ihr und ihm liegt, aber ohne Erfolg. Es scheint nicht möglich.
Etwas bange fragt er: „Aber grundsätzlich schon?“
Ein kurzes, helles Auflachen ist von ihr zu hören: „Ja, grundsätzlich schon.“

Er bemerkt die Kürze ihrer Sätze und sie bestätigt ihm, für eventuelle Zuhörer unauffällig, dass sie im Moment nicht gut reden könne.

„Dann kann ich dich wohl auch nicht anrufen?"

„Nein, besser nicht. Ich rufe dich an. Geht das?"

„Ja, das geht. Also bis in einer Woche. Ich habe dich sehr, sehr lieb".

„Ich dich auch, bis dann".

Noch eine ganze unendliche Woche. Zusätzlich zu den bereits zurückliegenden vielen Wochen der Sommerzeit. Und jetzt kommt zu der weiteren Woche des Wartens die Unmöglichkeit hinzu, sie anzurufen. Wieder Funkstille, wieder Leere. Noch eine weitere Woche sehnen, Geduld aufbringen müssen, alleine sein.

„Höhlenerlebnis"

Jetzt ist es endlich soweit. Der Erstkontakt nach der langen Durststrecke der toten Sommerzeit ist gelungen.

„Sie gehen zu ihm".

Die neue Zwischenbodenkonstruktion, welche ihm auch in seiner beruflichen Tätigkeit von Nutzen ist, lässt einen noch dunkleren Raum entstehen.

Die Gelegenheit zu einem ersten Test bietet sich heute. Ihr mittelgroßer Lieferwagen ist noch voll beladen. Jetzt kann er mit Leichtigkeit die scherzhaft ironische Frage stellen: „Gehen wir zu mir oder zu dir?"

Nach einer gewissen Eingewöhnungszeit an diese stark abgedunkelte Situation kommt das Liebesspiel in Gang. Der Austausch von Zärtlichkeiten wird zweimal kurz aber plötzlich und ziemlich heftig unterbrochen. Er stieß sich mit seinem Kopf an der „tollen", neuen Konstruktion heftig an. Eine Höhenbegrenzung ist ungewohnt und braucht erste „Erfahrungswerte". Sie dient jedoch der Belustigung und fördert die sensitiven Empfindungen „schlagartig".

Sie ergreift die Initiative und hockt sich auf ihn. Selbst das auf und ab der beiden Körper in dieser Position ist zu seinem Erstaunen in diesem beschränkten Raum möglich.

Die Höhe des Nestes kann deshalb als „ausreichend", jedoch nicht unbedingt als „befriedigend" bezeichnet werden. Von einer Bewertung als „gut" oder gar „sehr gut" ist die Höhle aufgrund ihrer geringen Höhe konstruktionsbedingt weit entfernt. Vielleicht ist es aber auch eine Sache der Gewöhnung. Dies ist als erster Test zu werten. Der wirkliche Härtetest wird im Winter erfolgen.

Geburtstag und Besinnung

Heute hat er Geburtstag. Diesen Tag nimmt er als eine gute Gelegenheit, über sich, sein bisheriges Leben, seine momentane Situation sowie seine Ziele und Sehnsüchte nachzudenken und nachzufühlen.

Daraus könnten sich neue Entscheidungen ergeben, bezogen auf seine Wohnsituation, sein bloßes „Beiwohnen" mit einem Teil einer Familie, dem distanzierten Verhältnis zu seiner Ehefrau und dem sehnsüchtigen, doch sehr eingeschränkten Liebesleben mit seiner Freundin.

Grundlage für jede gute Entscheidung ist Klarheit, sowohl bezogen auf sich selbst als auch auf andere. Ein aktuelles Festlegen auf ein „Für" oder „Gegen", „Ja" oder „Nein", „Wechsel" oder „weiter so" ist heute angesagt. Soll sein Lebensweg nach links gehen oder rechts. Oder vielleicht geradeaus, was hier einem „weiter so" entsprechen würde?

Am liebsten würde er seiner heimlichen Freundin eine Nachricht senden, wie schön er seine Beziehung zu ihr empfindet. Sicher, die ersten Jahre, speziell einer inoffiziellen Beziehung, sind oftmals nur Verliebtheit, Zuneigung, einfühlsames Verstehen und leichtes, freudiges und trunkenes Zusammensein. Ihre gemeinsamen Zeiten sind schließlich immer sehr begrenzt und schon deshalb unbelastet von gemeinsamen Alltagssorgen und täglicher Routine.

Ganz anders seine langjährige Beziehung zu seiner Ehefrau.

Diese war besonders in den letzten fünf Jahren geprägt von wiederkehrenden Belastungen, permanenten Beleidigungen, üblen Beschimpfungen und subtilen Abwertungen. Sicher, es gab auch schöne Phasen. Es gab Zeiten gemeinsamer Ziele sowie deren Umsetzung. Die Phase des Kinderbekommens, deren ersten Lebensjahre mit pflegerischer Fürsorge, auch existentielle Erfahrungen mit deren Geburten und auch lebensbedrohlicher Erkrankung eines der Kinder. Deren ersten Worte, das Krabbeln und Rutschen, die unsicheren Schritte, das wackelige Fahrrad fahren lernen – all das scheint im Nachhinein pures Glück. Auch berufliche Belastungen und Krisen und neue Lebenswege in neuen Lebensformen meisterten sie. Es waren erfahrungsreiche Zeiten, ein emotionaler Schatz ist gewachsen.

Doch unterschiedliche Emotionalität, andere Ansprüche, differenter Umgang mit sich und anderen mahlten wie Mühlen die Körner ihrer gemeinsamen Zukunft zu feinem Mehl, welches vom Wind aufgewirbelt und schließlich weggeweht wurde.

Manche Ansprüche und Grundeinstellungen waren durchaus ähnlich, andere entwickelten sich in verschiedene Richtungen.

Insgesamt gesehen war ihr Zusammenleben immer durchzogen von einem Schleier von Anstrengung, Mühsal und Beschwernis. Kaum etwas Leichtes, kaum etwas fröhlich Ausgelassenes. Eher wurde viel Unbefangenes ausgelassen.

Mehr als Klage und Trauer kommen heute nicht zustande. Weit ist der Weg hin zu Richtungsänderung, Entscheidung und Neuorientierung. Er ist emotional noch zu gefangen, um mit innerem Abstand und gelöst und frei von seinen eigenen familialen Wunschvorstellungen neue Wege sich vorstellen zu können – weil diese mit schmerzhaften Konsequenzen verbunden wären.

Auch wenn es seltsam klingt: Einerseits das Existieren in familiärer Bindung und Verpflichtung, wenn auch sehr belastend, und andererseits und zusätzlich eine stark befriedende, liebevolle Zweitbeziehung voller zu entdeckender Reize – beides zusammen genommen ist auf eigene Weise stabil. Ein gewisses Gleichgewicht.

Doch kann und will er auf Dauer die belastenden ehelichen Momente aushalten? Gibt es ein beglückendes Leben ohne häuslichen Beziehungsstress? Wenn diese Last wegfiele, würden ihm dann seine recht seltenen Kontakte mit ihr genügen? Sind diese doch höchstens auf einmal pro Woche beschränkt. Mehr ist bei ihrem Zeitrahmen nicht drin. Würde er sich dann nach einem Mehr, nach höherer Intensität von Zuneigung und Lieben sehnen? Würde sein Verlangen schließlich seine Ungeduld anwachsen lassen und ihre Beziehung belasten oder gar vergiften? Sie ist seine Freude und Leidenschaft – welche Leiden schafft? Würde er aus Enttäuschung über die nur begrenzt mögliche gemeinsame schöne Zeit sich nach einer weiteren oder anderen Frau sehnen? Wenn ja, würde er dann nicht automatisch seine süße Beziehung aufs Spiel setzen?

Eine Zwickmühle. Was ist der rechte Weg, das wahre Glück und das gute Sein für sein weiteres Leben?

Gefühl und Verstand

Die Sehnsucht nach körperlicher und geistiger Nähe zu einem Menschen ist eine emotionale „*Trieb*-feder", welche in einer heimlichen Beziehung eine Gefahr in sich birgt: Das „suchend süchtige Sehnen" überlagert gern die Ratio, den gesunden Menschenverstand.

Gibt es in diesem Zusammenhang einen Zustand, einen Moment, in welchem der oder die heimlich Liebende verstandesmäßig zu sich sagen kann, jetzt bin ich zufrieden, ich erlebe die Erfüllung meines Sehnens, kein sehnsüchtiges Verlangen mehr?
Das Wesen des „Heimlichen" beinhaltet hier einen steten Wechsel von Erfüllung im freudigen Zusammensein und einer von Sehnsucht geprägter räumlichen Distanz.

Zurück zum praktischen Leben: In einer heimlichen Liebesbeziehung wird die Bereitschaft, ein Risiko einzugehen unbewusst und all zu gerne durch tiefe Sehnsucht beeinflusst. Die Offenheit für ein riskantes Treffen kann groß oder gering sein, je nach Gefühlslage des oder der Betroffenen. Und diese Gefühlslage des sehnsüchtigen Verlangens wiederum ist beeinflusst von der augenblicklichen Situation.
Wer aktuell Belastungen in erheblichem Maße unterworfen ist, sei es im Beruf, in der Ehe, im finanziellen Bereich, in verwandtschaftlichen Bezügen oder sonstigen Momenten des häusli-

chen und außerhäuslichen Lebenszusammen-
hangs, dessen oder deren wehmütige Sehnsucht
nach positiver Bestätigung, liebevoller Umarmung, gütiger Zärtlichkeit, bestärkender Anerkennung oder sanften verbalen und körperlichen
Streicheleinheiten ist ungleich höher als bei relativ
stressfreier Gesamtsituation.

So treiben ihn alltägliche Auseinandersetzungen
und Kommunikationsschwierigkeiten mit seiner
Ehefrau in eine emotionale Mängellage, welche
den Wunsch auf ein baldiges Wiedersehen mit
der Geliebten in starkem Grade fördert. Würden
etwa finanzielle Verbindlichkeiten oder starker
beruflicher Druck hinzukommen, stiege die
Sehnsucht ins schier Unermessliche.

Bei seinen intensiven Überlegungen für einen
realistischen Vorschlag für ein Treffen, welches
er in seiner Phantasie ausführlich plant und abwägt, übersieht er beinahe einen Termin im privaten Bereich. Hätte er diesen Termin nicht wahrgenommen und wäre er stattdessen bei seinem
Date mit dem heiß herbeigesehnten Menschen
gewesen, wäre er in erhebliche Erklärungsnot
gekommen.

Zwei Ebenen sind es, die miteinander um die
Vorherrschaft streiten. Beide haben für sich gesehen ihre volle Berechtigung. Es ist eine in sich
widersprüchliche Situation mit gegenläufigen
Kräften, welche in ihm ziehen und zerren: Das
bedürftige Gefühl strebt nach nährendem Kontakt und freudiger Erregung, während der bloße

Kopf und ein kühler Verstand als zweite Kraft, als Gegenpol, eingeschaltet bleiben müssen.

Seine Primärbeziehung

Die ehelichen Gegebenheiten der beiden unterscheiden sich durchaus. Der Alltag ist geprägt
von ganz anderen Aufgaben und verschiedenen
Verpflichtungen. Auch ihre jeweiligen Beziehungen zu ihren Lebenspartnern haben sich aus ihrer
je anderen Geschichte in unterschiedlicher Weise
ausgestaltet.

Allerdings gibt es durchaus auch Ähnlichkeiten,
welche nur in Nuancen variieren. Beide sind enttäuscht über ihr Zusammenleben und dem Verhalten des jeweiligen Ehepartners.
Während ihr fundamentaler Schmerz und ihre
Enttäuschung von einem „Allein-Gelassen-
Werden" in der kritischen Phase einer schweren
Erkrankung eines der Kinder herrührt und sie zu
der Erkenntnis kam, „wir passen einfach nicht
zueinander", ist sein schmerzhaftes Erleben von
einer großen Verschiedenheit zu seiner Ehefrau
im Verhalten gespeist, welche sich vor allem in
der Art der Kommunikation zeigt.
Die Verschiedenheit der jeweiligen Eheleute ist
also das Ähnliche, welche keine Chance mehr für
gegenseitiges Fördern und aneinander Wachsen
bietet, sondern den Alltag zu anstrengend macht
und sie beide jeweils mürbe werden lässt. Den
jeweiligen Ehepartnern dürfte es ebenso ergehen,
ebenso enttäuscht und ausgelaugt.
Seine bereits angesprochene Kommunikations-
schwierigkeit mit seiner Ehefrau zeigt sich deutlich im Alltag. Verstehen, was der oder die ande-

re mit den ausgesprochenen Worten meint, ist ein Problem. Während er die jeweiligen Sätze in deren Bedeutung wörtlich nimmt, sowohl beim Hören ihrer Worte als auch beim Ausdrücken seiner Gedanken, verarbeitet sie das Gehörte im Kopf bereits weiter und interpretiert somit unbewusst sein Gesagtes.

Auch wenn sie ihre Meinung und ihr Denken zum Ausdruck bringt, ist sie dabei bereits einen Schritt weiter als es der in Worte gefasste Zusammenhang plausibel erscheinen lässt.

So fällt es den beiden für gewöhnlich schwer, einander zu verstehen. Fehlgedanken und somit Fehlinterpretationen sind häufig ihr tägliches Brot. Doch Brot wird beim langen Kauen süß, ihr Sprechen und Nicht-Verstehen aber bitter. Ihre beiderlei Bezugrahmen sind sehr unterschiedlich. Reize, Signale, Effekte aus durchaus auch gemeinsam Erlebtem und aus derselben Umgebung werden in ihrem inneren Interpretationssystem deshalb unterschiedlich verarbeitet.

Ihr jeweiliger Bezugsrahmen ist in Kindheit, Jugendzeit und im jungen Erwachsenenalter selbstverständlich unterschiedlich ausgestaltet worden. Jeder Mensch deutet seine Umwelt auf dem Hintergrund der Summe der gemachten je eigenen Erfahrungen unterschiedlich. Doch Temperament, Gefühl-Kopf-Gewichtung und Sprechfreude unterscheiden sind zusätzlich stark.

Diese Grundkonstellation wird an nachfolgendem Beispiel deutlich: Seine Ehefrau erhält von der Mutter einer Freundin ihrer gemeinsamen

Tochter einen Anruf, ob die beiden bei ihnen zuhause wären. Die beiden Jugendlichen sind zusammen losgezogen, um eine Diskothek im Nachbarort zu besuchen und sind seit einer Stunde überfällig. Sie sind also bereits viel später dran als es vereinbart war und als es die elterliche Sorge bei aller Toleranz zugestehen kann. Dies löst bei seiner Frau hektische Betriebsamkeit aus, will sofort ins Auto steigen und die Strecke zwischen Heimatort und Diskolokal abfahren.

Er dagegen versucht zunächst nachzudenken. Er überlegt, welche die Ursache des „Zu-Spät-Dran-Seins" sein könnte und zweitens, wie dies herauszufinden wäre. Nachdem ihm eine Idee gekommen ist, handelt er. Er versucht, die Tochter auf dem Handy anzurufen und es ist, wie bei Jugendlichen üblich, eingeschaltet. So erfährt er, wo sich die beiden jungen Damen befinden und es stellt sich glücklicherweise als harmlos heraus.

Es ist sowohl ihm, und sicher auch seiner Ehefrau, sehr mühsam, diese Verschiedenheit in vielen kleinen und großen Dingen im Alltag auszuhalten. Schlimm ist es, immer wieder und regelmäßig von Neuem damit konfrontiert zu sein.

Für seine Ehefrau ist es eher unverständlich, wie er anders denken, fühlen und handeln kann als sie selbst denkt, fühlt und handelt. Es fällt seiner Frau Margit nicht leicht, zwischen „Ich" und „Du" zu unterscheiden und eine Vielfalt von Möglichkeiten im Alltagserleben in Erwägung zu ziehen. So macht sie immer wieder Vorschläge für gemeinsame Unternehmungen wie Konzerte besuchen, Ausflüge machen oder Spaziergänge. Aber es sind unglücklicherweise genau solche Vorschläge, die nur ihr selbst gefallen, sie bedenkt aber nicht seine Vorlieben. Es sind also die falschen Konzerte und Ausflugsziele. Und Spaziergänge mit ihr mag er überhaupt nicht mehr. Der Grund: Unterschiedliches Tempo im Gehen und vieles Reden. Margit wünscht sich von ihm, er mache seinerseits Vorschläge. Doch mittlerweile ist er den Auseinandersetzungen und Konflikten so überdrüssig, dass er keine zusätzliche gemeinsame Zeit mit ihr verbringen will.

Du sollst nicht begehren deines Nächsten Weibes

Er ist kein Theologe, hat aber dieses Gebot „Du sollst nicht begehren deines Nächsten Weibes" als Kind kennen gelernt und im Verlauf seines Lebens immer wieder gehört. Heute, in seiner jetzigen Situation, setzt er sich mit diesem Gebot neu auseinander. Was ihm auffällt und negativ aufstößt ist das Gewicht und die Bedeutung, die dem „Nächsten" in diesem Gebot zugemessen wird.

Das Weib, die Frau, wurde in der damaligen Zeit und dortigen Gesellschaft als Besitz des Mannes angesehen. Sie war Objekt, be-herr-scht, unfrei und abhängig.
Ist es heute wirklich anders? Heute gibt es unterschiedliche Kulturen mit verschiedenen ethischmoralischen und soziologischen Grundeinstellungen. In orientalischen und manchen anderen als der jüdisch-christlichen Tradition verwurzelten Kulturkreisen ist es dem Mann erlaubt, zwei oder auch vier Frauen zu „haben", also sein Eigen nennen zu dürfen. Dies sind dann aber wirklich die „eigenen" Frauen. Keine anderen Männer dürfen es wagen, ein Auge auf die Ehefrauen eines anderen Mannes zu werfen.
Außer damals, in der relativ kurzen Zeit des Matriarchates ist es der Frau gesellschaftlich nicht erlaubt, ebenfalls mehrere Männer ihr Eigen zu nennen. Auch die ökonomischen Abhängigkeiten lassen und ließen diese Option meist nicht zu.

Heute und in der westlichen Welt, sind Mann und Frau vor dem Gesetz (fast) gleich, mit denselben Rechten ausgestattet. Das kirchliche Gebot, „du sollst nicht begehren deines Nächsten Weibes" gilt im kirchlichen und weltlichen Bereich immer noch.

So wird mit der Heirat die persönliche Freiheit aufgegeben, auch andere Männer oder Frauen zu lieben. Es wird dadurch „freiwillig" dem Ehepartner oder der Ehepartnerin das Recht zugestanden, über die Lebensführung des oder der anderen mitzubestimmen. Sexuelle Treue - das heißt einander lieben und ehren, „bis dass der Tod uns scheidet", wird gelobt und versprochen. Wäre es bei der heutigen hohen Scheidungsrate nicht sinnvoller zu versprechen, „bis dass die entschwundene Liebe" uns scheidet? Oder: „Bis wir uns auf die Nerven gehen", „bis du oder ich aufgrund der Beziehung psychosomatisch erkranken", „bis eine/r von uns handgreiflich wird und körperliche Gewalt anwendet"?

Warum überhaupt noch heiraten?

Ist es wirklich gänzlich unvorstellbar, für die Zeit des Aufwachsens der Kinder langfristig, verlässlich und freiwillig per Absprache sich gegenseitig verantwortlich zu erklären? Eine bewusste, notarielle Vereinbarung diesbezüglich statt eines Ehevertrages wäre vielleicht juristisch denkbar. Sicher, die Rechte des Kindes, beziehungsweise der Kinder, müssten dann gestärkt werden.

Die gesellschaftliche Norm beinhaltet bezüglich sexueller Treue die offizielle Spielregel, keinen intimen Kontakt mit anderen Menschen zu pflegen. Um diesen doch zu haben, müssten sich die Eheleute zunächst scheiden lassen. Die inoffizielle Realität zeigen soziologische Daten auf, welche eine Zweitpartnerschaft beziehungsweise ein „Fremdgehen" von über 50% der Männer und über 40% der Frauen feststellen.

Wie die Realität in anderen Kulturkreisen ist, kann nur schwer in Erfahrung gebracht werden. In einem Land in Afrika jedenfalls drohte eine Frau gesteinigt zu werden, weil sie außerehelichen Kontakt mit einem Mann hatte. Diesen sexuellen Kontakt hatte sie nur deshalb, weil sie von genau diesem Mann vergewaltigt wurde.

Es ist ein zusätzlicher Balanceakt zwischen der Autonomie der oder des Einzelnen einerseits und den moralischen Spielregeln der jeweiligen Gesellschaft andererseits dann, wenn zwei verheiratete Eheleute hierzulande zusammenkommen, die sich nicht gemäß Ehevertrag versprochen haben. Ebenso, wenn ein allein lebender oder geschiedener Mensch und ein verheirateter Mensch sich aufeinander einlassen wollen. Dieser Gegensatz zwischen Besitztum und Autonomie lässt sich wohl nicht auflösen. Das Begehren eines „fremden" Eheweibes ist verboten, weil sie das Eheweib eines Anderen ist. Wenn sich jedoch ein „Ehemensch" als individuelles Subjekt in Eigenverantwortung sich der eigenen Selbständigkeit und Autonomie zuwendet, anstatt sich dem versprochenen und verpflichteten Treuegelöbnis knechtisch verbunden zu fühlen, wird der belastete Ehemensch freier und offener.

Ganz frei und offen wird er oder sie nur durch ein Bekanntgeben des Autonomiewunsches gegenüber dem Ehepartner oder der Ehepartnerin und gegenüber der Öffentlichkeit. Dies bedeutet als Folge ein Leben in „offener Ehe", oder in Trennung, oder in Scheidung.

Sind Trennung oder Scheidung aus Rücksicht auf die Kinder nicht sinnvoll, und eine „offene Ehe" wegen dem Fehlen des Einverständnisses des Partners, der Partnerin nicht möglich, bleibt nur der Weg in die gelebte Heimlichkeit.

Heimlichkeit ist auch dann nötig, wenn der Ehemensch diese Freiheit einer außerehelichen Verbindung und eine eigene Autonomie zwar sich selbst zugesteht, aber nicht dem Ehepartner – was moralisch jedoch höchst bedenklich erscheint.

Ist es möglich, sich der Familie als Nest für das verlässliche Begleiten der Kinder verbunden und verpflichtet zu fühlen und gleichzeitig der Ehefrau oder dem Ehemann gegenüber ungebunden und frei?

Sofern diese Art der „offenen Ehe" eine gesellschaftlich gültige und anerkannte moralische Übereinkunft werden könnte, könnte das Gebot „du sollst nicht begehren deines Nächsten Weibes" aufhebbar sein.

Die Leichtigkeit des Anders-Seins

In dem Buch „Die unerträgliche Leichtigkeit des Seins" setzt sich Milan Kundera mit dem Verhältnis zweier Menschen auseinander, welche zunächst nicht zueinander passen, weil der Mann wechselnde Liebespartnerinnen hat, während die Frau monogam leben will.

Der Gegensatz zu dieser dissonanten Konstellation sind harmonische Situationen. Entweder, wenn sich jeweils zwei Libertin oder wenn sich zwei sich treue Personen gefunden haben.
Die Untreue des Mannes führt in jenem Buch zu persönlichen Verletzungen der Frau. Diese Konstellation scheint nicht lebbar – selbst bei größter Toleranz.
Was also kann als Lösung in Betracht kommen?
Zum einen der Wechsel der Einstellung zu Treue von einem der Partner: Der Mann kann sich aus Liebe zu der Frau zu einem Leben in Treue entschließen, wie in diesem Buch von Kundera, oder die Frau wird neugierig auf die körperlichen Reize anderer. Auch Bisexualität kann in Frage kommen. Diese Lösungsansätze setzen Offenheit und gute Kommunikation in der Partnerschaft voraus. Eine letzte Art des Verhaltens bei einer ungleichen Grundeinstellung der Partner ist das Verschweigen von Beziehungen gegenüber Dritten. Beschrieben in „Salz auf unserer Haut" von Benoîte Groult.
In wie weit diese Lösung eine auf Dauer befriedigende ist, bleibt den einzelnen Akteuren überlas-

sen. Beides ist denkbar: Höhere innere Zufriedenheit, aber auch zunehmende Belastung und
Anspannungen durch moralische Bedenken, un-
stillbarer Sehnsucht oder durch Stress mit dem
„Versteckspielen".

Traum (2), Frühstück

Sie hat wieder von ihm geträumt.

Dafür beneidet er sie. Auch er würde ihr gerne im Traum begegnen.

Ihr war, als ob er zum Frühstück bei ihr sei. Ein Wunsch nach gemeinsamem Alltagsleben? Allerdings hat er nicht so ausgesehen, wie in der Realität. Aber sie weiß, er war es.

Nur ihr Haus sehen

Solange hat er noch nie auf sie gewartet.
Sie hat zwar die Angewohnheit, leicht zu spät zu kommen, doch dass sie so spät dran ist wie jetzt, ist nun doch sehr ungewöhnlich.

Der heutige Treffpunkt ist ein großer Supermarkt. Zum Zeitvertreib war er schon beim Tanken und schlendert am Kiosk vorbei, schaut im Stehen Autozeitschriften an und die Titelbilder einschlägiger, aufreizender Magazine. Zurück auf dem Parkplatz stellt er enttäuscht fest, dass ihr Auto immer noch nicht zu sehen ist.
Er ist im Grunde kein furchtsamer Mensch, ist eher überlegt vernunftorientiert und ein rationaler Typ. Deshalb malt er sich im Kopf nicht allzu schnell irgendwelche Horrorszenarien aus oder pinselt grausige Katastrophenbilder an die Wand.
Heute ist es anders. Nun sitzt er im Auto und fragt sich ernsthaft, ob ihr etwas zugestoßen sein könnte.
Er überlegt verschiedene Möglichkeiten, was wohl bei ihr dazwischen gekommen sein könnte. Sie liegt vielleicht zuhause krank im Bett – aber dann könnte sie ihn trotzdem anrufen. Sie könnte im Krankenhaus liegen, unfähig sich zu bewegen…
Letztlich entschließt er sich nach kurzem Abwägen des Risikos, sie zuhause anzurufen.

„Jetzt habe ich dich aber lange sitzen lassen", ist ihre erste Aussage am Hörer. Und ihre Begründung: „Das Auto streikt, springt nicht an, habe alles probiert und kann deshalb nicht kommen. Dich anrufen ging auch nicht, weil ich deine Handynummer in meinem Handy gespeichert habe und es funktioniert nicht. Vielleicht ist der Akku defekt."

Nach einem weiteren verbalen Austausch meint sie: „Aber komm` doch mich besuchen, das geht schon."

Er überlegt und wägt ab. Zeitlich ist es kein Problem.

Kopfzerbrechen macht ihm das Risiko des „überraschend von der Arbeit nach Hause kommenden Ehemannes". Diese Gefahr bleibt. Tausend mal hat er sich gewünscht zu sehen, wie sie wohnt und lebt. Tausendmal das Risiko als zu hoch eingestuft. Auch jetzt.

Aber seine Sehnsucht nach ihr arbeitet und drängt in ihm. Letztendlich entschließt er sich zu einem Kompromiss: Sie besuchen, aber leider nicht mit ihr schlafen.

Freudig fährt er ca. 20 Minuten lang zu ihr. Wie prickelnd diese Erwartung, die Phantasie nach dem Unbekannten.

Erst vor drei Tagen saß er im Auto vor ihrem Haus. Kurz nur. Es war Samstagmorgen, etwas vor acht Uhr. Nur das Fenster links neben dem Eingang war beleuchtet. Leider war es ihm aufgrund des spitzen Winkels nicht möglich, in das Fenster hineinzuschauen. Er fragte und sehnte sich: „Ist sie es, die schon wach ist? Ist dort die Küche, macht sie gerade Frühstück?"

Mehr als das Haus sehen

Er fährt wie vereinbart zu ihr in ihren Ort, in ihre Straße, zu ihrem Haus.

Sie steht gerade vor dem Haus an der Straße und unterhält sich mit der Postbotin. In zehn Meter Entfernung steht das Postauto.
„Besser nicht anhalten" denkt er sich, fährt vorbei, dreht eine große Runde im Ort um Zeit verstreichen zu lassen und fährt zurück. Das Postauto steht nun 200 Meter weiter vom Haus entfernt. Weit genug.
Er hält vor dem Eingang zu ihrem Ladengeschäft. Sie tritt kurz heraus und deutet ihm, auf der gegenüberliegenden Straßenseite zu parken. Erst später erfährt er warum: „Wenn du auf der anderen Seite der Straße dein Auto abstellst hat es den Anschein, als ob das Auto zu der angrenzenden Fabrikhalle gehört."
Ist sie nicht toll? Sie denkt strategisch! Für diese Gelegenheit, da er zu ihr nach Hause kommt, hat sie vieles im Voraus bedacht. Manches, was er seinerseits nicht im Vorfeld bedenken kann, weil er die nähere Örtlichkeit nicht kennt.

Sie gehen tiefer in den Verkaufsraum hinein und hinter einer Säule umarmen und küssen sie sich, zunächst vorsichtig, dann immer intensiver. „Ich will deine Räume sehen, will wissen wo du sitzt, wenn du mit mir telefonierst." Sie zögert und meint, es sei nicht aufgeräumt.
Wie wenn ihm das wichtig sei!

„Keine Angst, ich verspreche dir, ich werde nicht aufräumen."

Von außen ist es ein hübsches Haus, wohl dimensioniert. Naturbelassenes Holz, weißer Putz und Glas bestimmen die Außenansicht. Und hier im Inneren setzt sich dieser Stil fort. „Das ist mit ihr Stil" denkt er sich. Wer welche Anteile an der Gestaltung hat, ist ihm nicht bekannt. Er sieht beim Rundgang durch das Haus auch ihr gemeinsames Schlafzimmer. Dort ist das Bett, in welches sie die tot kranke Taube mit hinein genommen hat. Es ist für ein Doppelbett sehr schmal. Wohl nicht breiter als 1,40 Meter. Wie hält sie es auf Dauer nur aus, mit ihrem Mann darin zu schlafen, auch wenn dieser extra schlank sei? Er fragt sie und sie meint, sie liege gerne auf der Seite und so wäre es nicht zu eng. An der Türschwelle zum Schlafzimmer streicheln sie sich zärtlich.

Das Zimmer links neben dem normalen Hauseingang ist tatsächlich die Küche und sie sei auch um diese Zeit morgens um acht Uhr in der Küche gewesen. Damals, vor drei Tagen, waren sie also schon nah beieinander, als er vor dem Nachbarhaus im Auto saß und sehnsüchtig an sie dachte. Und jetzt steht er in diesem Haus, ganz bei ihr.

Sie hat die Außentüren ihres Ladens abgeschossen und lässt das klingelnde Telefon unberücksichtigt. Auf der Suche nach einem sicheren und uneinsehbaren Ort denkt er zuerst an die angrenzende Toilette. Diese wäre groß genug, stellt aber alles andere als einen kuscheligen Ort dar. Sie hat wieder vorausgedacht und deutet auf den begehbaren Kleiderschrank. Er ist nicht recht überzeugt, hat Bedenken. Der Zugang ist mit einem Vorhang versehen, welcher offen steht. So bietet sich direkter Blickkontakt zur Eingangstür, welche zum großen Teil aus Glas besteht. Ein kurzes Verhandeln um den rechten Ort ergibt die Lösung. Sie zeigt ihm, dass sich der Vorhang vollständig zuziehen lässt. Jetzt kann er diesen Ort akzeptieren. Schließlich ist er auch der Gast in diesem Hause und Gäste sollten sich auch wie Gäste benehmen und keine Ansprüche stellen oder Angebote unhöflich ablehnen. Es sollte sein Schaden nicht sein.

Zunächst will er sich nicht recht ausziehen und ist zusätzlich etwas besorgt darüber, wie weit sie sich bereits ihrer Kleider entledigt hat. „Was ist, wenn jemand kommt, wenn dein Mann überraschend nach Hause käme"? Die typische „Ehemann überrascht Ehefrau mit Liebhaber" Konstellation. Genau diese Situation, welche er vermeiden wollte und es sich deshalb ursprünglich selbst untersagt hatte, zu ihr in ihr Haus zu gehen. Sie beruhigt ihn mit dem Argument, sie würde es frühzeitig bemerken: Erstens weil er immer in die Garage fährt und dabei das Motorengeräusch gut zu hören ist, sich zweitens das Garagentor nur schwer öffnen lässt, was Zeit braucht und drittens, weil sie sich schnell anziehen könne. „Nun gut, dann müsse er sich eben auch schnell anziehen und es muss noch Zeit sein, den Schlüssel in der Haustür zum Öffnen umzudrehen, " denkt er bei sich.

Er lässt sich in diesem engen Raum auf den Hocker nieder und sie setzt sich, zu ihm gewandt, auf ihn. Zuvor hat er schon im Stehen beim Liebkosen festgestellt, dass sie bereits feucht ist.

Ihr gemeinsames Liebesspiel erfährt eine kolossale Steigerung: Die Stirnseite des begehbaren Kleiderschrankes ist voll verspiegelt. So sieht er sie und sich zum ersten Mal ganz, in voller Länge nackt. Fasziniert schaut er in das spiegelnde Glas während sie sich lieben. Er genießt ihren Anblick. Wie hübsch sie ist. Bislang, ohne Spiegel, war diese reizvolle, ganzheitliche Sicht aufgrund der eng umschlungenen Situationen verständlicherweise nicht möglich. Nur einzelne Teile ihres schlanken Körpers waren bis zum jetzigen Augenblick immer nur selektiv zu sehen. Gibt es nicht das Wort: „Mit Abstand sieht man besser?" Er überblickt ihre gesamte Gestalt auf einmal plus das Profil ihres Gesichtes mit der attraktiven Stupsnase. Wie edel ihr Körper, vollendet, perfekt, berauschend. „Was für ein schönes Paar wir doch sind", stammelt er keuchend und bemerkt erst später, wie er sich dabei ganz selbstverständlich mit einschloss.

Risiken eines häuslichen Treffens

Wie ist nun das Wagnis eines Treffens im eigenen Haus oder Wohnung zu bewerten?

Sicherlich hängt die Größe des Wagnisses auch von den äußeren Umständen ab: Die Einsehbarkeit des Zugangs zu Haus oder Wohnung; ist es Tag oder Nacht; gibt es einen oder mehrere Bewegungsmelder, welche/r die ankommende Person hell erleuchtet; sind da neugierige Nachbarn, welche alles und jede/n registrieren; ist es ein einzeln stehendes Haus in Randlage oder ein Reihenhaus in dicht bebauter Wohngegend; handelt es sich um eine Wohnung in einem Zweifamilienhaus oder in einem Hochhaus mit vielen Wohnungen?
Der Haupteingang eines Hochhauses ist normalerweise zwar gut einsehbar, was zunächst als kritisch betrachtet werden kann, aber viele Personen benutzen ihn. Diese können sowohl Bewohner selbst sein als auch Besucher der vielen Hausbewohner.
Zu welchem Bewohner gehört der fremde Besuch? In einem Haus mit vielen Wohnungen lässt sich eine Zuordnung der Besucher zu den einzelnen Bewohnern schlecht realisieren.

Das Risiko einer großen Überraschung ist zusätzlich davon abhängig, wo der/die (Ehe-) Partner/in arbeitet. Liegt seine Tätigkeit im Nachbarort und er/sie kann kurz nach Hause kommen, weil etwas vergessen wurde?

Oder ist er/sie im Gegensatz dazu auf Auslandsreise mit vermeintlich sicherem Abstand? Dabei kann eine ungeplante vorzeitige Rückkehr nicht ausgeschlossen werden.

Ebenso verhält es sich bei einer Urlaubsreise oder einem Wochenendausflug mit Freunden oder dem Sportverein. Eine mögliche Sicherungsmaßnahme ist ein Telefonkontakt zur Bestätigung der Präsenz im Ausland oder anderswo. Dabei dürfen die Kontrollkontakte nicht in ungewohnt häufiger Zahl sein. Ein täglicher Anruf als Kontrollanruf ist verdächtig, wenn diese Praxis nicht der üblichen Gewohnheit entspricht.

Wie wahrscheinlich sind überraschende Ereignisse wie das Nachhauskommen eines Kindes, Besuch von Verwandtschaft oder das „Hereinschneien" eines/r Bekannten oder von Freunden?

Auch der Paketzustelldienst oder ein Lieferant erbittet ab und an Einlass. Sicher kann die Tür bei bestimmten Personengruppen einfach nicht geöffnet werden. Bei anderen muss ein gutes Alibi, wörtlich „anderswo", für eventuelle Rückfragen im Hinterkopf bereitgehalten sein.

Auf alle Fälle würde eine schöne, romantische Musik in der Wohnung Fragen aufwerfen, wenn die Tür für den Besucher verschlossen bleibt.

Angehörige haben ihren eigenen Wohnungs- oder Hausschlüssel. Was dann?

Wenn es auch komfortabel ist, die eigenen vier Wände als Treffpunkt zu wählen, ist das Risiko

dort deutlich höher als an einem dritten Ort, möglichst weit weg von den jeweiligen gewöhnlichen Aktionsradien der beiden Liebenden.
Dort sollten keine Bekannten, Nachbarn, Geschäftskollegen, Kegelbrüder, Verwandte oder Eltern von Schulkameraden der eigenen Kinder anzutreffen sein. Diese könnten sich allerdings „zufällig" auch dorthin „verirrt" haben. Ein einsamer, unfrequentierter Ort ist jedenfalls einem Ausflugsziel vorzuziehen.

Aber wer hat nicht schon im europäischen oder sogar ferneren Ausland ganz zufällig, zum Beispiel im Urlaub oder auf Geschäftsreise, Personen getroffen, die man irgendwie kennt, oder die einen selbst kennen?
Nein, „König Zufall" ist kein Bündnispartner von heimlich sich Liebenden.

Traum (3)

Sie träumt erneut von ihm:

Gemeinsam fahren sie zum Zelten. Bewusst wählen sie eine Gegend, gerade diesen Ort, wo sie niemand kennen dürfte.

Es sind zwei schöne Tage in der Natur: Freiheit im Freien, frei und ungebunden von Verpflichtungen, von der Familie und den immer wichtigen letzten Neuigkeiten, befreit von Arbeit, Last und Sorge. Nur Sonne, Wind und Wasser, schmusen und kuscheln, planschen und springen, liegen und herumtollen wie junge Hunde.

Irgendwann kommt ihr die Idee, sie würde ihn gerne ihrer Mutter vorstellen – als ihren Freund. Bislang hat sie damit gezögert. Es schien seltsamerweise nicht angebracht. Ihn gerade ihrer Mutter vorstellen ging irgendwie nicht.

Spät im Traum erkennt sie, warum es nicht angebracht ist und warum es nicht geht: Sie ist ja verheiratet.

Treffen zu dritt

Ihre heimlichen Treffen werden komplizierter. Ein kleines, vier Monate altes Kleinkind und deren Mutter brauchen ihre Unterstützung.

Ihre Nichte hat nach langer Suche wieder eine Arbeitsstelle gefunden. Eine einmalige Chance, in der entlohnten Arbeitswelt wieder Fuß zu fassen. Die Nichte ist allein erziehend und von anderen Verwandten und Bekannten kann kaum Hilfe erwartet werden.

Er weiß von ihrer moralischen Verpflichtung, die kleine Thea zu nehmen – trotz ihres Ladens und ihren eigenen Kindern. Das geht nur, weil sie viel zuhause Arbeiten kann und ihre Nichte in unmittelbarer Nachbarschaft wohnt.

Deren neuer Arbeitsplatz ist in einer Stofffabrik. Die dortige hohe Geräuschkulisse, chemisch behandelte Stoffe und die räumliche Situation an deren Arbeitsplatz lassen einen Gedanken daran, ihr Kind mit zur Arbeit zu nehmen, nicht zu. Einen Betriebskindergarten gibt es nicht und Säuglinge werden in normalen Kindergärten nicht aufgenommen.

Sie selbst fühlte sich anfangs eher moralisch verpflichtet, eine regelmäßige Betreuung anzubieten. Es war nicht ihr Herzenswunsch, neue Verpflichtungen einzugehen. Wenn sie auch die Kleine seit deren Geburt kennt und deren Liebreiz vielfach erfahren hat, so empfand sie ihre täglichen Aufgaben schon zahlreich genug. Die ersten Tage mit der neuen Erdenbewohnerin stellten sich als relativ unkompliziert heraus, sodass Freude an dem süßen Kind immer mehr wuchs. Die kleine finanzielle Anerkennung durch die Nichte ist für ihr Gesamtbudget nebenbei auch vorteilhaft.

Sie muss das Kind zu ihrem Treffen mitbringen. Ihr eigenes Fahrzeug ist voll beladen und er benutzt gerade einen Kleinwagen, weil sein Transporter gerade in der Werkstatt ist – womit die Frage nach einer kuscheligen Bleibe unbeantwortet bleibt und ein Problem darstellt.

So gehen sie mit Thea im Kinderwagen spazieren. Er freut sich an dem kleinen, hilflosen Wurm. Mit seiner sanften, respektvollen Art hat er den ersten Kontakt mit Thea rasch hergestellt.

Allmählich schwindet ihre große Befürchtung, er könne sauer darüber sein, weil er sie bei ihren Treffen mit einer dritten Person teilen muss. Schließlich verabreden sie sich eigentlich nicht mit dem Ziel, einen Kinderwagen durch die Gegend zu schieben.

Sie besprechen die Situation. „Wie es aussieht, gibt es für mich augenblicklich keine andere Lösung, als die Kleine zu unseren Treffen mitzubringen", beginnt sie das Gespräch. „Das ist schon in Ordnung, ich mag kleine Kinder. Außerdem müssen wir uns der Realität stellen. Wenn wir bis an unser Lebensende heimlich zusammen sind, werden wir noch viele Situationen immer wieder neu und kreativ gestalten müssen." Er küsst sie und nimmt sie in den Arm.

„Aber das wird so die nächsten Monate gehen und wenn sie mal reden kann, kann ich sie nicht mehr mitbringen." Sie schaut ihn mit schräg geneigtem Kopf an. Ihre Skepsis ist durchaus weiterhin vorhanden. Kann er wirklich eine solche Situation akzeptieren? Ihr fällt es schließlich selbst schwer, mit diesem neuen Umstand umzugehen.

Jetzt übernimmt er das Schieben des Kinderwagens. Mit ihrem stillschweigenden Einverständnis lenkt er das Gefährt weg vom asphaltierten Feldweg hinein ein einen holprigen Waldweg. Diesen Weg kennen sie. Im laufe der Zeit haben sie sich zweimal ganz in der Nähe geliebt. Einmal war es vom Waldweg links abzweigend im jungen, dichten Buschwerk. Es war im Frühling. Er erinnert sich an die wärmenden Sonnenstrahlen, welche seinen Po und die Oberschenkel wärmten und erfreuten, als er auf ihr lag. Das andere Mal war es vom Waldweg rechts abzweigend, den leicht abfallenden Hang abwärts und dann links unterhalb einer Hangkante, ganz in der Nähe eines Ameisenhügels.

In diese Richtung steuert er den Kinderwagen, ohne allerdings weit zu kommen. Thea schaut aufmerksam auf die beiden, während in ihrem Hintergrund die Baumkronen vorüberziehen.

Sie bleiben stehen und beginnen, sich zu umarmen und zu liebkosen. Zu einem sich Niedersetzten und Niederlegen ist es viel zu feucht. Eine zeitlang schaut Thea aufmerksam zu. Doch irgendwann wird es ihr zu langweilig und ungemütlich. Auch verspürt sie einen leichten Hunger.

Sie treten zu dritt den Rückweg an. Jetzt hat die „Kindsmagd" einen nachdenklich, abwägenden

Gesichtsausdruck. Er fragt sie, an was sie gerade denke. Sie zögert und bringt keinen Ton über ihre Lippen, bleibt stumm.

So meint er halb bewundernd und halb ironisch; „Wenn du etwas nicht sagen willst, dann sagst du das auch nicht."

Diese Erfahrung mit diesem ihrem Verhalten hat er schon einige Male gemacht.

Anstatt wie beabsichtigt zu den Autos zurückzukehren schlägt sie vor, sich auf eine Bank zu setzen. Dort gibt sie der kleinen Thea die Flasche.

Den aus dem niedlichen Mund fließenden milchigen, mit Speicher zersetzten Ausfluss wischt er immer wieder mit seinem Daumen und Handrücken ab.

Auch nimmt er das Kind mit ihrer Erlaubnis zu sich in die Arme und stemmt es in die Höhe, hält es wie zum Fliegen über seinen Kopf, setzt wenig später die Füßchen auf seinen Bauch und animiert Thea dazu, sich immer wieder abzustemmen. Dies wird von einem „Und hopp" stimmlich begleitet. Beiden macht es sichtlich Spaß. Sie schaut ihnen zu und freut sich innerlich.

Jetzt gesteht sie ihm auch, was sie beim Zurückgehen gedacht hatte: „Ich überlegte, ob ich mit Thea jetzt nach Hause fahren sollte oder ihr in deiner Anwesenheit die Flasche geben kann."

Drängendes Sehnen

So was Dummes! Am verabredeten Treffpunkt angekommen stellt er fest, wieder früher da zu sein als sie. Also wie üblich warten.

Das Warten ist eine gute Übung.
Wir erhalten die meisten Dinge oder Menschen oder Situationen, welche wir uns wünschen, nicht sofort.
Simeon hat im Neuen Testament sein ganzes Leben vor dem Tempel gewartet, um das „Heil" zu sehen, „das Du bereitet hast vor allen Völkern".
Für gewöhnlich nutzt er diese Zeit des Wartens entweder mit dem Erledigen von beruflichen Dingen, dem Strukturieren seines Tages, dem Vorplanen der restlichen und der kommenden Woche, oder er lernt Spanisch.
Oft ist trotz nutzvollem Gestalten der Wartezeit die unklare Prognose lästig, wann sie wohl kommen wird, wie lange die Wartezeit andauern wird.
Werden es 20, 40 oder gar 60 Minuten werden?
Heute ist es allerdings anders. Überraschend muss er feststellen, dass sie bereits vor einer Stunde versucht hat, ihn über sein Handy zu erreichen. Er hat diesen Anruf nicht vernommen, weil er nur den „Vibrationsalarm" und nicht den „Klingelton" eingeschaltet hat. Was wollte sie ihm sagen? Welche wichtige Nachricht konnte sie ihm dadurch nicht mitteilen?
Etwa, sie käme deutlich später? Oder schlimmer, sie käme überhaupt nicht, weil etwas Unvorher-

sehbares, etwas besonders Wichtiges oder schrecklich Furchtbares geschehen sei? Und das nach tagelangem Sehnen.

Käme sie nicht, könnte er sofort weiterfahren zu seiner Arbeit. Aber würde sie sich nur verspäten und er wäre weiter zu seiner Arbeit gefahren, dann würde sie am Ende an diesen Treffpunkt kommen und er wäre nicht da.

Sie könnte ihm eventuell ihre Ankunft auch nicht mitteilen, weil sie kein Mobiltelefon besitzt., weil sie unterwegs ist und kein öffentlicher Fernsprecher in der Nähe zu finden sei.

Immer wieder wies er in der Vergangenheit auf die Vorteile und den Nutzen eines Handy hin – speziell in ihrer beider Situation mit ihren eingeschränkten Möglichkeiten der Kontaktaufnahme.

So kann er diesen verabredeten Platz nicht verlassen. Sie würde eventuell vergebens hierher fahren.

Eine weitere negative Folge wäre, sie würden sich heute überhaupt nicht sehen.

Deshalb entschließt er sich notgedrungen und verbunden mit eine leichten Enttäuschung, auf sie zu warten. Er richtet sich auf eine lange Wartezeit ein. Eine Überlegung seinerseits ist zusätzlich, dass die Wahrscheinlichkeit, sie würde sich nur verspäten, deutlich höher ist als die Annahme, sie käme überhaupt nicht. Er folgert dies aus dem Zeitpunkt ihres Anrufs. Ein frühzeitiger Anruf bedeutet oft die traurige Absage eines vereinbarten Termins. Ein späterer Anruf bedeutete in der Regel, es habe sich etwas ereignet, was weder vorherzusehen noch aufschiebbar war.

Sein Sehnen wird immer drängender und er erinnert sich an das Lied der Gruppe „PUR": „Nur zu dir". Dieses Lied, dessen Text Hartmut Engler schrieb, drückt in vorzüglicher Weise genau seine momentane Gefühlslage aus. Dann lässt er die CD in den Schacht seines PKW Autoradios gleiten.

PUR: „Nur zu dir"

Beamen wär` jetzt prima
Doch das ist längst noch nicht erfunden
Die Strecke zieht sich Tonnenmeter endlos hin

Stunden auf der Straße
Ich verfluch` schon die Sekunden
Entzug von Zärtlichkeit ist doch wirklich schlimm

Wie lange bist du jetzt am Warten?
Wie lange haben wir uns nicht gesehen?
Ich will dich ganz, nicht auf Raten
Oh, wie soll ich solche Tage nur überstehen?

Ich will zu dir, nur zu dir
Höchste Zeit, habe mich so auf dich gefreut
Dich vermisst, nur Luft geküsst
Bin zum Äußersten bereit
Wann bin ich denn endlich da?
Ich kann nicht mehr, ich muss, ich will zu dir

Ich träum in deine Arme
Doch meine Hände sind am Steuer
Es regnet eimerweise, ich hasse diesen Stau

Im Radio `ne Schnulze
Er singt von einem Feuer
Von Sehnsucht
Und, wie kann es anders sein, von einer Frau
Hat sich alles gegen mich verschworen?
Ich brauche dich, mein Wagen braucht Benzin
Was hab` ich hier in aller Welt verloren?

Ich brauche dringend deine Streichelmedizin

Ich will zu dir, nur zu dir
Höchste Zeit, hab` mich so auf dich gefreut
Dich vermisst, nur Luft geküsst
Bin zum Äußersten bereit
Wann bin ich denn endlich da?
Ich kann nicht mehr, ich muss, ich will zu dir

Ich will zu dir, nur zu dir
Höchste Zeit, hab` mich so auf dich gefreut
Dich vermisst, nur Luft geküsst
Bin zum Äußersten bereit

Mein ganzer Haushalt an Hormonen
Befindet sich in Aufruhr
Und jetzt meutert auch noch das Adrenalin

Meine Hand zuckt in Richtung Hupe
Ruhig Blut, ruhig Blut
Wer wird denn gleich Geduld und Fassung verlier`n

Na ich, wenn ich nicht gleich bei dir bin
Ich, weil ich dann außer mir bin
Stau behindert beim Verkehr
Rette mich, rette mich, rette mich, rette mich!!!

Wann bin ich denn endlich da?
Ich kann nicht mehr, ich muss, ich will zu dir
Zu dir, nur zu dir …

Der Fluss als möglicher Lehrmeister

Immer wieder hört er diesen Text, diese Musik. Er wird wirklich ungeduldig. Warum ruft sie nicht noch einmal an? Was kann geschehen sein? Was kann er tun, um zu erfahren, was los ist?

Einen Termin total vergessen hat sie noch nie. Deshalb schließt er diese Möglichkeit aus. Ist ja auch Quatsch, dies anzunehmen. Schließlich hat sie doch versucht, ihn anzurufen! Also denkt sie an dieses heutige Treffen.

Er entschließt sich, zur Ablenkung einen Spaziergang zu machen. Bewegung an der frischen Luft tut gut und das Verweilen an dem nahen kleinen Fluss beruhigt etwas. Irgendwann klingelt doch sein Handy. Lange darauf gewartet, lange erhofft, lange ersehnt.

Sie musste mit der kleinen Thea überraschend zum Arzt und zugleich Besorgungen machen. Während des Termins beim Arzt konnte sie ihn nicht anrufen. Erst jetzt, da sie wieder zu Hause sei, wäre dies möglich.

Nun muss sie bald wieder ihren Laden öffnen, sodass sich ein Treffen nicht mehr lohne.

Die Hoffnung nicht aufgebend schlägt er vor, er könne kurz bei ihr vorbeikommen, um sie nur kurz zu sehen. Sie muss dieses sein Ansinnen jedoch ausschlagen. Ihre Mitarbeiterin würde heute etwas früher kommen, weil sie vor Ladenöffnung noch Verschiedenes zu räumen hätten.

Als einziger Trost bleibt ihm die Aussicht auf einen konkreten anderen, neuen Zeitpunkt eines

Treffens. Nachdem diese Vereinbarung nach einigem Abwägen, nach dem Verwerfen und Gutheißen von verschiedenen Vorschlägen, doch zustande gekommen war, bleibt er noch eine gute Weile am Fluss stehen.

Es fällt ihm schwer, sich dem Beispiel des Flusses hinzugeben. Der Fluss lehrt, die Dinge fließen zu lassen, geschehen zu lassen, gewähren zu lassen. Alles verändert sich, alles ist dem Wandel unterworfen, nichts kann für immer festgehalten werden, nichts bleibt für immer, wie es ist.

Von der Quelle aus strömt der Fluss seinem Ziel entgegen. Vieles widerfährt dem Wasser, vieles geschieht. Das Wasser weiß nicht, was hinter der nächsten Biegung auf es wartet.

Er dagegen hat die Aussicht auf einen weiteren Kontakt mit ihr. So gesehen geht es ihm doch eigentlich gut.

Noch besser ginge es ihm allerdings, wenn er dem Beispiel des Flusses folgen, ihn sich als Lehrmeister erwählen würde, wie es Siddharta von Hermann Hesse tat.

Doch die Enttäuschung ist übergroß. Theoretisch kann er sich der Lehre des Flusses anschließen und er empfindet durch diese Gedanken an das Geschehenlassen, Seinlassen, Fliesenlassen eine gewisse Erleichterung und innere Entkrampfung. Unerfüllte Hoffnung auf ein lange ersehntes Wiedersehen und die daraus resultierende Enttäuschung nagt jedoch weiter in ihm.

In seinem Transporter verlässt er diesen Ort. Sein langsamer Fahrstil spiegelt sein inneres Empfinden wider.

Kreativ und erfinderisch

Bei ihrem nächsten, endlich zustande gekomme-
nen Treffen nehmen sie Thea mit in den Innenraum des Lieferwagens.

Sie ist wach. Die kleine Prinzessin scheint mit
ihrer Puppe und dem Schnuller im Mund ganz
zufrieden zu sein. Das Paar küsst sich, ausdau-
ernd, intensiv. Sie schmusen mit langsamen Bewegungen und vermeiden beim sich Entkleiden
ruckartige Bewegungen, um Thea nicht in ihrer
Zufriedenheit zu stören.
Doch Thea wird es zunehmend langweilig und
beginnt, Laute von sich zu geben, welche ihre
Unzufriedenheit zum Ausdruck bringt.
Verschiedene Versuche, sie mit Hilfe von Flasche, Schnuller und Puppe abzulenken führen zu
keinem langfristigen Erfolg. Mit ihr Späße machen und mit ihr Reden erfreut die Holde und
findet sichtlich ihren Gefallen, aber zu dem Preis
der Unmöglichkeit, miteinander zu schmusen.
Sie wendet sich nun ganz Thea zu, steckt ihre
Füßchen in ihren Mund, knabbert an den barocken Oberarmen, beugt sich vor und pustet ihr
auf den Bauch. Sie nimmt ihren Oberkörper zurück, schaut und lächelt die Süße an, bewegt sich
nach vorn und beginnt von neuem, die Füßchen
in den Mund zu nehmen. Dann kommen wieder
Oberarm und Bauch dran und das Selbe noch
mal und wieder und wieder. Ein nettes Spiel,
beide lachen und Thea gluckst zufrieden. Für den
Augenblick wirkt diese amüsante Interaktion und

sie ist höchst lustvoll und aufregend. Doch wie lange lässt sich dies durchhalten und was dann? Wann können sich die beiden Liebenden wieder einander mit Aufmerksamkeit und ohne Ablenkung zuwenden?

Er bekommt eine Idee. An ein vom Wagenhimmel herabhängendes Seil bindet er mithilfe einer zusätzlichen, am Boden entdeckten Kordel, Theas Puppe genau in der richtigen Höhe über dem Wagenboden fest. Thea verfolgt zunächst mit ihren Augen ihr Kleinod und bald darauf versucht die Süße mit ihren Händen, ihre Puppe zu greifen. Mit ihren kleinen Fingern erreicht Thea diese nur knapp und stößt sie durch unbeholfene, zappelnde und ruckartige Bewegungen an.

So bringt die Kleine ihre Puppe ungewollt zum Schwingen. Bei jedem weiteren Versuch des Greifens stößt sie diese erneut an und wieder zappelt und bewegt sich die tanzende Puppe. Thea verfolgt nun im Liegen fasziniert, aufmerksam und begeistert ihre schwingende Schmusepuppe.

Der Weg für Zärtlichkeiten ist frei.
Dabei flüstert sie nach kurzer Zeit in sein Ohr:
„Etwas Neues habe ich an dir entdeckt."
„Was?"
„Kann nicht recht ausdrücken, was es ist, habe kein richtiges Wort dafür."
Einige Zeit später, nach vielen Streicheleinheiten, haucht sie überraschend in sein Ohr: „Lieb"!

Mit einer kurzer Denkpause fragt er nach:
„Meinst du: Liebvoll?"
„Nein: Lieb. Einfach: Lieb".

Nicht zu früh urteilen

Im Laufe unseres Lebens geraten wir immer wieder in Situationen, welche uns eine hilfreiche Weisheit vermitteln könnten – sofern wir offen sind, eine Botschaft zu hören und gewillt sind, Neues zu erkennen.

Eine Geschichte aus dem alten China weist auf eine besondere Lebensweisheit hin.

Einem Bauern lief eines Tages sein Pferd davon und es kam nicht mehr zurück. Da hatten die Nachbarn Mitleid mit dem Bauern und sagten: „Du Ärmster! Dein Pferd ist weggelaufen, welch ein Unglück!"
Der Landmann antwortete: „Wer sagt denn, dass dies ein Unglück ist?" Und tatsächlich kehrte nach einigen Tagen das Pferd zurück – und brachte ein Wildpferd mit.
Da sagten die Nachbarn: „Erst läuft dir das Pferd davon – und dann bringt es noch ein zweites mit! Was hast du bloß für ein Glück!"
Der Bauer schüttelte den Kopf: „Wer weiß schon, ob das Glück bedeutet?"
Das Wildpferd wurde von seinem ältesten Sohn eingeritten; dabei stürzte er und brach sich ein Bein. Die Nachbarn eilten herbei und sagten: „Welch ein Unglück!" Der Landmann gab zur Antwort: „Wer will wissen, ob das ein Unglück ist?"
Kurz darauf kamen Soldaten des Königs ins Dorf und zogen alle jungen Männer für den Kriegsdienst ein. Den ältesten Sohn des Bauern ließen sie zurück – mit seinem gebrochenen Bein.

Da riefen die Nachbarn: „Was für ein Glück! Dein Sohn wurde nicht eingezogen!"
Der Bauer erwiderte: „Wer sagt denn, dass dies ein Glück ist?"
Glück oder Unglück — oft erfahren wir erst im Nachhinein, dass ein vermeintliches Glück gar keines war und dass ein augenscheinliches Unglück am Ende Glück bedeuten kann.

Diese Geschichte weist auf die höchst geringe Sinnhaftigkeit eines „Urteilens" und „Beurteilens" hin. Diese Erkenntnis aus jeder Geschichte entspricht dem Erfahrenen der Beiden, welches nachfolgend beschrieben wird.

Was zunächst als „negativ" daherkommt, muss letztlich nicht negativ sein. Es kann sich aus dem zunächst emotional negativ Erlebten etwas überaus Positives und wirklich Schönes entwickeln.

Sie fährt zu dem verabredeten neuen Parkplatz. Dort ist allerdings augenblicklich kein Parken möglich. An der Straßenkreuzung gegenüber der Einmündung zum Parkplatz hat sich ein Unfall ereignet. Die Zufahrt und der Parkplatz selbst werden versperrt durch Abschleppwagen, Polizeifahrzeug und die verunfallten PKW.

Offensichtlich ist sie früher dran als er, weil sein Fahrzeug weder auf dem Parkplatz noch in der Nähe zu sehen ist. Ein kurzes Nachdenken lässt es ratsam erscheinen, umzukehren und zu jener Stelle hinter einer Ampelanlage zurückzufahren,

an der er auf seinem Weg zum Parkplatz vorbeikommen muss.

Lange wartet sie. Er muss doch kommen. Sonst
ist auf ihn doch auch Verlass. Ihre Zweifel werden immer größer. Sie wundert sich immer mehr.
Phantasien darüber, es könnte ihm etwas zugestoßen sein, stellen sich ein.

Leider kann sie ihn nicht anrufen, weil sie kein
Mobiltelefon dabei hat. Sie könnte wegfahren,
überlegt sie sich, um eine Telefonzelle zu suchen.
Aber schnell verwirft sie diesen Einfall, denn dies
scheint nicht ratsam zu sein: Gerade in dieser
Zeit ihrer Abwesenheit könnte er doch eintreffen.
Er würde an dieser Stelle vorbeikommen – und
sie wäre nicht da. Sie würden sich verpassen. Sie
würde ihn nicht kommen sehen und er könnte sie
nicht finden. Ihr ihm bekanntes Fahrzeug wäre
dann schließlich nicht mehr da.

Eine weitere viertel Stunde harrt sie geduldig und
mit leiser Hoffnung aus. Doch letztendlich bleibt
ihr nichts anderes mehr übrig als verwundert und
enttäuscht nach Hause zu fahren.

Er kommt frühzeitig am verabredeten Parkplatz
an. Einige Zeit bleibt er wartend in seinem Auto
sitzen.

Neben ihm parken PKW. Die Fahrzeuglenker
steigen aus, haben zumeist Hunde dabei und
manche laufen dann mit ihren Vierbeinern eine
längere, andere wiederum eine kürzere Wegstre-
cke. Wenn diese Hundehalter zurückkehren ist
ihm nicht wohl dabei, untätig im Fahrzeug sit-

zend gesehen zu werden. Was werden sie denken?

Er steigt aus. Er hat sich entschlossen, einige Schritte zu gehen. Der vom Parkplatz aus weiterführende, asphaltierte Feldweg scheint ihm in seiner jetzigen wartenden Situation gut geeignet zu sein, den Spaziergänger zu mimen, denn während des Gehens auf diesem Weg kann er jene Strasse gut einsehen, aus der sie kommen muss. Manchmal keimt Hoffnung bei ihm auf, wenn er in der Ferne einen weißen Van erblickt. Vergebens. Es ist nicht ihr Fahrzeug.

Er ruft sich die Worte ihrer Verabredung ins Gedächtnis. Kann ein anderer Parkplatz gemeint sein? Vielleicht jener, welcher 150 m weiter entfernt am Waldrand liegt und auf dem sie sich früher einmal trafen? Nein, denn diesen Parkplatz hatten sie beide bei ihrem Verabreden des Treffpunktes übereinstimmend ausdrücklich ausgeschlossen.

Jetzt überprüft er vor seinem inneren Auge weitere Möglichkeiten einer Verwechslung. Aber alles, was ihm einfällt, ist auszuschließen. Er hat keine weitere Idee. Nichts von allen ihm noch einfallenden zusätzlichen Gründe für ihr Nichterscheinen ist realistisch möglich. Unerwartete Ereignisse wie Krankheit, Unfall oder überraschender Besuch können natürlich immer ein Hinderungsgrund sein.

Er ist nicht nur enttäuscht. Hinter seiner Trauer zeigt sich immer mehr ein Gefühl des Ärgers, ja sogar ein Anflug von Wut. Es sei einfach eine Zumutung und Abwertung, eine andere Person so lange warten zu lassen. Aber ließ er sie nicht auch schon einmal eine Dreiviertelstunde warten?

Eine volle Stunde ist nun vergangen. Da klingelt sein Handy. Sie ist es.

„Wo bist du?"

„Am vereinbarten Parkplatz."

„Dort habe ich dich aber nicht gesehen, bin öfters daran vorbeigefahren."

„Ich hätte dich dann sehen müssen, denn ich stehe mit meinem Fahrzeug keine fünfzehn Meter von der Straße entfernt."

„Hast du auch den Unfall gesehen vor dem Parkplatz?"

„Nein, hier ist kein Unfall." Und nach einer kurzen Gedankenpause setzt er noch hinzu: „Wie bist du von unserem Supermarktparkplatz aus gesehen zum Parkplatz gefahren? Es geht doch von dort aus nur kurz geradeaus zu unserem vereinbarten Parkplatz!"

„Na, wir haben doch vereinbart, nach der Ausfahrt gleich den ersten Parkplatz zu nehmen! Dazu musst du aber nach der Ausfahrt zuerst rechts abbiegen, um dann geradeaus direkt auf den Parkplatz zu gelangen!"

„Nein! Nicht zuerst rechts abbiegen. Nur geradeaus! Von der Ausfahrt aus gesehen nur geradeaus über die Straße, direkt auf den kleinen Parkplatz. Das ist der von der Ausfahrt am nächsten gelegene Parkplatz!"

„Dann haben wir uns missverstanden. Wir haben uns nicht darüber verständigt, ob nach der Ausfahrt gleich geradeaus zu fahren ist oder zuerst rechts abzubiegen ist, um dann geradeaus zu fahren."

„Na eben, weil wir uns darüber nicht unterhalten haben einfach nur geradeaus."

„Nach der Ausfahrt biege ich aber immer zuerst rechts ab und fahre dann geradeaus."

Kurze Pause.

„Und wo bist du jetzt?"

„Nachdem ich ewig lange gewartet habe und ich dich nicht gesehen habe, bin ich schließlich nach Hause gefahren, um dich von hier aus anrufen zu können."

„Kommst du jetzt noch auf den Parkplatz oder was machen wir jetzt?" Längere Stille.

„Komm` doch zu mir."

„Geht denn das?"

„Ja, wir müssen eben leise sein. Die Kinder sind mit Freunden auf der Terrasse, hören Musik und unterhalten sich. Sie feiern den Geburtstag meiner Tochter."

„Hm, wenn du meinst das geht. Also, dann komme ich eben zu dir."

Dort, nach fünfzehn Minuten, parkt er sein Fahrzeug an bewährter Stelle unweit ihres Hauses, mit direktem Sichtkontakt. So kann sie feststellen, wann er ankommt. Er stellt den Schalter der Innenraumbeleuchtung so ein, dass beim Öffnen der Wagentür keine Birne aufleuchtet und ihn verraten kann.

Sie holt ihn wie vereinbart ab. Das bedeutet, sie schlendert auf der gegenüberliegenden Straßenseite an seinem mit geöffneter Seitenscheibe stehenden Fahrzeug vorbei und flüstert ihm ihre Botschaft zu. Diese lautet heute: „Komm´ zum Haus, geh außen herum."

Er versteht und flüstert zurück: „Gut, ich lass` dir etwas Vorsprung."

Es ist dunkel. Auf unterschiedlichen Wegen gelangen sie zu ihrem Haus. Er kommt kurz nach ihr an. Sie deutet ihm mit dem Zeigefinger an ihrem Mund an, leise zu sein – was sich von selbst versteht.

Sie führt ihn zu einer unscheinbaren Tür an der Front des Nebengebäudes. Dort ist ihr Lagerraum. Leise steckt sie den Schlüssel ins Schloss, dreht diesen geräuschlos um und öffnet so vorsichtig wie nur möglich die Türe.

Von Nahem sind Stimmen, Gelächter und Hintergrundmusik deutlich zu vernehmen. Sie zieht und führt ihn in das Dunkel des Raumes. Es ist so stockdunkel, dass nichts zu erkennen ist. Gar nichts. Nur tasten ist möglich.

Kurz hinter der Tür, durch die sie gekommen waren, hat sie vorsorglich einen Lagerplatz eingerichtet. Und der ist mitten im schmalen Gang. „Das ganze Lager ist voll. Mehr Platz ist nicht."

Er dreht sich langsam um. Sein Körper ist jetzt Richtung Tür gewandt. Er fühlt sie hinter sich. Jetzt zieht sie ihn nach unten auf die Matte. Sie Fühlen und betasten sich in dieser abgrundtiefen Dunkelheit. Nicht einmal ihren Körper kann er sehen, obwohl sie dicht aneinander geschmiegt sind.

Das Befühlen und Ertasten ihres Körpers ist faszinierend. So intensiv hat er ihren schlanken Körper noch nicht erfahren. Sie beginnen, sich zu entdecken. Körperteil für Körperteil. Nur die notwendigsten Kleider werden bewusst abgelegt, damit sie in der Dunkelheit leicht wieder gefunden werden können. Andere Kleidungsstücke sind nur hoch- oder nach unten geschoben, damit sie nicht verloren gehen können. Dieses prickelnde Abenteuer einer geheimnisvollen Entdeckungsreise über ihre gefühlten, aber unsichtbaren Körper, das bewusste Wahrnehmen von Haut und Wärme, ein Gipfelgenuss für ihre taktilen Empfindungen - alles ist volles ekstatisches Erleben.

Nach ihrem betörenden Liebesspiel gesteht er ihr leise flüsternd: „Ich habe dich, deinen Körper, intensiv genossen."

„Ja", erwidert sie ebenso leise wie freudig schmunzelnd, „das habe ich gemerkt."

Hurra, er träumt von ihr

Etwas gänzlich Neues ist geschehen: Jetzt hat auch er von ihr geträumt! Lange erwünscht, lange ersehnt. Er war schon neidisch auf sie über ihre Möglichkeit, von ihm zu träumen, während er sie im Traum noch nie gesehen hatte.

Er träumte vergangene Nacht von einem großen Haus mit einem besonders großem, unmarkiertem Parkplatz davor. Auf der anderen Straßenseite stand ein kleines Holzhäuschen. Beide Gebäude waren ohne Nebengebäude direkt an einer breiten Straße gelegen, welche durch einen eher lichten Wald führte.

Zwei Szenen sind ihm noch im Gedächtnis geblieben. Er steht ca. 50 Meter von diesem großen Haus entfernt auf der gegenüberliegenden Straßenseite, im Schatten jenes kleinen Holzhäuschens, welches einen Verkaufsraum beinhaltet und aus runden Holzblockbohlen gebaut ist.

Das große, steinerne Haus ist genau in seinem Blickfeld. Aufmerksam und erwartungsvoll beobachtet er das Haus, welches mit dunklem Schnitzwerk zusätzlich geschmackvoll verziert ist.

Jetzt sieht er sie endlich aus diesem Haus kommen. Sie ist nicht allein. Eine Freundin begleitet sie. Beide steigen in ein vor dem Haus parkendes Auto und fahren weg. Er hat sie deutlich erkannt. So sieht sie auch außerhalb des Traumes in Wirklichkeit aus.

Die zweite Szene spielt im erwähnten kleinen Holzblockbohlenhäuschen. Dort verkauft sie Souvenirs und Waren aller Art.

Zwei Kundinnen werden gerade von ihr bedient. Er bleibt am Eingang stehen, will im Hintergrund bleiben. Nun beobachtet er die Situation und freut sich an ihrem Anblick, an ihren Bewegungen und an ihrer Art des Umgangs mit ihren Kunden.

Wie schön und erfüllend ist es, sie im Traum zu sehen!

Ist es ein Zufall, dass es ihm gerade zu dem Zeitpunkt möglich ist von ihr zu träumen, als er sich entschließt, von zuhause auszuziehen und sich von seiner Frau zu trennen? Der Traum jedenfalls ist ihm „zugefallen".

Ein Jammern aus dem Van?

Nach einem Spaziergang mit Kinderwagen, immer in der Hoffnung, Thea werde einschlafen, kehren sie zu seinem Lieferwagen zurück. Auf dem letzten Stück des Weges ist Thea endlich eingeschlafen.

Er stoppt langsam die Sänfte um zu testen, ob Thea wieder aufwachen würde, wenn das Rollen und Rütteln enden würde. Thea schläft weiter.

Ein gutes Zeichen. Kurze, unbeschwerte Minuten voller Liebeslust sind freudig zu erwarten. Leise öffnet er die Flügeltüren und sie stellen das schlafende Kind, es dabei im Kinderwagen belassend, in seinen Transporter.

Ihnen ist bewusst, dass es sich nicht gut macht, wenn ein Kind in einem geschlossenen Kleintransporter schreit. Vorbeigehende Menschen wären ihrer Phantasie ausgesetzt: Ein Kind wird gequält, wurde entführt, liegt alleine und verlassen im geschlossenen Fahrzeug usw. Nein, ein Schreien oder Quäken darf nicht sein.

Nach relativ kurzem Umarmen, Küssen, Streicheln ziehen sie sich gegenseitig leise aus. Thea schläft immer noch. Aber gerade jetzt, da sie im Begriff sind, gänzlich intim zu werden, erwacht die Kleine und fängt an zu jammern. Erst leise unleidig, dann immer lauter. Es bleibt nichts anderes übrig als Thea aus dem Wagen zu holen. Sie kümmert sich nackt um Thea. Ihre Verärgerung über das unterbrochene Liebesspiel will sie sich nicht anmerken lassen. Das Kind kann ja nichts dazu.

Sie schenkt Thea ihre Aufmerksamkeit, spricht mit ihr, macht Faxen und sagt gleichzeitig zu ihrem Liebhaber gewandt: „Mache weiter, höre nicht auf!"

Sie liegt auf der Seite, dem Kind zugewandt. Er schmiegt sich von hinten an sie. So kann es nun weitergehen - wenn auch einseitig. Nur er kann wirklich tätig sein. Sie ist schließlich sehr damit beschäftig, das Kind abzulenken. Das Liebespaar ist in ihren beiderlei Bewegungsmöglichkeiten doch sehr eingeschränkt. Sie weit mehr als er.

Irgendwann dringt er in sie ein.

Das Geheimnis in Gefahr

Es ist nicht einfach, sich gegenüber Freunden so zu verhalten, wie es für die Bewahrung ihres gemeinsamen Geheimnisses dienlich ist.

Sie hat eine Freundin, die sehr aufmerksam und feinfühlig ist, was das Verhalten und Empfinden anderer Menschen betrifft.
Mit ihrer Freundin bespricht sie nun die Idee, gemeinsam zu einer bestimmten Veranstaltung zu gehen. Er, ihr Geliebter, ist der Organisator dieser Veranstaltung. Die Freundinnen sind sich allerdings unsicher darüber, ob diese Veranstaltung tatsächlich stattfinden wird und wenn ja, zu welchem Zeitpunkt deren Beginn angesetzt sei.
Die Freundin schlägt ihr vor, sie möge ihn anrufen, um Näheres zu erfahren. Sie reagiert zögernd und meint, sie wisse nicht genau, ob sie seine Telefonnummer habe – ein Versuch, ihren häufigen Kontakt verdeckt zu halten.
Die Freundin neigt ihren Kopf etwas zur Seite, schaut sie leicht verwundert an und meint mit sicherer Stimme: „Natürlich hast du seine Telefonnummer! Er hat sich doch als Kunde aus deinem Laden gewisse Artikel ausgeliehen und wieder zurückgebracht, welche er für eine andere Veranstaltung benötigte. Deshalb musst du seine Nummer doch haben."
Natürlich wurde sie bei diesen Worten verlegen und unsicher, was der langjährigen Freundin durchaus auffiel.

Einerseits darf sie nicht so tun, als habe sie keinen oder nur ganz seltenen Kontakt zu ihm, andererseits wäre es auch verräterisch geworden, häufigeren Kontakt zu postulieren – aus häufigen Kontakten und häufigem Kontakten ließe sich für Dritte leicht eine gewisse Sympathie ersehen. Ein Balanceakt.

Schließlich sagt ihr die Freundin schmunzelnd mit abgesenkter, vertraulicher Stimme: „Du brauchst mir nicht zu verheimlichen, wenn du zu ihm mehr Kontakt hast. Ihr würdet auch sehr gut zusammenpassen. Ich bin schließlich nicht dein Tobias, sondern deine Freundin!"

Das Angebot zu Vertraulichkeit und teilen eines Geheimnisses ist zwar verlockend. Der Vorteil wäre, das totale Versteckspiel nicht mit hohem Energieaufwand weiter zu praktizieren und die hundertprozentige Heimlichkeit bewahren zu müssen.

Doch sobald nur ein einziger anderer Mensch von ihrem gemeinsamen Geheimnis weiß, ist das Tor zur Verbreitung des süßen Geheimnisses und für eine peinliche Entdeckung ihrer Liaison weit aufgestoßen.

In der Wahrheit leben

Das Leben ist weitaus einfacher und unkomplizierter, wenn sich der Mensch nicht verstellen muss, wenn er echt, ehrlich und offen leben kann und mit sich und anderen im Reinen ist.

Auf Dauer ist das Verheimlichen von Kontakten, Treffen und Gefühlen eher anstrengend. Bei allem Reiz, bei allem Nervenkitzel, bei aller Befriedigung von Sehnsüchten, Bedürfnissen und Wünschen kann sich der diesen emotionalen Empfindungen gegenüberstehende, positive Gegenpol nicht in vollem Umfang einstellen, welcher besteht aus innerer Ruhe, Balance und Entspannung.

Wie schön fühlt sich ein Zustand der Ausgeglichenheit an, wie wohltuend ist ein unangestrengtes Loslassen, ein „Sich fallen lassen" in den Augenblick hinein. Sich ganz im Einklang befinden mit allem, was einen umgibt.

Dazu wäre letztlich ein Leben notwendig im Einklang mit der Wahrheit, welche über den Anspruch „du sollst nicht Lügen" hinausgeht. Ein „Nicht-Erwähnen" einer Begebenheit oder einer Lebenslage kann streng genommen interpretiert werden als ein Verhalten, welches in Richtung „unausgesprochener Lüge" geht. Wahrhaftig und authentisch leben, eins sein mit sich und allem um sich herum würde befreiend wirken und keine Energie binden.

Insofern entspricht ein „In der Wahrheit leben" einer tiefen Sehnsucht und wäre ein gesunder Umgang mit sich und anderen.

Verräterische Technik

Zeitsprung. Rückblende:
Er hat ihr ein Handy geschenkt. Damit will er ihnen die Möglichkeit eröffnen, öfter Kontakt miteinander zu haben. Doch dies hat gewisse Konsequenzen und Folgewirkungen, welche bedacht sein wollen.
Bislang hatte sie in ihrer Familie das Bild von sich gegeben, auf ein mobiles Telefon verzichten zu können. Wie nun begründen, jetzt sich doch solch einen bislang gering geschätzten Apparat zugelegt zu haben? Es ist ihr ein Argument eingefallen: Sie wolle zukünftig erreichbar sein, wenn was los wäre, sei es mit den Kindern, sei es im Zusammenhang ihres Ladengeschäftes.
Allerdings hatte sie diese Verbindungsmöglichkeit zu ihm nicht lange. Der Sohn bettelte um dieses Handy, weil er seines verloren hatte. Nur als Leihgabe, bis dieser seines wieder gefunden habe. Leider hatte dies ein paar Wochen gedauert. Diese Zeit des Wartens auf neue Verbindungsmöglichkeiten stellte ihn auf eine harte Geduldsprobe und sie musste das Spiel notgedrungen weiterspielen, um glaubwürdig zu bleiben.
Endlich, nach gefühlten Ewigkeiten, bekam sie ihr neues Handy wieder zurück.

Er hatte damals gleich zwei Modelle gekauft, allerdings in unterschiedlicher Farbe. Eines in Schwarz und das andere in Silber. Er überließ ihr damals die Farbwahl. Sie entschied sich für das Silberne, welches ihm eigentlich auch besser gefallen hatte.

Aus Freude über diese neue Kontaktmöglichkeit zu ihr freundete er sich sehr schnell mit seinem neuen Gerät an. So benutzt er es häufig und gerne. Dies bleibt seinem Freund nicht verborgen. Bei einer Musikprobe zum Beispiel lässt er sein Gerät unter dem Modus „Vibrationsalarm" eingeschaltet.

Es vibriert. Sie ist es. Er stellt die Verbindung her, ohne es an sein Ohr zu halten und etwas zu sprechen. Er lässt sie einfach das Musikstück mithören, welches sie gerade einstudieren. Der Freund sitzt neben ihm und beobachtet die Szene.

„Das wird langsam verdächtig", meint der Freund zu ihm.

Ironisch schmunzelnd, sein Wort selbst nicht ganz ernst nehmend, antwortet er ihm: „Na, alles geschäftlich".

„Das kannst du mir nicht erzählen!" Dieser kennt seine persönliche Situation, die Probleme mit seiner Frau und sein Wunsch nach Zärtlichkeit, weiß aber nichts von einer Freundin.

Diese seine Liebe hat er seinem Freund verborgen gehalten. Dies, obwohl sie sich gewöhnlich selbst ihre persönlichsten Empfindungen mitteilen.

Er war seinerseits über die Liebespein des Freundes und dessen langjähriges, schließlich erfolgreiches Liebeswerben eingeweiht. Er allerdings will den Freund nicht einweihen. Dazu hat er gute Gründe.

Wenn er sich auch zu gerne öffnen würde und gerade ihm kein Geheimnis vorenthalten will, so entschließt er sich zu schweigen. Er will ihn schützen.

Der Freund ist auch seiner Frau ein Freund. Wenn der Freund nun von seiner heimlichen Liaison wüsste, könnte seine Frau dem gemeinsamen Freund dann, zu einem späteren Zeitpunkt, berechtigterweise Vorhaltungen machen.

So vermutet sein Freund wohl, weiß aber nichts konkret.

Er dagegen ist seinem Freund insgeheim dankbar, dass dieser ihn nicht direkt fragt. Was sollte er ihm auch antworten. Ihn belügen? Das kann er auch nicht. Er hat sich eine Antwort zurechtgelegt, welche ihm allerdings nur halb gelungen erscheint. Hoffentlich fragt ihn der Freund nicht.

„Mauer-Erlebnis"

Beim letzten Date waren mehrere Umstände und Rahmenbedingungen zu beachten, damit andere, ob Fremde, eigene Kinder oder Ehemann nicht Wind von ihrem Verhältnis bekommen.
Der Kontakt sollte mit ihren hilfreichen Handys aufgenommen werden.
Sie war zuhause und er beruflich unterwegs. Mehrere Versuche wurden jeweils unternommen, eine Verbindung herzustellen, jedoch zunächst ohne Erfolg. Dies blieb seinerseits deshalb erfolglos, weil er bei Besprechungen und Kundengesprächen sein Handy ausschaltet, beziehungsweise nach Möglichkeit den Klingelton ausschaltet und nur den Vibrationsalarm zulässt.
Endlich, bei erfolgreicher Verbindung, spricht sie sehr leise und fordert ihn auf, er möge irgendetwas sagen. Der Grund dafür ist, dass sie zuerst abklären will, ob sich eines ihrer Kinder in der Wohnung befände..
Er, am anderen Ende der Leitung, spricht deshalb trotz Beiseins eines Bekannten über allerlei Unbedeutendes. Er hatte sich mit diesem gerade unterhalten, als nach langem Warten endlich ihr Anruf ihn erreichte.
Nach beendetem Abklären ihrerseits über die Abwesenheit unerwünschter junger Zuhörer beginnen sie miteinander zu Scherzen, er in gedankenloser Weise ohne Rücksicht auf ein Mithören dieses Bekannten. Jener zieht sich bei fortdauerndem Telefonat zurück und wartet in einem rücksichtsvollen Abstand. Erst nach Ende des

Gesprächs wird ihm sein eigener Leichtsinn bewusst, fast ungezwungen verliebt zu lachen – trotz eines Mithörers in der Nähe.

Sie konnte ihm bei diesem Telefonat keine sichere Zusage auf ein Treffen machen, weil sie nicht wusste, wann ihr Mann nach Hause kommen wird. Auch blieb ungewiss, wie die Lage sein werde, wenn er in ca. 30 Minuten bei ihr im Ort einträfe und es bereits spät sei. Deshalb meinte sie, es würde wahrscheinlich wenig Sinn machen, sich zu verabreden.

Er reagierte darauf scherzhaft, dass mit ihrem verwendeten Ausdruck „wahrscheinlich" wohl eine Restchance bestünde, sich zu sehen. Schlussendlich verabredeten sie sich doch.

Dreihundert Meter entfernt von ihrem Haus treffen sie sich nun. Es ist dunkel und bereits spät in der Nacht. Sie bleiben nicht im „Nest" seines Transporters und schon gar nicht gehen sie zu ihr in ihr Haus. Erstens sind Kinder zuhause und zweitens kann ihr Mann jederzeit von einem Besuch bei einem Freund zurückkommen. Deshalb war bereits am Telefon vereinbart worden, dass ihr Treffen nur 15-20 Minuten dauern könne.

An seinem Auto drängt sie in bestimmendem Ton: „Komm mit. Aber lege deine Krawatte ab, sie leuchtet geradezu in der Dunkelheit."

Eine wirklich warme, laue Sommernacht umgibt sie. Die Sterne am Himmel sind wegen der Straßenbeleuchtung kaum zu sehen.

Sie führt ihn ohne sich an der Hand zu halten wenige hundert Meter an den Rand eines kleinen

Industriebgebiets. Dort biegen sie vom Weg ab und stapfen durch hohes Gras. An einer hohen Betonwand macht sie halt. Dahinter sind Industrieteile zu erkennen und in der anderen Richtung liegen vor ihnen nur Wiesen und Felder. In weiter Ferne ist ein Fest vage zu erahnen mit Musik und Lagerfeuer. So weit entfernt jedoch, dass keine Menschen zu erkennen sind, nur das kleine Rot des Feuers und den fernen Ton der Musik. Eine stimmungsvolle Situation, voll Atmosphäre und Romantik.

Die Straße ist nicht allzu weit entfernt. So kann sie das Auto ihres Ehemannes erkennen, sollte er nach Hause kommen. Und er müsste aus dieser Richtung kommend diese Strasse nehmen.

Sie erklärt ihm weiter, seine Bedenken beschwichtigend, sie könne dann, wenn sie sein Fahrzeug erblicke, noch schnell genug zu ihrem gemeinsamen Haus gelangen. Eine akzeptable, unverdächtige Ausrede für ihr zurückkommen in ihr Haus habe sie bereits im Kopf, bereits schon vorformuliert.

Die Lichtkegel der wenigen vorbeifahrenden Fahrzeuge auf dieser Strasse können ihre Stelle an der Betonwand nicht erfassen. Sie bleiben in der Dunkelheit unsichtbar.

Dort lieben sie sich. Zeitlich zwar begrenzt, aber froh, sich überhaupt zu sehen. Und nicht nur zu sehen: Sich zu fühlen, abtasten, streicheln, liebkosen. Sie ziehen ihre Kleider nicht aus, streifen diese nur hoch zu den Achseln oder hinunter zu den Füßen. Sie meint, so können in der extremen

Dunkelheit weder Kleidungsstücke noch Schlüssel oder Geldbörsen verloren gehen.

Sie lieben sich im Stehen. Er findet es witzig, zum ersten Mal in einem edlen Jackett zu lieben. Er liebkost sie erregt mit Mund und Händen. Irgendwann dreht sie sich um. So dringt er von hinten in sie ein. Dabei presst sie ihre nach oben gestreckten Handflachen gegen die warme Betonwand. Zum ersten Mal kann er sie so lieben. Dies wünschte er sich schon lange. Warme Gedanken an eine solche Liebesstellung hatte er bereits bei ihren letzten Treffen immer wieder. Aber weil sie von negativen Erfahrungen mit dieser Position berichtete, wusste er aus Rücksicht nicht so recht, wie er dies anstellen sollte. Und jetzt bietet sie ihm von sich aus diese Möglichkeit.

Aus Vernunftgründen beenden sie ihr Zusammenkommen frühzeitig. Sie verabschieden sich zärtlich und verabreden, über getrennte Wege dieses Industriegebiet zu verlassen. Sie macht sich zufrieden auf den Heimweg, während er ihr erfreut nachschaut.

Dabei erlebt er zum ersten Mal mit eigenen Augen das, was in der Literatur immer wieder mit den Worten beschrieben wird: „Und sie verschwand in der Dunkelheit" oder „Ihre Gestalt wurde von der Dunkelheit verschluckt". Sie ist wirklich nach nur wenigen Schritten plötzlich nicht mehr zu sehen. Später zeichnet sich ihre dunkle Gestalt noch manchmal im Vordergrund des Lichtkegels eines vorbeifahrenden Fahrzeugs ab.

Er bleibt noch, hockt sich nieder, lehnt sich mit dem Rücken an die voll Wärme gespeicherte Wand und spürt dem eben Erlebten nach. Das ist einer jener Glücksmomente im Leben, die sehr selten sind, nicht geplant werden können, die man sich nicht erarbeiten kann, die man geschenkt bekommt.

Er hört die Musik aus der Ferne, blickt auf das ebenso weite Lagerfeuer, riecht die vor ihm liegenden Wiesen und fühlt sich geborgen und eingehüllt von der Dunkelheit der Nacht.

Sie erreicht beglückt das Haus. Ihr Mann ist noch nicht da. Ein Blick in die Schlafzimmer der Kinder – alles ist ruhig und friedlich. Aufgewühlt von dieser eben genossenen Liebe kann sie sich noch nicht zur Ruhe begeben. An Schlaf ist nicht zu denken.

Er entschließt sich schließlich zum Aufbruch. Noch kehrt er nicht zu seinem Auto zurück, sondern nimmt den Weg die Straße entlang, die an ihrem Haus vorbeiführt. Musik scheint aus einem der Zimmer zu kommen. Aber er starrt nicht ständig auf das Haus und die beleuchteten Fenster, sondern blickt nur ab und zu heimlich aus dem Augenwinkel nach oben.

Er geht am Haus vorbei und die Straße entlang weiter, um keinen Verdacht aufkommen zu lassen, falls ein Nachbar in der Nacht aus dem Fenster schaut, weil dieser nicht schlafen kann. Nach einiger Zeit macht er kehrt.

Er will noch einmal am Haus vorbeischlendern in der Hoffnung, sie noch einmal zu sehen, nur noch kurz, nur noch einmal. Aber leider ohne Erfolg. Flur und Küche sind hell erleuchtet. Aber er kann sie nicht erblicken.

Schon ist er fast am Haus vorbei, da sieht er sanftes Licht im Hof und hört leise Musik.

Und da sieht er sie: Sie tanzt. Tanzt nur für sich alleine. Ihre Arme sind weit ausgebreitet und so dreht sie sich im Kreis. Ein Lächeln überzieht ihr ganzes Gesicht.

„Miriam", denkt er sich in Erinnerung an eine Lithographie der biblischen Frauengestalt.

Wie sehr erfreut er sich an diesem Anblick.

Obwohl zu Tränen gerührt und trotz seiner momentanen inneren Nähe zu ihr bleibt er nicht stehen. Er geht weiter und dreht sich nicht mehr um. Er könnte sie jetzt, nach wenigen weiteren Schritten, sowieso nicht mehr sehen und könnte sie nicht noch einmal in die Arme schließen, denn er darf keinen Verdacht bei einem zufällig schauenden Augenpaar aufkommen lassen.

Später erfährt er von ihr, auch sie habe ihn aus einem Augenwinkel heraus kurz erblickt - und danach noch lange getanzt.

Innerer Drang, Geheimnis zu teilen

Ein kleines, süßes Geheimnis zu haben ist sehr nett - wenigstens eine ganze Weile, eine gewisse Zeit lang.

Es tut einfach gut, sich zu freuen, wenn auch nur heimlich.

Wie beglückend, eine tiefe, innere Quelle der Zuwendung sein eigen zu wissen, allein und ganz und nur für sich. Verliebt zu sein, wenn auch im Stillen.

Diese positiven Gefühle aus dem Hintergrund, aus der Tiefe der Seele abrufen zu können, allein durch das Denken und Sehnen an den oder die Geliebte, tut unendlich gut. Es stabilisiert die Person in manchem belastenden Auf und Ab des normalen Alltags.

Besteht das Geheimnis aber über einen langen Zeitraum, vielleicht von ein paar Jahren, gelangt das Bedürfnis immer stärker an die Oberfläche, dieses kleine Geheimnis jemandem mitteilen zu können. Es gehört wohl zum Menschsein dazu, Freud und Leid zu teilen, und beides folglich mit-zu-teilen. Nicht von ungefähr gibt es das Sprichwort: „Wem das Herz voll ist, dem läuft der Mund über".

Der Mensch als kommunikatives Wesen hat den inneren Drang, einen starken Wunsch danach, Gutes wie Schlechtes, Positives wie Negatives, Glück wie Unglück zu jemandem hin auszusprechen. Und dies ist auch gesund, dies hat eine katharsiche, eine heilende Wirkung: Ein sich Befreien von inneren Konflikten oder Belastungen und ein „Verankern" von angenehmen Glücksmomenten.

Wie schön wäre es, ihrer besten Freundin, seinem ihm besonders nahe stehenden Kumpel, davon erzählen zu können, wie befreiend und befriedigend das Zusammensein mit der heimlichen Liebe sei und ach wie bereichernd und wohltuend und wärmend.

Aber auch bei Kummer sein „Herz ausschütten" zu können, wenn es mit der Zweitbeziehung nicht so recht klappen sollte oder das phantastische Hochgefühl über ein erlebtes Abenteuer weitersagen zu können – wie erbaulich wäre dies. Oder die Erleichterung teilen zu dürfen, wenn es mal knapp zuging, wenn man fast entdeckt wurde und es noch einmal gut ging.

Wie gestern, als ihr Mann überraschend einen Tag früher aus dem Urlaub nach Hause zurückkehrte als angekündigt und abgesprochen.

Es war zuvor ihrer beider Wunsch, er möge bei ihr übernachten, um gemeinsame Stunden voll Zärtlichkeit und eine Nacht mit viel Streicheln und Liebkosen zu verbringen. Das war allerdings für ihn aus beruflichen und privaten Gründen nicht möglich – zu ihr beider großen Glücks.

Was wäre gewesen, wenn ... !

Diese tiefe Erleichterung über das knapp entkommene Unglück würde er gerne seinem Freund mitteilen. Aber das geht nicht, und zwar aus zwei Gründen, wie er meint: Der Freund ist ein Freund auch der Familie, also auch der

Freund seiner Ehefrau. Er würde den Freund in eine innere Zwickmühle bringen.

Der Freund würde zum Geheimnisträger werden und damit belastet. Und der Freund könnte irgendwann einmal durch seine Ehefrau mit dem berechtigten Vorwurf konfrontiert werden, er habe es, das Geheimnis, die ganze Zeit gewusst und ihr nichts gesagt. Der Freund würde von ihr der Falschheit und Verlogenheit bezichtigt werden, und zwar zu recht. Davor will er seinen Freund bewahren. Deshalb kann er sich ihm nicht anvertrauen.

Er muss das süße Geheimnis für sich behalten, darf es nicht teilen. Er hofft, die Süße des Geheimnisses möge sich nicht einem chemischen Prozess gleich umwandeln in eine ätzende Säure, die ihn innerlich beginnt aufzufressen. Was er aber heute bereits schmerzhaft feststellen muss ist das Gefühl, alleine zu sein, alles mit sich selbst ausmachen zu müssen, letztlich teilweise einsam zu werden. Wer etwas unbedingt für sich behalten muss, hat folglich nicht die grundsätzliche Möglichkeit, in der Offenheit und Wahrheit zu leben.

Das ist der Preis für das kleine große Glück. Die beiden können nicht gänzlich offen, frei und leicht in der Gegenwart sein. Sie nehmen die Unmöglichkeit in Kauf, jedes innere Glück und jede belastende Schwere gerade nicht in die Welt hinausschreien zu dürfen – zu hüpfen, tanzen, springen, singen und lachen, oder trauern, sich verkriechen, stöhnen und weinen, ganz und gerade so, wie ihnen, jeweils für sich, im jeweiligen

Augenblick zumute ist. Darauf verzichten sie besser.

Teil
II

Über Treue und Liebe

Beide haben Ehepartner und sind der gesellschaftlichen Norm der „Treue" unterworfen.

Der eben verwendete Begriff „unterworfen" entlarvt den Charakter der über die Menschen der Gesellschaft gestülpten Dunstglocke der „Treue" als eine Form der Gewalt. Diese ideelle Gewalt wirkt auf jedes einzelne Mitglied der Gesellschaft, welche passiv der Treuenorm in Unfreiheit ausgesetzt ist.

Die obige Verwendung des Wortes „unterworfen" ist natürlich eine subjektive Wortwahl, welche Ausdruck ist eines dahinter stehenden Gefühls oder einer aus Erfahrungen gespeisten Einstellung. Viele sind wohl glücklich und zufrieden, mit einem festen Partner oder Partnerin konstant zu leben. Besonders in der Lebensphase der Verantwortung für Kinder ist die Verlässlichkeit durch die Verpflichtung auf einen anderen, erwachsenen, geliebten Menschen hin von unschätzbarem Wert, der auch mit dem Begriff „Sicherheit" einhergeht: Verlässliche Sicherheit für die Kinder mit ökonomischer Sicherheit für diese und für die Erwachsenen selbst.

Aber nach der Phase des Begleitens der Kinder und Jugendlichen zu jungen Erwachsenen stellt sich die Frage nach dem Sinn der ehelichen Treue neu. Welcher praktische oder ideelle Sinn besteht dann in einem Treueversprechen?

Idealerweise gibt die „Liebe" selbst den Sinn. Wenn beide Partner sich voll und ganz und in tiefster Zuneigung lieben, stellt sich die Frage der „Treue" nicht, dann gibt es kein Infragestellen des „Sich-Treu-Seins".

Seltsam: Auch wenn die Liebe gestorben ist, die Partner sich getrennt haben oder durch Tod leibhaftig getrennt wurden und neue Wege unter die Füße genommen wurden, auch dann wirkt der Wunsch nach Treue erstaunlicherweise weiter nach. Der gesellschaftliche Duktus „treu sein", „sich treu verhalten", lässt dann wieder nach einem Partner oder Partnerin Ausschau halten, in den es sich verlieben lässt - mit gleicher monogamer Grundausrichtung. Dieser oder diese soll dann das „Ein und Alles" werden. Verständlich: Ist es nicht höchst befriedigend, sich in einen Menschen fallen zu lassen, tiefe Verbundenheit, Vertrauen, Geborgenheit und Sicherheit zu erleben?

Eugen Drewermann spricht in diesem Zusammenhang über die Schönheit des Lebens, welche in der Liebe ihre Würde und Erfüllung findet. Auch zeigt er die Möglichkeit auf, sich selbst zu finden in einem anderen, den man von Herzen liebt.

Darüber hinaus kann es in Menschen eine weite, umfassende „Liebe in allen Dingen" geben, welche sich auf alle Menschen, auf die ganze Natur erstreckt. Diese können dann mit dieser ihnen innewohnenden Grundeinstellung leicht Probleme bekommen mit Treue und ausschließender Liebe, allein und nur einem Menschen zugewandt zu sein.

Anais Nin schreibt: „Ich glaube nicht, das es Untreue ist, die die *grandes amoureuses* treibt – sondern, wenn jemand für die Liebe stark sensibilisiert ist, wenn man tief vibriert, sexuell, körperlich, wenn man leidenschaftlich liebt, dann ist das wie elektrischer Strom im Körper, der, weil er andauert, einen warmen Kontakt mit allen herstellt.

Ich fühle so viele Menschen auf körperliche, erotische Weise, weil ich in einem Zustand der Liebe bin, wie eine Mystikerin, und die Liebe ist größer als ich, sie ist riesig, sie fließt über. Gerade so, wie Aktivität Aktivität bewirkt, wie durch Energie Energie erzeugt wird, so schafft die leidenschaftliche Liebe eine immer größere Fähigkeit, leidenschaftlich zu lieben. Das Leben weitet sich, sein Fassungsvermögen wird um so vieles größer, und damit hat man die Antwort auf die erotische Expansion aller geborenen LIEBENDEN. Deshalb sagt mir das Wort *Treulosigkeit* nichts.“

Was ist eigentlich mit der „Liebe zu sich selbst"? Welche Verantwortung habe ich zu der Liebe in mir und zu der Eigenliebe? Echt sein, authentisch, kongruent zu seinem Wesen, seinen Emotionen, seinen ins Bewusstsein vorgedrungenen Einstellungen, sich nicht verleugnen, mit Freude und Selbstvertrauen zu dem stehen, was in einem ist, was aus einem herausdrängt, was gelebt sein will – dieses Feuer im Inneren eines Vulkans gleich ist mehr als eine Wertvorstellung, ist mehr als eine Grundhaltung, ist vielmehr Verpflichtung und Auftrag, sich und anderen gegenüber.

Wenn dem in seinem oder ihrem Inneren so ist, ist es dann nicht erlaubt, mehrere Personen mit durchaus unterschiedlicher Intensität auch körperlich zu lieben? Ist eine Erlaubnis, gleich welcher Art, außer vom Gegenüber, überhaupt notwendig? Gibt die umfassende Liebe nicht nur diese Erlaubnis, sondern geradezu die moralische und theologische Weisung, zu lieben und Liebe in die Welt zu bringen?

Nur ein kurzer Besuch

Sie werden mutiger. Es scheint gerade praktisch und eher ungefährlich, sich bei ihr zuhause wieder zu treffen.

Bei seinem Empfang in ihrem Haus schwänzeln ihre Hunde um ihn herum. Er will das nicht. Es lässt sich allerdings nicht vermeiden.
Es macht ihm nichts aus, von Hunden zur Begrüßung beschnüffelt zu werden, sofern es sich nicht um Kampfhunde handelt. Nur befürchtet er die Fähigkeit ihrer Hunde, ihn später einmal wieder zu erkennen und dies könnte dann auffallen und ihn verraten.
Bald ziehen sie sich in ihr Schlafzimmer zurück, vergnügen sich und tummeln auf ihrem Ehebett. Dieses ist für ein Ehebett überraschend schmal.
Seltsam, in ihrem Ehebett miteinander zu schlafen und normalerweise liegt dort Tobias, ihr Ehemann.
Für die Beiden ist es überaus ungewöhnlich und die absolute Ausnahme, sich in einem ganz normalen Bett zu lieben. Weißes, sauberes Leintuch, komfortable dicke Matratze und eine ganz gewöhnliche Zudecke mit weichen Kopfkissen – dieser seltene Komfort müsste doch eigentlich Begeisterung hervorrufen.
Irgendwann tauschen sie sich über die für sie absolut unrealistische Möglichkeit aus, wie es denn sei, regelmäßig und ständig in einem ganz normalen Bett mit bequemer Unterlage miteinander zu schlafen.

Schließlich kommen sie übereinstimmend zu der Ansicht, es sei im Prinzip auch nicht anders. Zumindest nichts Besonderes. Nicht besonders angenehmer.

Es ist eher langweiliger als in einem Van, im Wald oder in versteckten Winkeln. Damit einhergehend ist ein Turteln in einem Bett mit weniger Abwechslung und mehr gleichförmig Vorgegebenem verbunden.

Auf den Reiz und das erhöhte Nervenkitzel des Entdecktwerdens durch Familienangehörige kann zusätzlich gut und gerne verzichtet werden.

Dies erhöht nicht die Spannung. Man kann sich dort deshalb weniger fallen lassen und sich der Situation hingeben. Schließlich ist die Gefahr, überrascht zu werden, immer gegeben.

Beim Anziehen achtet er besonders darauf, nichts liegen zu lassen, wirklich alles muss mitgenommen werden, nichts vergessen, keine Kleidungsstücke, keine Kleinstgegenstände wie Taschentuch und schon gar nicht seine Visitenkarte.

Das wäre doch zu peinlich, dumm und ungeschickt.

Der Verzweiflung nahe

Im Moment ist er ziemlich am Boden zerstört. Wieder einmal hat sie den anvisierten Termin ihres Treffens abgesagt: Es ginge nicht. Seine Gefühle fahren Fahrstuhl.

Heute ist es Thea, welche sie übernehmen muss. Gestern und vorgestern hatte ihr Mann Urlaub genommen und war deshalb zu Hause. Das letzte Wochenende fiel aufgrund seiner eigenen beruflichen Verpflichtungen aus und die vergangene Woche hat es aus anderen Gründen auch nicht geklappt.

Er tendiert dazu, aufzugeben. Ständig die enttäuschte Hoffnung verkraften müssen, dadurch in ein tiefes Loch zu fallen und nur mühsam daraus wieder heraus klettern zu müssen: Das tut so weh!

Ist sie nicht willens oder nicht in der Lage, längerfristig zu planen? Tut er ihr unrecht?

Ihm ist es leid, sich auf diese „Vielleichts" einzulassen: „Dann und dann geht es vielleicht", „ich rufe dich wieder an, wenn ich es absehen kann".

Das einzige Positive dabei ist, sie dadurch öfter am Telefonapparat zu haben – auch eine Form von „haben". Von Übel dabei ist, diese häufigen „es geht nicht" oft hören zu müssen.

Er ist jetzt nur noch bei sich, fühlt nur noch seinen eigenen Schmerz. Ein Wechsel seiner Blickrichtung ist ihm gerade nicht mehr möglich. Ein Einfühlen in ihre Situation mit vielfältigsten Aufgaben und Verpflichtungen widert ihn augenblicklich geradezu an. Eigener Schmerz betäubt das Wahrnehmen von Gefühlen anderer.

Wenn eine Beziehung mehr Schmerzen bereitet als Freuden, ist sie dann noch existenzfähig?

Seltsam die Parallele zu der Beziehung zu seiner Frau: Dort hatten die Konflikte so stark zugenommen - und dieser negative Zustand hatte über Monate und Jahre angedauert - dass er sich vor drei Monaten von seiner Frau getrennt hatte. Seine Frustrationen hatten sich zu einem riesigen Berg aufgetürmt.

Aber es kann einmal der Punkt kommen, wo man zu sich selber sagt: „Bis hierher und nicht weiter!" „Lieber ein Ende mit Schrecken als ein Schrecken ohne Ende".

Ebenso wenn körperliche Gewalt ausgeübt wurde oder ein verletzendes, abwertendes Anschreien zum wiederholten Mal praktiziert wurde, dann mag man dazu kommen zu sagen: „Das passiert mir nicht noch einmal. Jetzt ist Schluss!"

Ist es jetzt in seiner Beziehung zu seiner heimlichen Liebe auch schon so weit gekommen? Das kann nicht sein, das darf nicht sein! Er liebt sie doch über alles. Will er sie denn nicht bis an sein Lebensende lieben und darüber hinaus?

Liebe und Schmerz ringen aufs Heftigste miteinander.

Furchtbar der Gedanke an eine alte Weisheit: Aus unerfüllter Liebe kann Hass werden.

Ungünstige Konstellation

Die Lebenssituationen der Beiden sind stark unterschiedlich: Während sie mit vielfältigen Aufgaben beschäftigt ist und wenig unstrukturierte Zeit hat, kann er sich seine Zeiten und Aufgaben in einen selbst gestalteten Terminplan einweben.

Beides hat Vor- und Nachteile. Sie kann einerseits ganz klar und bestimmt sagen, wann sie einen Termin mit ihm ausmachen kann und wann es mit Sicherheit nicht geht. Sie ist dadurch vorbestimmt und er muss sich nach ihrem engen Zeitkorsett richten. Es ist ihr ein Leichtes, bei Anfragen für gemeinsame Begegnungen „Nein" sagen zu können.

Es fällt ihr allerdings schwer, dieses „Nein" sagen zu müssen, weil sie lieber Zeit mit ihm verbringen würde, als ihn mit den Worten verletzen zu müssen: „Tut mir Leid, das geht zu diesem Zeitpunkt nicht".

Einerseits ergänzen sich ihre starren Zeiten und seine flexiblen zeitlichen Gestaltungsmöglichkeiten. Hätten beide enge Grenzen in ihren Gestaltungsfreiräumen, würde es unter Umständen sehr schwierig werden, einen gemeinsamen Zeitraum für Begegnungen zu finden.

Andererseits empfindet er es auch als Nachteil, seine Zeit freier gestalten zu können. Diese Möglichkeit, sich nach ihren knappen zu Verfügung stehenden möglichen Terminen richten zu können, wird zu einem „sich nach ihren Zeiten richten müssen".

Es ist ihm lästig, so stets zur Verfügung zu stehen und auf diese Art und in diesem hohen Maße in Abhängigkeit zu stehen. Er ist genötigt, sich stets an sie anzupassen.

Erst wenn alle ihre Familien- und Geschäftsaufgaben berücksichtigt und befriedigt sind, kann er schließlich an die Reihe kommen. Er fühlt sich in ihrer Prioritätenliste immer an letzter Stelle stehend. Aber dies ist teilweise auch das grundlegende immanente Los einer heimlichen Beziehungskonstellation.

Ihr ist es in ihrer Zeitgestaltung wichtig, spontan auf Erfordernisse reagieren zu können und ihm ist es wichtig, vorausplanen zu können und braucht deshalb längerfristigere Zusagen zu gemeinsamen Terminen.

Sie kann durchaus in der Wochenmitte eine vage Prognose für ein Treffen Anfang bis Mitte der kommenden Woche abgeben und ihm dann am darauf folgenden Montag für ihn überraschend zu sagen, „wenn ich auf den Terminkalender schaue, geht es diese Woche wohl nicht". Das fällt ihm schwer zu verstehen.

Die damit verbundenen emotionalen Berg- und Talfahrten machen es ihm nicht gerade leicht, Zuversicht an den Tag zu legen und eine gewisse Gelassenheit zu bewahren. Der Hoffnung auf ein Treffen zu Beginn der kommenden Woche folgt der Absturz in eine kontaktlose Zeit einer ganzen Woche.

Es ist ihm keine leichte Aufgabe, die „vernünftigen" Aussagen des so genannten „Gestalt-

Gebetes" zu beherzigen: „Ich bin ich und du bist du. Ich bin nicht auf der Welt, um nach deinen Erwartungen zu leben und du bist nicht auf der Welt, um nach meinen Erwartungen zu leben. Ich bin ich und du bist du. Sollten wir uns finden – wunderbar! Wenn nicht – kann man auch nichts machen."

Schmetterling

Wieder der Verzweiflung nahe. Sie haben keinen gemeinsamen Termin gefunden. Auch hatte sie versprochen, zurückzurufen und es nicht getan.

Sie sagte, sie würde wegen eines dringenden zu erledigenden Auftrags am Abend arbeiten. Deshalb ist er des Nachts zu ihr gefahren, will sie durch die Glasfront ihres Ladens sehen. Einfach nur sehen. So ihr nahe sein, trotz Getrenntseins durch Glas und Mauerwerk.
Sie ist nicht da, ist nicht zu sehen. Kein Licht kündet von ihrer Anwesenheit. Auch telefonisch ist sie nicht erreichbar, er hatte es in seiner Enttäuschung gewagt und versucht, sie anzurufen.
Sie arbeitet also nicht, zumindest nicht in ihrem Haus – im Gegensatz zum Inhalt ihrer Absage. Wo ist sie? Wie kann das sein? Ungeklärte, offene Fragen.
„Für sie ist er wohl ein schönes Schmuckstück, nichts als Beiwerk in ihrem Lebenszusammenhang, Bereicherung ihres Alltags, Stärkung ihres Selbst", lamentiert er vor sich hin.
 Für ihn ist sie zum Lebensmittelpunkt geworden, Zentrum seiner Gedanken und Gefühle, sein Handeln richtet er nach ihr aus, sein Sehnen strebt ständig nach ihr. Sie kommt ihm vor wie ein wunderbarer, schöner, bunter Schmetterling, welcher sich ab und zu auf seinem Arm niederlässt, nur kurz verweilt und bald weiterfliegt. Immer wieder kommt das wunderschöne Geschöpf auf seinen Arm zurück. Diese kurzen Zeiten sind

es, die ihn beglücken, welche seinen einsamen Alltag erhellen und ihn am Leben halten.

Diese knappen Momente des Glücks wandeln sich gerade in ihrer Bedeutung für sein Fühlen: Sie beginnen zu schmerzen. Die Freude und das Glück des Augenblicks bekommen einen giftigen, bitteren Beigeschmack.

Er muss sich zusammenreißen und anstrengen, ihr erhofftes, unbestimmtes Kommen mit wohltuender Erwartung zu besetzen.

„Liebe muss das aushalten", denkt er sich – und im Inneren brennt es wie Feuer. Kann Liebe stärker sein als Feuer?

Liebe, einem Feuerlöscher gleich, der die Kraft hat, die immer wieder auflodernden Flammen mit seinem Schaum zu umhüllen, zu bändigen und zu zähmen, diese nicht mehr sichtbar werden zu lassen, nicht mehr rot, nicht mehr heiß, nicht mehr brennend.

Gilt es, an das Gute im anderen bedingungslos zu glauben und das Gute „freizulieben", bis es rein zurückkehrt, wie Drewermann sich ausdrückt?

Was ist die Liebe? Eine Kraft, die niemals nachlässt, ein Licht, welches nie vergeht, eine Quelle, die nimmer versiegt?

Und was dann, wenn die Kraft erlahmt, das Licht zu erlischen droht, die Quelle austrocknet, weil kein Grundwasser die Quelle seiner Freuden mehr tränken kann? Was, wenn der Schaum im Feuerlöscher zu Neige geht?

Dann gewinnen die auflodernden heißen Flammen - die Liebe verbrennt. Zurück bleibt Einöde, kohlschwarze, verbrannte Erde und der Raum öffnet sich für Enttäuschung, Hass und Tod.

Der Schmetterling fliegt weiter, findet einen neuen Arm. Vielleicht wird er den angenehmen Duft der transpirierenden Haut vermissen, vielleicht diesem geduldig angebotenem Arm nachsehen. Vielleicht auch traurig der alten Liebe mit seinem Flügelschlag nachwinken. Vielleicht.

Traum, mit Ehefrau

An diesem Morgen begrüßte sie ihn so freudig am Telefon, dass er wieder besserer Stimmung wurde. Das war auch bitter nötig.

Es ist der Morgen nach jenem schmerzvollen Abend mit Enttäuschung und der unerfüllten Hoffnung, sie noch einmal durch die Glasfenster ihres Ladengeschäftes zu sehen. Wie seltsam langsam er danach nach Hause gefahren war. Leicht benommen ging er bald zu Bett. In der Nacht träumte er einen schweren Traum. Nicht von ihr, sondern von seiner Noch-Ehefrau, von der er sich vor einem halben Jahr getrennt hatte:

Seine Frau und er sind mit zwei ihrer Freundinnen unterwegs. Sie machen einen Ausflug und kehren nun zu ihren Autos zurück. Er genoss die alten Gassen des kleinen, mittelalterlichen Stadtchens. Er lief jetzt allein, nachdem er lange Zeit den Frauen mit ca. fünf Meter abstand hinterher lief. Die drei Frauen waren vorausgeeilt. Sie waren schneller, er lief langsamer, dabei die Atmosphäre der alten Häuser genießend. Der Weg führte abwärts.
Als er zu den geparkten Autos gelangte, waren die Freundinnen mit deren Auto bereits abgefahren und nicht mehr zu sehen.
An dem Auto mit seiner Frau am Steuer angekommen will er gerade die Beifahrertür mit seiner rechten Hand öffnen, da setzte sie das Auto überraschend in Bewegung und fuhr zügig los.

Er hetzte dem davoneilenden Auto nach, erreichte es, konnte die Heckklappe öffnen und hinein-
springen. Dann kletterte er mühevoll über die
Rücksitze und hangelte sich zum Fahrersitz vor.
Voller Wut und Ärger bewegte sich seine rechte
Faust zwischen den Kopfstützen der Vordersitze
hindurch zeitlupenartig in Richtung Hinterkopf
seiner Frau, während er sich mit der linken Hand
an der Kopfstütze des Fahrersitzes festhielt. Hinter sich stand die Heckklappe weit offen. Ein
Gerangel entstand und er begann, sie von hinten
zu würgen. Sie wehrte sich, der Kampf setzte sich
fort.

Der Traum endet - mit offenem Ausgang.

Freiheit und Leere

Mit der Trennung von seiner Frau ist eine einschneidende Änderung seiner Wohn- und Lebenssituation verbunden.

Er zieht jetzt ganz in die Einliegerwohnung innerhalb des gemeinsamen Hauses ein. Dort hatte er sich bereits seit Jahren einen Raum als eigenes Schlaf- und Arbeitszimmer eingerichtet.
Die anderen Räume der kleinen Wohnung sind einmal ein weiteres Zimmer, welches sein ältester Sohn belegt und zum anderen Bad, WC und eine Küche, welche bislang eher zu einer Rumpelkammer umfunktioniert war.
Die eigentlich mit den notwendigsten Küchenmöbel gut eingerichtete Küche ist mit Kisten voll belegt.
Jetzt gilt es, die Kisten auszuräumen, Regale zu bauen und eine Lampe aufzuhängen. Zusätzlich bastelt er sich einen Tisch, putzt alle Schränke aus und macht den lange ungenutzten Kühlschrank und den verstaubten Elektroherd gründlich sauber.
Sein Sohn hat seine Ausbildung beendet, arbeitet in einer anderen Stadt, bezog dort ein Zimmer und ist nur noch an manchen Wochenenden zuhause.

Die anderen Kinder halten sich gewohnheitsmäßig in der alten, früher gemeinsamen Wohnung auf. Auch der älteste Sohn, wenn er mal wieder zuhause ist.

Dieses separierte Wohnen bringt für ihn eine neue Freiheit: Viel Zeit für sich und mehr Ruhe und Stille.

Jetzt, da er zusätzlich noch viel Urlaub hat, wirkt sich diese Veränderung seiner Lebenssituation besonders aus. Er hat mehr als genug Zeit, an sie zu denken und sich nach ihr zu sehnen.
So empfindet er die ihm zur Verfügung stehende Zeit nicht nur als Vorteil und Chance, sondern vermehrt als eine gähnende Leere, als ein Vakuum, welches ersatzweise ausgefüllt werden muss. Dieses zeitliche Vakuum kann nicht oder nur in ganz geringem Maße mit ihrer Gegenwart ausgefüllt werden.

Sie dagegen ist viel beschäftigt, hat manchmal kaum Zeit, etwas zu Mittag zu essen. Ihr Kopf ist voll mit einer „to do" -Liste. Häufiger Kundenkontakt strukturiert ihren Tag. Zusätzlich nimmt sie oft Termine für und mit ihren Kindern war.
So ist sie stark abgelenkt. Termine müssen eingehalten werden, Rechnungen wollen geschrieben sein oder Ware rechtzeitig wieder bestellt werden. Ihre Gedanken kreisen sowohl um geschäftliche Aufgaben als auch um ihre familiären Angelegenheiten. Beide Bereiche nehmen sie sehr in Beschlag und es bleibt ihr kaum Zeit zum Atem holen. Kaum bleiben ihr fünf Minuten, um an ihn zu denken, kaum Gelegenheit, sich nach ihm zu sehnen.

Dadurch empfindet er sich als bloßes Anhängsel. Erst wenn alle Familienmitglieder sowie ihre dringenden Geschäftsaufgaben befriedigt sind, kann er an die Reihe kommen. Er steht, so fühlt er, erst an letzter Stelle.

Wenn es ihm auch gedanklich klar ist, dass es so sein muss, es nicht anders geht und im Prinzip so auch in Ordnung ist, drücken seine Gefühle anderes aus.

Ihm ist es lästig, also eine Last, abhängig zu sein davon, wann es bei ihr „mal geht", wann sie Zeit findet, sich mit ihm zu treffen.

Es kommt ihm vor, als ob er ständig zur Verfügung stehen sollte. Immer bereit, einzuspringen, wenn es bei ihr gerade doch einmal passt.

Es ist diese Abhängigkeit, die ihm zu schaffen macht: Auf Gedeih und Verderb ihrem Zeitfenster ausgeliefert. Nie ist es möglich, eine Forderung zu stellen etwa wie: „Diese Woche möchte ich dich noch einmal sehen".

Denn dann sagt sie ganz klar und konsequent: „Das geht einfach nicht. Das ist leider nicht möglich."

Sicher, die Umstände sind nun mal so wie sie sind. Sie kann nichts dafür und wünscht sich selbst auch häufigere und intensivere Kontakte mit ihm. Er ist davon überzeugt, sie tue ihr Möglichstes. Sie nimmt sogar oftmals ein hohes Risiko in Kauf. Speziell im Finden von Zeiten und Orten für Begegnungen ist sie sehr kreativ. Dies erkennt und bewundert er auch an ihr.

Er muss sich wohl mit dieser Situation abfinden, ohne dabei allzu frustriert zu sein und latent trübsinnig zu werden.

Das Positive will er sehen. Das Größte ist doch, die Möglichkeit zu haben, sie zu lieben.

Lieben und Leiden

Die Beiden erfahren in ihrer heimlichen Liebe also nicht nur Zeiten vollkommenen, überschäumenden Glücks. Aber das scheint eine allgemeine, weltweite Erfahrung zu sein: Lieben und Leiden gehören zusammen. Es sind zwei Seiten einer Medaille. Das Leid lässt sich von der Liebe nicht trennen und wegisolieren. Wo Sonne, ist auch Schatten.

Das „Lieben" ist ein Gefühl, welches auf Erfüllung drängt. Doch zur Erfüllung gehören zwei Partner. Die geliebte Person ist kein bloßes Objekt, einer Puppe gleich, ohne Seele, ohne Wesensart, ohne Fleisch und Blut, ohne wechselnde Gefühle, ist keine Plastikfigur mit bestenfalls Naturhaar.

Der beneidenswert liebende Mensch ist Schwankungen eigener Befindlichkeiten ausgesetzt, lebt mit vollem Herzen und ganzem Körper, erlebt Stimmungshöhen und fällt in emotionale Tiefen, kennt Freude und Frust, Ärger und auch gelassenes Sein.

Ironisch ausgedrückt bedarf es beim Lieben ebenso wie bei einem Glücksspiel der Gleichzeitigkeit.

Dort, mit bestimmten Karten auf der Hand der überraschend glücklichen, gleichzeitigen Übereinstimmung einer bestimmten Figurenfolge, auf den Würfeln gleichzeitig die selbe Zahlenkombination oder das Zusammenpassen gleicher Zeichen bei einem Glücksspielautomaten mit seinen rotierenden Scheiben.

Und hier das gleichzeitige Zusammentreffen zweier von guter, positiver, angenehm gefühlter Grundstimmung beseelten – zur gleichen Zeit, möglichst am gleichen Ort.

Sicher, immer „gut drauf" sein ist eine Illusion.

Belastungen des Alltags wird mit in die Aura der Beziehung hinein genommen. Wenn sie sich nun Treffen und einer der Partner zu diesem Zeitpunkt eine negativ gepolte Stimmung in sich trägt, mag sich durch die Zuneigung des Anderen eine angenehme, die Liebe förderliche Atmosphäre entwickeln. Eine freudige, angenehme Grundstimmung mag sich nach und nach einstellen. Dann mag der Ärger über Dritte verflachen, Sorgen, Ängste, Nöte in den Hintergrund rücken und sehr wohl im Akt des Liebens gänzlich aus Herz und Kopf und Bauch verschwinden.

Belastungen können durch teilen, durch Mitteilen, anders erlebt, leichter genommen, in verträgliche Stücke zerkleinert, nicht mehr wahrgenommen oder von Glückshormonen betäubt und neutralisiert werden.

Wir sind nun mal Schwankungen im Gefühlsleben ausgesetzt. Tagtäglich. Nicht nur Unbill Dritten gegenüber kann sich einstellen, sondern auch gegenüber der geliebten Person und dadurch das eigene Leben schwer machen.

Ärger über Vergesslichkeit, Unpünktlichkeit, Pedanterie, Schwere, Einfalt, Unflexibilität auch in Form von Starrsinn, mangelnde Entscheidungsfreudigkeit, Langsamkeit, Hetze, Ticks, lästige Gewohnheiten, Zerstreutheit, Ungepflegtheit, diarrhöhaftes Reden oder Stummheit – kurzum all die verschiedensten Gewohnheiten und Eigenarten, welche sich der Mensch im Laufe seiner Entwicklung aneignete oder aus Not und zwecks Sublimierung sinnvoller Weise angewöhnt hat, kann des Zusammensein beeinflussen..

Dann mag infolge dessen Streit, Missstimmung, Unfriede, Verletzung, Wut, Zorn und Enttäuschung der einen Seite der Medaille zuträglich sein - dem „Leid".

Verständlich, die andere Seite der Medaille, die der „Liebe", ist ungleich attraktiver.

„Glück" und „Liebe" kann jedoch kein Dauerzustand sein, gleichsam „bis dass der Tod euch scheidet".

Dies wäre eine zerstörerische Illusion.

„Glück" und „Liebe" sind eher „Zufallsprodukte", welche dem Paar „zufallen".

Von diesen „Produkten" wünschen sich alle möglichst viel, und dies gerne beständig andauernd.

Die „Liebe" lässt sich nicht hart erarbeiten, getreu dem Spruch: „Erworbene Liebe muss man verteidigen, wahre Liebe bekommt man geschenkt."

Dies schließt „Leid" trotzdem nicht aus.
Leid-er.

Paul und Paula

Sie hat die Absicht, ihn an seinem Arbeitsplatz anzurufen. Das weiß er nicht. Natürlich hofft er immer auf einen Anruf von ihr, aber er ahnt nicht, ob sie überhaupt anrufen wird und wenn ja, wann.

Nun ist er gerade dabei zusammenzupacken, um nach Hause zu fahren. Er will gewohnheitsgemäß seinen Schreibtisch einigermaßen ordentlich zurücklassen. Die Rufumleitung ist bereits geschaltet. Dadurch würde das Telefon in seiner Abwesenheit bei seinem Kollegen im Nebenzimmer klingeln. Sollte dieser nicht anwesend sein, dann würde sich der Anrufbeantworter zuschalten.

Es klingelt das Telefon im Zimmer seines Kollegen. Dieser ruft ihn zu sich, weil das Telefonat für ihn selbst ist. Bei der Übergabe des Hörers meint der Kollege verschmitzt: „Es ist für dich, die Paula ist Apparat".

Seine heimliche Freundin heißt nicht Paula und sie hat sich auch nicht mit „Paula" gemeldet. Sie hört allerdings durch den Hörer deutlich, wie gesagt wurde, es sei Paula am anderen Ende der Leitung. Der Kollege hatte schon früher in einem Nebensatz süffisant die Vermutung geäußert, er habe wohl eine stille Freundin. Jetzt nimmt dieser in seinem Satz Bezug auf eine witzige Situation von vor ein paar Wochen. Damals schwindelte unser heimlicher Liebhaber diesen Kollegen an, als seine Freundin ihn anrief. Auf die Frage des befreundeten Kollegen, wer denn am Apparat gewesen sei, antwortete er damals, es sei der Paul gewesen. Daraufhin kam die ironische Anmerkung, ob es nicht vielleicht auch die „Paula" gewesen sein könnte.

Jetzt im Büro seines Kollegen mit seiner heimlichen Freundin in der Leitung kann er natürlich nicht frei sprechen. Sie fragt ihn irritiert, warum der Kollege wohl gesagt habe, es sei „Paula" am Apparat. Er erwiderte ihre Frage, notgedrungen im Beisein seines Kollegen, mit den Worten: „Mein Kollege ist ein Scherzkeks. Er vermutet, ich hätte eine Freundin. Deshalb hat er mit einem versteckten Hinweis auf ein früheres Wortspiels gesagt, ´Paula` sei am Apparat."
Sie darauf „So, so, und wie viele Freundinnen hast du?"
Er: „Tausend ungefähr." Bald darauf beendeten sie das gemeinsame Telefonat.

Witzig findet er im Nachblick, diese Täuschung des Kollegen nicht mit irgendeiner Person während eines Telefonats getätigt zu haben, sondern gerade und ausgerechnet mit seiner verdeckten, geheim gehaltenen Freundin.
Doch war es wirklich eine Täuschung? Oder täuscht er sich darin, seinen Kollegen getäuscht zu haben?

Wieder bei ihr

Die Konstellation ist günstig, die Wahrscheinlichkeit einer Überraschung gering, die Gefahr
kalkulierbar.

Zusätzlich ist das Treffen in ihrem Haus deshalb
sinnvoll, damit das süße Kleinkind Thea ihrer
Schwester bei ihr im Haus zum jetzigen Zeitpunkt einschlafen kann. Es macht Sinn, den
Schlafrhythmus der Kleinen zu achten. Würde
Thea im Rahmen und zum Zweck eines gemeinsamen Treffens in eines ihrer Fahrzeuge genötigt
werden und dadurch länger wach gehalten als es
ihrem Schlafbedürfnis entspricht, wären die Fol-
geprobleme mit dem Einschlafen des Mädchens
selbst produziert.

Seltsamerweise hält sich der Nervenkitzel bei
seinem Eintreffen in Grenzen. Sie führt ihn zunächst durch ihren Verkaufsraum, dann das
Treppenhaus zwei Stockwerke hoch und schließlich in ihr Schlafzimmer. Die Hunde begleiten die
beiden freundlich. Sie scheinen auch ihm gegenüber positiv gestimmt. Die Vierbeiner verhalten
sich neugierig, aufgeweckt und verspielt. Sie
schwänzeln um ihn herum: ein neuer Gast, ein
neuer Geruch, eine neue Situation. Wohl spüren
die Tiere die wohlwollende Grundhaltung ihrer
Herrin dem Fremden gegenüber und können
dadurch Vertrauen entgegen bringen. Ganz
fremd ist er ihnen jedoch nicht. Hunde haben
bekanntlich ein gutes Gedächtnis. Bei seinen
wenigen Besuchen in ihrem Laden und in ihrem
Haus konnten sie ihn bereits beschnuppern.

Thea liegt für sich in ihrem Bettchen in einem extra Zimmer und murmelt und quäkt etwas. Sie ist dabei, einzuschlafen. Das Liebespaar zieht sich langsam und leise aus und sie horchen mit einem Ohr auf die vernehmbaren Töne des müden Kindes und achten still auf Theas aktuellen Einschlafprozess. Sie schmusen gleichzeitig liebevoll und ausgiebig miteinander. Irgendwann ist die süße Kleine nicht mehr zu vernehmen.

Bei ihrem Liebesspiel muss er immer wieder besorgt an die vierbeinigen Hausgenossen denken, welche sich mit ihnen im Schlafzimmer befinden und sich momentan überwiegend ruhig verhalten: „Haben sie auch nichts dagegen, wenn er mit ihrer Herrin eng umschlungen ist? Könnten sie es als Aggression interpretieren, wenn er auf der Geliebten liegen würde - sie ist schließlich ihre zu beschützende Vertraute? Was werden ihnen diese rhythmischen Bewegungen der beiden Liebenden sagen, wie werden die Hunde diese Szene interpretieren?
Wird ihnen sein Penetrieren möglicherweise durch ihre Anwesenheit bei Liebesszenen von ihrer Herrin mit ihrem Herrchen vertraut vorkommen? Können die Tiere ihre eigenen Erfahrungen diesbezüglich mit dem gerade erlebten in Einklang bringen? Dann wären ihnen diese Bewegungen oder Laute der Liebenden eher bekannt.
Wenn ihnen dieses Schauspiel aber eher unbekannt und fremdartig wäre, dann würde es auf sie

beängstigend wirken. Ein gesundes Misstrauen wäre dann verständlich und sehr angebracht. Werden sie eifersüchtig werden?"

Ihr Liebkosen entwickelt sich weiter und er ist froh und erleichtert, als sie sich auf ihn setzt. Sicher, er ist als Kleinkind mit einem Schäferhund aufgewachsen und besitzt deshalb ein gewisses Grundvertrauen zu Hunden. Aber in solch einer Situation befand er sich noch nie. Wie werden sie reagieren?

Er äußert ihr gegenüber seine Befürchtungen, er könne den Tieren als Aggressor vorkommen, wenn er auf ihr reiten würde. Sie bezweifelt seine Vermutung, ihre Hunde könnten diese gedachte Position negativ auffassen. Doch lässt er sich nicht überzeugen. Eine gewisse Skepsis scheint trotzdem aus Vorsicht angebracht.

Es bleibt dabei: Sie bewegt sich auf ihm, nicht er sich auf ihr. Die beiden Hunde bleiben ruhig auf dem Fußboden des Schlafzimmers liegen, heben nur selten ihren Kopf und sind ganz relaxt.

Nach zunächst besorgtem, abgelenktem, dann aber befriedigendem, freudigem, ekstatischem Beischlaf sitzt er auf ihrer Bettkante und sucht seine Kleider zusammen. Jetzt spüren die Hausgenossen eine gewisse Aufbruchstimmung. Jetzt ist wieder etwas los. Aufgeweckt erheben sie sich und wandern im Schlafzimmer umher. Der weitgehend Fremde scheint akzeptiert. Sie streifen sogar mit ihren behaarten Körpern an seinen Beinen entlang, wie es typischerweise eine Katze schnurrend vertrauensvoll praktiziert. Einmal drücken sie sich erstaunlicherweise unter den Oberschenkeln des immer noch auf der Bettkante sitzenden, immer vertrauter werdenden „Hausfreundes" hindurch und sind bereit zum Spielen.

Alle verlassen das Schlafgemach. Zuvor kontrollierte er noch den Raum, um kein Kleidungsstück liegengelassen zu haben und vergewissert sich genauestens, dass sich sein Autoschlüssel tatsächlich noch in seiner rechten Hosentasche befindet. Durch ihre Schritte ist nun das Kleinkind aufgewacht und hellhörig geworden. Es macht sich durch leichtes Schreien auf sich aufmerksam. Er schaut durch den Türspalt neugierig auf das kleine Mädchen und freut sich über das kleine Wesen mit den kleinen Fingern und dem hübschen Gesicht.
Wieder geht es die Treppe hinunter. Sie küssen sich noch einmal kurz. Dann verlässt er ihr trautes Heim.
Sie geht rasch die Treppe wieder hoch zu dem kleinen Fratz und nimmt ihn auf den Arm.
Gut, dass die Hunde nicht sprechen können, denkt sie.
Sie könnten von diesem Vormittag einiges erzählen.
Auch dieses Mal blieben sie unentdeckt. Auch dieses Mal kam kein Familienmitglied überraschend nach Hause. Auch dieses Mal kam keine Freundin an die Haustür, um einen spontanen Besuch zu machen. Geht dies auch weiterhin gut?

Trennung überbrücken

Lange zwei Wochen haben sie sich nicht mehr gesehen. Es ging einfach nicht. Selbst ein mühsamer Versuch, sich nur kurz zu treffen, kurz zu umarmen, kurz anzuschauen, kurz zu spüren, misslang. Es waren nicht einmal kurze zehn Minuten möglich. Die Ferienzeit der Kinder und der Urlaub ihres Mannes ließen keine Begegnung zu. Umso größer war ihrer beider Sehnsucht nach dem Geliebten und nach der süßen Braut.

Drei Tage ist er nun mit Freunden in die Berge gefahren zum Skilaufen. Es gab für die Beiden zuvor keine Möglichkeit mehr, sich auch nur extrem kurz in die Arme nehmen zu können.
Er sendet ihr von seinem Skiort aus kurze Nachrichten mit Texten wie: „Danke für deine Versuche, mich zu erreichen. Dir, Liebste, nette Tage!" Oder: „Gruß aus Österreich. Ich liebe dich über alles!"

Nach dem ersten Skitag verschickt er dann folgende Kurzmitteilung: „Häufig an dich gedacht. Du warst deshalb bei mir mit auf der Piste. Ich liebe dich! Dir soll es gut gehen."
Sie reagiert mit einem kurzen Anruf auf sein Mobiltelefon am darauf folgenden Morgen. Es klingelt gerade in dem Augenblick, als er mit seinen Skifahrerfreunden das Hotel Alpina verlassen. Dabei tragen sie gerade Ski und Stöcke in den Händen und sind auf dem Weg zum nahe gelegenen Skilift.

Sie fragt ihn, ob es ihm gut gehe. Dies kann er nur bejahen: Gute Gemeinschaft mit Kumpels, Sonnenschein, frische Luft und am letzten Abend lange Karten gespielt. Seine Worte bleiben im Erzählton. Er kann ihr in dem Augenblick nichts besonders Liebes sagen, denn seine Freunde sind dicht neben ihm.

Abends, nach diesem Skitag, lautet dann sein Nachricht: „Süße, was für einen Pulli habe ich wohl an?" Er trägt jetzt nach dem Skifahren im Hotel jenen hellblauen Pullover, der ihr an ihm besonders gut gefällt.

Am folgenden Tag meldet sie sich telefonisch wieder bei ihm. Dieses Mal sitzt die kleine Skilaufgruppe gerade vor einer Berghütte bei einer späten Mittagsmahlzeit. Nur das Nötigste lässt sich so mitteilen. Sie kann auch nur kurz telefonieren. Sie hat selbst nur wenig unbeobachtete Zeit und muss zusätzlich außerhalb der Hörweite der Familie sein.

Er freut sich, ihr zu später Stunde wieder eine kurze Botschaft zusenden zu können: „Liebste, freue mich auf dich! Montag? 9.30Uhr beim Einkaufszentrum? Wir fahren heute nach Hause. Dir ein schönes Wochenende."

Zur genaueren Präzisierung der Modalitäten ihres lang ersehnten nächsten Treffens sendet er zwei kurze Nachrichten hinterher: „Mein Transporter ist in der Werkstatt. Ich umarme dich!" Dieser Inhalt seiner Botschaft ist wichtig. So erfährt sie indirekt, dass sie erstens ihr Lieferfahrzeug mitbringen soll und zweitens dieses soweit leer ha-

ben muss, damit sie eine Liegefläche zur Verfügung haben werden.

Eine weitere Nachricht sendet er Ihr noch am
selben Abend: „Sorry, natürlich 8.30 Uhr, wie
üblich. Wie du es einrichten kannst. 2000 Küsse."

Träume

In der Nacht nach seiner Rückkehr vom Skifahren träumt er von ihr. Dies ist schon lange nicht mehr geschehen. Vielleicht haben diese vier Tage intensiver körperlicher Anstrengung ihren Teil dazu beigetragen.

Im Traum sieht er sie beide zusammen als Paar in einer fremden Wohnung. Ein anderes Paar, ebenfalls in loser Beziehung zueinander, war ebenfalls anwesend.
Seine Frau ist im Traum nicht körperlich zu sehen. Zunächst scheint es ihm unverständlich, warum seine Ehefrau keine Rolle in dem Traum einnimmt. Stattdessen aber erscheint in diesem Traum seine Freundin an seiner Seite. Ihm wird bewusst, dass er seine Frau als das fünfte Rad am Wagen betrachtet. Das wird bei näherem Betrachten verständlich: Er hat sich vor einem halben Jahr von seiner Frau getrennt. Er lebt mit seiner Noch-Ehefrau und den zu Hause befindlichen Kindern zwar in einem Haus weiterhin zusammen, jedoch in unterschiedlichen Stockwerken. Warum schreitet seine Geliebte im Traum ganz unbekümmert, wie selbstverständlich, barbusig durch diese Wohnung? Welche Signale sendet sie dadurch aus?

In einem weiteren, allerdings sehr kurzen Traum sieht er eine andere Person, eine ihm unbekannte Frau in einer anderen, fremden Wohnung sich bewegen. Ein Mann ist bei ihr. Er weiß aus seiner

Betrachterposition, dass sie es ist. Freude durchströmt ihn. Auf diesen anderen Mann ist er nicht
eifersüchtig. Warum eigentlich nicht? Ist er es gar
selbst, ohne dies als Betrachter der Szene erkennen zu können? Oder ist es ihr Ehemann? Warum nur ist er auf diesen Mann nicht eifersüchtig?
Er fühlt sich mit ihr verbunden. Er freut sich, sie
zu sehen.

Erstes Treffen im neuen Jahr

Rund drei Wochen sind seit ihrem letzten körperlichen Kontakt vergangen. Das war im letzten Jahr, vor seiner Skiausfahrt. Damals war es recht kalt. Schnee war gefallen und dieser blieb durch beständig frostige Temperaturen in den höheren Lagen über 800 Meter liegen.

Heute haben wir Mitte Januar. Die Außentemperaturen sind etwas angestiegen. Beim Aufwachen hört man einige Vögel zwitschern, als ob es bereits wieder Frühling wäre. Ein Rotkehlchen präsentiert sich stolz auf einem Zweig sitzend. Während der Sonntagspredigt fliegt ein Schmetterling munter seine Bahnen durch das Kirchenschiff.

„Ich wage kaum dich anzurufen. Diese Woche sieht es schlecht aus. Habe zuviel Arbeit". So spricht sie mit zögernder Stimme in den Telefonhörer. Er kann im ersten Augenblick, wenn auch nur schwer, eine gewisse Lockerheit bewahren.
„Erinnerst du dich an die knappe Zeit für uns, als ich einmal extrem zu spät zu unserem Treffen kam?"
„Ja, aber ich bin öfters als du viel zu spät zu vereinbarten Terminen gekommen."
„Nun ja, auf jeden Fall blieben uns damals nur acht Minuten. Es war trotzdem oder gerade deshalb aufregend und schön. Und wir waren pünktlich nach acht Minuten fertig. Weißt du noch?"
„Klar, weiß ich sehr wohl noch." Nach einer kurzen Pause fährt sie fort: „Vielleicht geht es

doch in der Mittagspause, wenn meine Tochter früher von der Schule nach Hause kommt, um dann die kleine Thea zu übernehmen."

Aber die Tochter hatte, wie sie in einem weiteren Telefonat mitteilt, die ganze restliche Woche zur normalen Zeit Schule aus. Er bettelt sie an: „Wie wäre es nur für acht Minuten?"

Sie lacht kurz auf und er fährt fort: „Wenn du kurz nach 13.30 Uhr gehen könntest, dann wärst du um 13.45 Uhr beim Wanderparkplatz. Du musst um 14.30 Uhr deinen Laden wieder öffnen und wirst deshalb spätestens 14.15 Uhr wieder aufbrechen müssen. Also hätten wir für uns zirka eine halbe Stunde gemeinsame Zeit".

„Das wären ja fast vier mal acht Minuten", scherzt sie zurück."

Zwei Tage vergehen, bis sie sich wieder meldet. Er tendiert bereits zu mittelstarker Frustration.

„Also gut, morgen um 13.30 Uhr am Sportplatz. Geht das bei dir?"

Er kann sich sine Arbeitszeit relativ frei einteilen und deshalb ist er sehr flexibel. Es gehen ihm Gedanken durch den Kopf, welche seine bereits vorhandene Faszination und Bewunderung für sie nochmals steigern: Sie schneidet sich die Zeit für sie beide trotz großer beruflicher Arbeitsbelastung sowie vielfältigen Aufgaben zuhause regelrecht aus den Rippen. Zudem arbeitete sie in der vergangenen Nacht bis nach Mitternacht, weil etwas dringend fertig zu machen war. Sie nimmt große Aufwendungen in Kauf und versucht, das Unmögliche möglich zu machen. Dabei geht sie ein weitaus höheres Risiko ein als er. Mit Vernunft hat das wohl weniger zu tun. Die Liebe erfindet ihren Weg.

Während er pünktlich am vereinbarten Ort erscheint und zuvor sogar noch Zeit hatte, nach einem anderen, neuen, vielleicht geeigneteren Platz Ausschau zu halten, kommt sie erst um 13.45 Uhr an. Sie hält mit ihrem Fahrzeug in vorsichtiger, unverdächtiger Entfernung. Er wartete in seinem Wagen.

Beide steigen aus und gehen aufeinander zu. Eine Umarmung verbietet sich in der Öffentlichkeit von selbst. Nun stehen sie beieinander und besprechen die Lage. „Hier am Sportplatz geht es nicht", eröffnet sie ihm, „ich kenne einen der städtischen Straßenarbeiter dort drüben und was sage ich, was ich hier machen würde, wenn ich gefragt werden würde, warum ich hier mit dem Auto stehe?"

Ihr Lieferwagen ist durch das große Logo mit Firmenname deutlich erkennbar. Ganz sicher bemerkte der Bekannte ihr Firmenfahrzeug. Es zu erkennen ist wirklich nicht schwierig.

Also wohin jetzt? Das Einkaufszentrum liegt zu weit entfernt und somit ist die Fahrzeit für Hin- und Rückfahrt zu lang, als dass es ihnen zeitlich reichen würde. „Komm mit", fordert sie ihn auf und setzt sich bereits in Richtung ihres Fahrzeugs in Bewegung. Doch kaum drei Meter gegangen stoppt sie plötzlich. „Das geht auch nicht. Was ist, wenn dich eine meiner Freundinnen oder dieser Bekannte dort drüben auf meinem Beifahrersitz sehen würde?"

Eine leichte Verzweiflung macht sich bei ihnen zunehmend breit, weil sich keine geeignete Lösung für diese knapp kalkulierte Zeit auf die Schnelle finden lassen will.

Eine weitere Idee wägen sie ab: Der Parkplatz am Badesee. Zeitlich ist dieser Ort günstig, weil er bereits in ihrer Richtung liegt. Doch auch dort könnte jemand um diese Mittagszeit zufällig vorbeifahren, der oder die sie kennt. Von den schlechten bisherigen Möglichkeiten ist diese noch die beste. Immerhin haben wir Winter und nur unerschrockene Spaziergänger könnten sich diesen Parkplatz am Badesee als Ausgangspunkt für eine Wanderung ausgesucht haben. Auch liegt er etwas verborgen.

Sie versuchen es. In ihren jeweiligen Autos fahren sie mit so großem Abstand zueinander dorthin, dass ihre Fahrzeuge nicht gleichzeitig auf der Straße gesehen werden können. Er fährt als zweiter. Jetzt wird er von einem Krankenwagen mit eingeschaltetem Blaulicht und Sirene überholt. Erst als sie gerade von der Hauptstraße in Richtung Badesee abbiegt, sieht er sie in zirka einem Kilometer Entfernung wieder vor sich. Am Parkplatz angekommen gibt es eine freudige Überraschung: Es steht nur ein Container auf der Parkplatzfläche, aber keine Fahrzeuge.

Wieder in gebührendem Abstand zueinander die Autos abgestellt. Sein kurzer Weg führt ihn zu ihrem mittelgroßen Lieferwagen und schnell durch die weit geöffnete, einladende seitliche

Schiebetür in ihr „Spezialfahrzeug" gehuscht. Dort wartet sie schon auf ihn.

Endlich sich wieder umarmen, endlich sie wieder küssen, endlich ihn wieder liebkosen, endlich sich wieder lieben.

Er bringt ihr ein Geschenk mit: Eine warme, flauschige Weste. Sie freut sich sehr. Gerade zur jetzigen kalten Jahreszeit kann sie dieses Kleidungsstück gut gebrauchen. Ihre alte Weste sei bereits stark verschlissen und mit den vielen Flicken selbst als Arbeitsweste kaum mehr zu gebrauchen. Sie selbst habe ihr Geschenk an ihn leider vergessen. Beide haben ohne Absprache miteinander an ein Geschenk für den geliebten Partner und Partnerin gedacht!

Sie lieben sich gierig. Die falsch zusammengenähte, großvolumige Zudecke, in die es möglich ist, wie in einen Schlafsack hineinzukriechen, leistet ihnen trotzdem gute Dienste. Sie ziehen diese überdimensionierte, mehrfarbige Zudecke über ihre Köpfe und kuscheln sich aneinander. Endlich wieder zusammen. Haut an Haut, mit Freude und Lust.

Gegen Ende ihres heftigen Liebens meint sie ironisch: „Es ist zwar gut, wenn du mir zuliebe auf die Zeit achtest, aber so sehr hättest du dich nun auch wieder nicht beeilen müssen." Er weiß, was sie meint: „Na ja, ab einem bestimmten Zeitpunkt gibt es keinen Weg zurück. Wenn der `Point of no return´ überschritten ist, geht es eben unbeeinflussbar schnell."

Viel Zeit zum Schmusen danach bleibt nicht. Erst als sie sich küssend verabschiedet hatten und er wieder in seinem Fahrzeug sitzt, sieht er auf die Uhr: Es ist 14.28 Uhr.

Sie wird zu spät kommen.

Taktik statt Schmerz?

Die Faschingszeit ist für sie Hochsaison. Mit einem höheren Umsatz ist natürlich ein Mehr an Arbeit verbunden. So steigt ihre Arbeitsintensität nochmals an. Die vielfältigen Kundenanfragen zu bedienen und präsent zu sein ist mehr als sinnvoll. Schließlich muss der Laden etwas abwerfen. Sie braucht das Geld.

Aufgrund der knappen Zeit ist sie in dieser Woche gezwungen, ihm dreimal zu sagen: Diese Woche geht es nicht. Zusätzlich mailt sie ihm, wie sehr sie ihn vermissen würde. Sie berichtet auch von der lieben Thea, ein Sonnenschein, wenn man sich nur etwas mit ihr beschäftigt.

Seine sms drücken seine wechselnde Stimmungslage aus: Hoffnung, Ungeduld, dann wieder seine Zusicherung seines „Warten können", aber auch Verzweiflung und innerer Rückzug.

Neben der Tatsache ihrer knappen Zeit kommt noch der missliche Umstand ihrer fast abgelaufenen Guthabenkarte für das schnurlose Telefon hinzu. Leider sei es ihr aufgrund ihrer vollen Auslastung zeitlich nicht möglich, eine neue Aufladekarte in der nächsten Stadt zu kaufen. Es fällt ihm schwer, dies als stichhaltiges Argument gelten zu lassen, es hat nur geringe Überzeugungskraft.

Sein Gesprächsverhalten bei Telefonaten wird zunehmend zurückhaltender: Knappere Sätze, kürzere Telefonate, geringere Häufigkeit seiner Anrufe.

Er verfällt in leichte Lethargie, will seinen Schmerz nicht mehr spüren und ist zusätzlich bestrebt, aus Selbstschutz zu vermeiden, ihr den Satz zu sagen: „Ich versuche, dich heute noch mal anzurufen." So will er das Wechselbad von Hoffnung und Enttäuschung verringern.

Jetzt hält er sich bewusst mit Kontaktaufnahmen zurück. Dies ist eine strategische Variante. Damit will er bezwecken, sie nicht unnötig unter Druck zu setzen. Im Hintergrund steht seine Absicht, ihr stolz zu zeigen: Es geht auch ohne dich.

Dies birgt allerdings die Gefahr in sich, sie könne seinen Rückzug als versteckte Aggression erleben - was wohl auch in die richtige Richtung geht. Würde sie folglich mit Ärger, Wut, Enttäuschung reagieren und ihn nicht mehr sehen wollen?

Aber soll und kann er gute Laune vortäuschen und damit indirekt aufzeigen: Es macht mir nichts aus?

Das geht wohl auch nicht.

Schließlich fragt er sie irgendwann, welche Abstände ihrer Kontakte ihr genehm wären. Sie kommen gemeinsam zu dem realistischen und logischen Schluss, es sei situationsbedingt unterschiedlich: Jetzt hat sie viel Arbeit, also wenig Zeit und bei weniger Arbeit habe sie entsprechend mehr Zeit.

Das sehnende Gefühl will seinem logischen Verstehen einfach nicht folgen. Ein neuer Versuch: Er teilt ihr mit, er habe in ihrer Nähe ein Seminar und wäre von Freitag bis Mittwoch deshalb zu bestimmten Zeiten rasch und kurzfristig zu einem

Treffen in der Lage. Sie mailt zurück: „Freitag bis Mittwoch geht nicht. Vielleicht mache ich aber kommenden Freitag am Nachmittag den Laden zu. Dann könnten wir uns treffen."

Vielleicht, vielleicht, vielleicht! „Diese „Vielleichts" halte ich langsam nicht mehr aus", rumort es in ihm, „dein immer wiederkehrendes ‚Vielleicht' macht mich fertig: Sehnen, Hoffen, wieder Verschieben, Enttäuschung, Schmerz, neues Sehnen, neues Hoffen, neuer Schmerz … Spiel` nicht mit mir!"

Es ist für ihn kaum aushaltbar, nahe bei ihr, aber nicht mit ihr zu sein. Nähe innerlich zu spüren und Distanz real zu erleben.

„Ich versuche, dich nicht mehr zu fragen, wann wir uns treffen können. Dann höre ich keine ‚Diese-Woche-geht-es-nicht' und keine ‚Vielleicht-am-Freitag'. Du kommst dann nicht mehr in Zugzwang und ich nicht mehr in Frustration, Hoffnung und Schmerz. Lass` uns etwas anderes am Telefon reden, bis du einen konkreten Termin nennst, den du sicher einhältst", denkt er sich, ihr sagen zu wollen.

Ein allgemein hilfreicher Satz fällt ihm als Notlösung ein: „Dem der Warten kann kommt alles mit der Zeit."

„Na prima, sehr hilfreich, ein toller Satz!", sagt er missgelaunt zu sich selber.

Oder er bemüht sich um eine taktische Hilfsvariante, indem er sie scheinbar interessiert, aber gleichzeitig notgedrungen innerlich mehr distan-

ziert fragt: „Hoffe, du hattest eine tolle Fa-
schingsveranstaltung?" Sein Bemühen wird dabei
deutlich: Den Fokus nicht auf sich, sondern auf
sie zu richten.

Und allgemeiner ausgedrückt: Lernte er, weniger
sich und sein eigenes Empfinden wahrzunehmen,
sondern verstärkt Andere und deren Fühlen, wäre
es nützlich, weil schmerzreduzierter, für ihn
selbst.

„Ach, ist das eine tolle Übung, eine echte Heraus-
forderung, ich bin begeistert", denkt er bei sich
sarkastisch.

Ein weiterer Versuch

Jetzt will er sie doch wieder fragen, wann sie sich treffen könnten. Es ist immer noch Faschingszeit. Er arbeitet in ihrer Nähe. An diesem Faschingsdienstag findet im Stadtzentrum ein Narrenumzug statt.

Hinter einer scheinbar unscheinbaren Frage nach einem Treffen steckt im Grunde ein Bitten und Betteln. Allerdings glaubt er, dürfte ein wiederholtes Nachfragen eher bedrängend auf sie wirken. Obwohl er bereits zu der Erkenntnis gelangt war, es sei für ihn besser und weniger schmerzhaft, eine „Anfrage" zu unterlassen, weil ihre Absagen und „Neins" in letzter Zeit die Regel sind, sendet er ihr nun doch folgenden Text zu: „Gehst du zum Umzug? Habe Nachmittag frei. Kannst du dich kurz abseilen?"

Das sehnende Gefühl, das schmerzhafte Herz sucht sich seinen Weg, ist stärker als der Verstand. Dieser vermag zielorientiert und strategisch zu denken und zu suchen, was ein „Sie Bedrängen" vermeiden könnte. Auch könnte der benutzte Verstand die Beziehung stabilisieren und darüber hinaus ihre Dauerhaftigkeit fördern, wenn dieses vernünftige und trotzdem einfühlsame Denken das fühlende Herz mit seinem Drang, mit der Geliebten zu verschmelzen, in Schranken verweisen würde. Das unbesonnene Herz strebt danach, die Angebetete mit tiefer Sehnsucht und großem Verlangen zu überschütten, sie zu ersticken.

Oft ist das begehrende Herz stärker als der eher statische Verstand. Es setzt sich durch, findet einen Weg, kann durch einen engen Spalt schlüpfen und ist kühn genug, sich seinen Weg zu sprengen.

Doch der Verstand mahnt eindringlich: „Lass` sie in Ruhe! Lass` sie in Ruhe – dich lieben!"

Spaziergang

Nach langen Wochen, nach endlos empfundenen Ewigkeiten, mit Wechselbädern der Gefühle zwischen immer wieder neuer aufkeimender Hoffnung und immer wieder neuen Enttäuschungen durch Absagen sowie ewig langer Zeit der Kontaktlosigkeit soll es in zwei Tagen endlich ein neues Treffen geben.

Er traut sich kaum sie anzurufen. In ängstlicher Erwartung einer neuerlichen Absage durchströmt ihn Furcht. Umso freudiger sein Gemütszustand nach ihrer Bestätigung ihres gemeinsamen Termins. Wie es werden wird ist offen, denn die kleine Thea wird dabei sein. Sonst würde es überhaupt nicht funktionieren..

Freudig fährt er am Vormittag zum vereinbarten Treffpunkt. Er ist schon spät dran und eine Verletzung an seinem linken Handgelenk behindert ihn etwas beim Autofahren. Fast alles muss sein rechter Arm und seine rechte Hand bewerkstelligen: Lenken, Schalten, den Blinker links des Lenkrades setzten und dabei über das Lenkrad greifen.

Jetzt klingelt sein mobiles Telefon, welches er wohlweislich während des Wartens an einer roten Ampelanlage aus seiner Hosentasche auf die Armaturenablage vor Tacho und Drehzahlmesser gelegt hatte, um es bei Bedarf, wie jetzt, schnell greifen zu können. Dies natürlich auch mit der rechten Hand.

Er ist nur noch einige hundert Meter vom vereinbarten Treffpunkt entfernt. Sie ist es: „Ich muss absagen, es geht nicht. Die Thea sträubt sich, will sich nicht in den neuen Autositz setzen lassen. Die Gurte sind zudem verstellt und ich kenne dieses neue Gurtsystem nicht und konnte deshalb die Gurtlänge nicht korrekt einstellen." Wieder ein: „Nein, es geht nicht".

„Dann komme ich zu dir ins Haus. Für eine halbe Stunde nur, oder für eine viertel Stunde" bettelt er rasch. Selten, dass er so schnell spricht.

Sie zögert: „Nein, das geht heute auch nicht. Meine Mitarbeiterin kommt vielleicht etwas früher als sonst." Kurze Pause. „Aber ich könnte Thea in den Kinderwagen setzten. Gehen wir spazieren. Treffen wir uns im Industriegebiet."

„Und wenn uns jemand in deinem Heimatort gemeinsam sieht?"

„Das würde nichts machen. Das geht schon."

„Bin in fünf Minuten, dort."

Trotz größter Sehnsucht fährt er nicht direkt zu ihr, sondern steuert einen Automaten an, um ihr eine Telefonkarte für ihr Handy zu kaufen. Seit Wochen gelänge es ihr aufgrund der vielen Arbeit nicht, aus dem Haus zu kommen, um sich unbemerkt solch eine Karte zu besorgen. Und schließlich ist er in den nächsten Tagen auf Fortbildung. Wie solle sie sich mit einer leeren Telefonkarte dann mit ihm in Verbindung setzen können, um ihre Bindung und Verbindung zu pflegen?

Aus dem Industriegebiet führt ein asphaltierter Feldweg aus dem Dorf hinaus. Zunächst rollt der Kinderwagen zwischen Wiesen und Feldern in

Richtung Wald. Hier ist die kleine Gruppe vom Dorf aus noch zu sehen. Deshalb ist beiden, ohne Worte wechseln zu müssen, klar, sich nicht an der Hand zu halten, keine, auch noch so kurze, flüchtige Umarmung zu versuchen. Küssen ist jetzt sowieso strengstens verboten.

Sie gehen mit Thea „Adda-Fahren", wie sie sich scherzhaft ausdrückt. Diese kindliche Ausdrucksweise stammt von der Kleinkinderzeit ihrer eigenen Kinder und hat sich als umgangssprachliches Synonym für das „Spazierenfahren mit einem Kinderwagen" erhalten. Mehr noch: Sie ist früher selbst mit ihren eigenen Säuglingen genau diesen Weg „Adda-Gefahren" und kann sich daran noch gut erinnern.

„Ich begleite dich nun beim ‚Adda-Fahren' und so bin ich also für dich und Thea euer ‚Adda-Begleiter'."

Sie lacht kurz auf. Der Ausdruck gefällt ihr: „Dann sei nun unser beider ‚Adda-Begleiter'."

„Das will ich gerne sein. In guten wie in schlechten Tagen, bei schönem und schlechtem Wetter, bis dass der Tod uns scheidet."

Ihr gefällt sein Scherzen und lacht nun aus vollem Hals.

Erst spät am Abend, als sie wieder alleine in ihrem Haus war und sich diese Szene vor ihrem inneren Auge vorbeiziehen ließ, wurde sie sich der tieferen Bedeutung seiner Worte bewusst. Seine Worte waren mehr als ein Scherz, sie waren womöglich ein Versprechen.

Auf diesem traditionsbesetzten Feldweg gehen sie weiter und unterhalten sich ausgiebig, können über Privates, über persönliche Dinge reden, wozu sie bei ihren sonstigen Treffen einfach zu wenig Zeit haben. Dann ist nämlich Anderes am Dringlichsten. Das gut eingepackte Kind schläft dabei ruhig in seinem Kinderwagen.

Sie weist auf die Hochstände der Jäger hin, welche in überraschend großer Zahl entlang des Waldrandes stehen. Auf ihnen säßen häufig auch einzelne Bewohner des Dorfes, welche entweder vormittags frei haben oder arbeitslos seien. Diese würden ihre unstrukturierte Zeit zum einen damit gestalten, in der gesunden Natur draußen zu sein, aber auch, um sehr interessiert Neuigkeiten verschiedensten Inhalts aus dem Dorf aufzunehmen und selbstlos weiterzugeben. Schon deshalb verbietet sich ein kurzer, körperlicher Kontakt - auch wenn scheinbar niemand zu sehen ist und sie sich jetzt außer Sichtweite der letzten Häuser befinden. Eine kleine Ausnahme machen sie: Das gemeinsame, gleichzeitige Schieben des Kinderwagens ermöglicht es ihnen, jeweils einen Finger ihrer beiden Hände zum Finger des Anderen wandern zu lassen und sich so etwas zu berühren.

Sie nutzen weiter die gute Gelegenheit, sich vertieft über das jeweilige persönliche Befinden auszutauschen. Einmal meint er, bei ihr glänzende, wässrige Augen zu sehen und er fragt sie, was sie gerade bewege.

„Nichts, gar nichts. Alles in Ordnung."

„Dann habe ich mich wohl getäuscht."

Nach einer kurzen Weile: „Ich bin zwar belastet, aber gut sortiert."

„Nein, ich habe mich nicht getäuscht. Du brauchst mir nichts vorzumachen."

„Nein, es ist schon in Ordnung."

Nach einigen weiteren Metern zurückgelegten Weges fragt er sie: „Hast du nicht manchmal große Lust zu sagen, ´ihr könnt mich alle mal`?"

Sie lacht kurz auf: „Das kann ich nicht. Ich habe Verantwortung für Familie, meinen Laden und Thea. Gut, ich haben zwar gerade Streit mit Tobias, aber ich kann nicht einfach davonlaufen."

„Ja, du hast Verantwortung für Vieles, sicher."

Etwas später setzt er langsam fort: „Du musst nicht immer stark sein."

Nach längerer Zeit des gemeinsamen Schweigens meint sie leise: „Ich brauche dich".

Er ist tief bewegt. Das hat sie noch nie gesagt. Diese taffe, umtriebige, energievolle Frau, welche unendlich arbeiten kann, sich um Haus, Familie und Arbeit umfassend kümmert, es auch versteht, sich Freuden zu gönnen und Spaß hat am Ausgehen mit ihren Freundinnen – diese Frau sagt leise, „ich brauche dich".

Und damit meint sie ihn! Er scheint also wichtig für sie zu sein. Das ist ihm neu. Und gänzlich neu für ihn ist ihr anrührendes, aus großen emotionalen Tiefen leise gehauchtes Eingeständnis, zu ihm gesagt, doch letztendlich sich selbst gegenüber eingestanden: Ich brauche ihn, ich fühle mich manchmal allein, ich muss immer nur stark sein, ich will auch mal schwach und müde sein dürfen.

Diese tolle Frau scheint ihn weit tiefer und umfassender zu lieben, als er es bislang ahnte. Nicht
nur aus ihrer Autonomie und Stärke heraus
scheint sie ihn zu lieben, sondern auch aus einer
gewissen Schwäche, einer gewissen Erschöpfung
heraus, Halt suchend. Ohne dass sie es sich vielleicht selbst bewusst ist, braucht sie ihn als Unterstützer für ihren sie Kräfte zehrenden Alltag,
braucht etwas Zärtlichkeit, Aufmerksamkeit und
Liebe zur emotionalen Stärkung und aufbauender
Regeneration.

An einer etwas uneinsehbaren Stelle des Weges
wagen sie doch eine Berührung, ein kurzes, flüchtiges, zärtliches Küssen. Welch angenehme, weiche Lippen sie hat! Nach solch langer Zeit endlich wieder diese Lippen gespürt und gekostet zu
haben – wie neu, wie fremd, wie unvergleichlich
angenehm! Er lächelt zu ihr gewandt: „Dieses
Erlebnis dieses Küssens und dieser deiner weichen Lippen will ich mir in mein Gedächtnis
einbrennen."
Sie beschreibt ihm, wie gut ihr dies tue.
Doch genießen können sie dieses Erleben nicht.
Zumindest nicht lange. Zu groß ist die Gefahr,
am Rande ihres Heimatdorfes in deutlicher
Handlung gesehen zu werden. Sie drehen noch
eine Runde und treten dann den Heimweg an.

Thea ist inzwischen aufgewacht. Jetzt erlebt und
genießt er seine „kleine Freundin" und freut sich
über ihr leises Lächeln. Beide scherzen mit ihr,
machen Späße und Blödsinn und genießen ihr

abwechslungsreiches Mimenspiel. Sie denken nicht mehr daran, dass Thea der Grund für ihr momentanes Spazierengehen ist und jetzt „Kinderwagenschieben" ihre Beschäftigung darstellt, anstatt zärtlich beieinander zu liegen.

Bevor sich ihre Wege wieder trennen und sie wieder auseinander gehen müssen fragt er sie nach der Möglichkeit, sie während ihrer Mittagspause treffen zu können. Doch sie muss dieses Ansinnen ablehnen. Das würde nicht gehen. Überhaupt sei es in letzter Zeit, wie heute erlebt, morgens mit Thea schlechter, weil sie nur noch ganz unregelmäßig schläft. Vielleicht, stellt sie als Überlegung in Aussicht, sei es in Zukunft günstiger, sich nachmittags zu treffen, wenn Thea bei ihrer Mutter sein kann. Dann müsste ihre Mitarbeiterin sie anstatt vormittags eben am Nachmittag vertreten.

Diese Aussicht stimmt ihn fröhlich. Bei ihrem offiziellen Abschied auf der Straße in aller Öffentlichkeit gibt er ihr die neue Telefonkarte. Sie spielt vergnüglich mit den Begriffen: „Danke für ihre Visitenkarte". Dann reicht sie ihm höflich distanziert zum Abschied die Hand.

Welche Überraschung!

Er fährt nicht unfroh von ihr. Hat er sie doch nach langen Wochen und wiederholten Enttäuschungen und unerfüllten Hoffnungen gesehen, erlebt, kurz geküsst und gesprochen. Ihr „ich brauche dich" steckt wie ein Anker in seinem Herzen – fest und sicher.

Am restlichen Vormittag erledigt er seine beruflichen Besuche in der nahen Kreisstadt. Sein weiteres Programm führt ihn in die nächste, zirka 15 Kilometer entfernte Stadt. Ein Anruf ereilt ihn am frühen Nachmittag. Sie ist es. „Wo bist du gerade?" Er nennt ihr die Stadt. „Was hältst du davon, uns beim Einkaufszentrum zu treffen?"

„Wann?"

„Jetzt, in 10 Minuten."

„Ich komme, bis gleich."

Er ist früher da als sie. Bei ihrem Eintreffen erkennt er, dass sie Thea mitgebracht hat. Sie ruft ihn per Handy an, obwohl sie nur 25 Meter auseinander in ihren Autos sitzen. Ihr ist es heute hier zu unsicher. Viele in ihren Autos sitzende und wartende Menschen, die sie vielleicht kennen. Deshalb verwundert ihn ihr Vorschlag, er möge bei ihr einsteigen, um zu dritt, gemeinsam in ihrem Auto einen anderen Ort anzusteuern. Wirklich logisch erscheint ihm dies nicht.

Er steigt trotzdem ein. Thea wird von ihr in ihrem Kindersitz angeschnallt. Die Kleine verhält sich reserviert und wundert sich über den fremden Mann an ihrer Seite. Während sie um das

Auto geht, um zum Fahrersitz zu gelangen, weint Thea aus Angst, der vertrauten Person verlustig zu werden. Dabei hat sie diesen „Fremden", ihren „Adda-Begleiter" erst wenige Stunden zuvor noch angelächelt und seine Scherze genossen. Ihre vier unteren Milchzähne im ansonsten zahnlosen Mund blinken hell leuchtend aus dem weinenden Gesicht.

Nachdem ihre ihr vertraute Person auf dem Fahrersitz Platz genommen hat und der Augenkontakt wieder hergestellt ist, beruhigt sich die süße Thea wieder und lässt sich von ihm ohne Probleme mit einer Banane füttern.

Sie halten an einem nahen, sehr kleinen Parkplatz, welcher an einer eher wenig befahrenen Landstraße liegt. Er ist frei. Es ist eher eine Haltebucht. Kein anderes Auto parkt hier.

Alle drei verschwinden im Laderaum des Lieferwagens. Sie transportiert gerade unter anderem einen großen Spiegel mit einem kräftigen, fast barocken Rahmen. Dieser nützliche, kunstvolle Gegenstand wird so positioniert, dass Thea sich darin sehen kann. Die kräftige, kleine Maus kann sich inzwischen an Gegenständen hochziehen und so, sich an denen festhaltend, zum Stehen kommen. Deshalb muss der große Spiegel sicher befestigt werden.

Kaum ist Thea durch den Spiegel etwas abgelenkt, küssen und umarmen sie sich. Thea schaut immer wieder, sich absichernd, nach ihrer Ersatzmutter und quäkt, wenn diese nicht mehr zu sehen ist oder sie selbst nicht mehr angeschaut wird. Doch dann ist Thea zunehmend fasziniert von ihrem Ebenbild und den Dingen, die im Spiegel zu sehen sind.

Er kann sich aufgrund einer Verletzung zurzeit nicht auf sein linkes Handgelenk abstützen. Deshalb setzt er sich nach kurzer Zeit mit dem Rücken an die gepolsterte Seitenwand des Lieferwagens. Sie setzt sich auf ihn und lässt nach weiterem Liebesspiel sein Glied in sie eindringen. Nach gegenseitigem Nachfragen, ob es sich so gut anfühlen würde, und dies jeweils bestätigt wird, intensivieren sie ihre rhythmischen Bewegungen. Durch das Berühren und Streicheln seines Fingers an ihrer Klitoris unterstützt er ihr Lustempfinden. Sie kommt auch relativ bald, während er noch eine gute Weile ihrer lustvollen Beckenbewegungen bedarf.

Sie will sich bald wieder anziehen und diesen Parkplatz verlassen mit dem Argument, es mache sich nicht gut, wenn ein anderer Parkplatzbesucher die Stimme eines Kleinkindes und dazu keuchendes Gestöhne aus einem Lieferwagen hören würde. Dies könnte zu falschen Schlussfolgerungen verleiten.

Er schaut durch die Rückfenster und kann kein parkendes Auto sehen. Aber beim Blick durch die Frontscheibe erkennt er kurz ein wegfahrendes Auto mit einem Fahrer darin, der den Lieferwagen intensiv im Auge hat. Vielleicht hat der Fahrer ihn ebenso gesehen, wie er diesen kurz gesehen hat? Hoffentlich ist dies nicht eine Person, welche den Lieferwagen oder die Firmenaufschrift kennt! Hoffentlich fragt dieser für ihn fremde Mensch dann gegebenenfalls nicht ihren

Ehemann Tobias, warum der Lieferwagen zu dieser Zeit an diesem Parkplatz geparkt hatte. Und sollte dieser ihn ebenso kurz gesehen haben wie er ihn, dann würde eine Nachfrage besonders heikel werden. War dieser Mann ausgestiegen gewesen und hat Geräusche aus dem Lieferwagen vernommen? Nur die Zeit wird diese bohrenden Fragen beantworten. Hoffentlich sind ihre gemeinsamen Befürchtungen unbegründet.

Er kann kaum glauben, was ihm heute doch noch widerfahren ist: Erst ihre traurige Absage eines gemeinsamen Treffens, dann der außergewöhnliche Spaziergang mit Kinderwagen am frühen Vormittag mit einem zärtlichen, weichen Kuss. Dies eng verbunden mit seiner hohen Zufriedenheit darüber, sie nach langen Wochen endlich wieder einmal getroffen zu haben. Und jetzt doch noch die Möglichkeit der körperlichen, höchst zufrieden stellenden Begegnung mit ihr.

Das Leben ist spannend und hält ständig Überraschungen parat.

Und warum können Engel fliegen???

Weil sie sich leicht nehmen!

SMS-Verkehr

Eine Kurznachricht (SMS) hat ihren eigenen Charme.

Dieser rührt auch von daher, etwas real Schriftliches vor sich zu haben: Hier steht es Schwarz auf Weiß! Der Text bleibt statisch sichtbar präsent. Der Empfänger hat alle Zeit der Welt auszuwählen, was er mit der Botschaft des Textes macht: Gleich beantworten, später beantworten, nicht beantworten. Dies ist auch abhängig von dem emotionalen Inhalt der empfangenen Worte. Wird der Inhalt als angenehm empfunden, dürfte die Wahrscheinlichkeit eher hoch sein, auf das Empfangene mit einer Antwort bald zu reagieren. Eher negativ Problematisches verlangt in der Regel ein Durchdenken und Durchfühlen des Inhalts. Manche reagieren auch spontan, dem je eigenen persönlichen Naturell entsprechend. Die in einer „short message" verwendeten Worte sind für gewöhnlich überlegter gewählt als die während eines Telefonats ausgesprochenen. Eine SMS konzentriert auf das Wesentliche. Der Empfänger erhält eine klare, verdichtete Botschaft. Ihre verbalen telefonischen Kontakte wiederum können beides sein: Beglückende Ereignisse und ebenso frustrierende Enttäuschungen. Als „beglückend" wird erlebt, wenn sie miteinander viel Zeit haben und ausführlich telefonieren können, oder wenn sie sich intensiv über Persönliches austauschen oder liebe Worte für den Partner finden. „Frustrierend" sind kurze, notwendigerweise rasch abgebrochene Telefonate dann, wenn etwa „Gefahr in Verzug" ist oder nicht frei gesprochen werden kann und es deshalb angeraten ist, das Gespräch rasch zu beenden.

Für den kommenden Vormittag hatten sie sich verabredet. Nach einem herrlichen Liebeserlebnis lässt sie dann am Nachmittag noch einmal etwas von sich „hören".
Sie schreibt ihm folgende SMS: „Na, wie war ich, Liebling?"
Wie sie später am Telefon relativieren wird, ist diese SMS scherzhaft gemeint.
Er versteht aber sofort ihren nicht hörbaren Ton ihrer SMS und schreibt ihr umgehend zurück: „Wie kann man einen Orkan beschreiben voll von Zärtlichkeit?"

Dieser Austausch mithilfe der Kurzmitteilungen zeigt deutlich, wie lieb sich die Beiden haben.
„Guten morgen, mein Geliebter". Am Abend: „Liebste, ich wünsche dir viel und guten Schlaf. Schön, dass es dich gibt."
„Bin wieder online, liebe dich."
Als Erwiderung: „Süße, darauf habe ich gewartet. Du tust mir so gut. Gestern wie eben."
„Möchte dir schreiben, wie lieb ich dich hab`."
Antwort: „Es tut so gut, geliebt zu werden. Und vielleicht noch mehr, dich zu lieben."
„Habe Sehnsucht, dich wieder zu sehen, spüren, ertasten, be-greifen."
Sie: „Ist ja ne Menge Sehnsucht. Da müssen wir bald Abhilfe schaffen. Liebe dich."

„Hätte dich gerne etwas mehr geliebt am Mittwoch."

Er: „Ich dich auch. Mit mehr Zeit zu genießen und dir Gutes zu tun."

Sie: „Liebe dich, liebe dich, liebe dich. liebe dich, liebe dich, liebe dich, liebe dich, liebe dich."

In der Nacht: „Süße, genieße, erhole dich, erfreue dich, wenn auch ohne mich. Mit deinen Kindern, deinen Pferden, mit dir selbst – obwohl, ich hätte morgen Zeit für dich. Hauptsache du erfreust deine Seel`, bist glücklich und fidel!"

Darauf: „Guten Morgen, mein Geliebter, hätte gern mal wieder Sex mit dir. Weiß nur noch nicht wann, so dass es richtig warm wird. Viele Küsse seither."

Die wärmenden SMS überwiegen deutlich. Doch andere fragen ängstlich an oder weisen auf kritische Momente hin. Er: „Spricht etwas dagegen, dass du wieder Kontakt mit mir aufnimmst?"

Oder sie ein anderes Mal: „Freue mich sehr über eine Nachricht von dir. Vermisse dich sehr."

Am späten Abend: „Verzeih, es tut mir Leid."

Kurz darauf sie: „Habe gerade ein Foto von dir angeschaut, worauf du lachst. Und Leid tut`s mir. Viele Küsse."

Am nächsten Morgen: „Bin erleichtert, umarme dich, liebkose dich."

Beim Kochkurs

Die Beiden haben eine neue Variante eines heimlichen Treffens kreiert. Diese weitere Möglichkeit wurde telefonisch durchgesprochen. Diese Vorbesprechung beinhaltete auch eine detaillierte Ausarbeitung und eine klare zeitliche Abstimmung.

Sie konnten sich in den letzten Jahren immer wieder einmal bei offiziellen, das heißt allen Menschen öffentlich zugänglichen Anlässen sehen. Dabei war ein lang andauerndes Zusammenstehen und jeglicher körperlicher Kontakt ausgeschlossen, mit Ausnahme eines sich Begrüßens per Handschlag.

Zweimal war es allerdings aus der Situation heraus möglich, nebeneinander zu sitzen und sich sogar unbemerkt unter dem Tisch mit den Füßen zu berühren.

Wie bedauerlich und durchzogen mit süßem Schmerz ist ein Sich-Nahe-Sein mit einem vernünftigerweise selbst auferlegten Verbot, sich näher zu kommen. Aus diesem emotionalen Leiden ist die Idee geboren worden, sich nach diesen offiziellen Anlässen heimlich zu verabreden.

Das Besprechen eines Dates kann jedoch nicht während eines Empfangs oder einer Diskussionsveranstaltung erfolgen. Selbst während einer Vernissage oder einer Filmvorführung erscheint es nicht angeraten, die Köpfe zusammenzustecken und scheinbar so zu tun, als würden sie über die ausgestellten Kunstwerke oder den Inhalt des Films miteinander reden. Augen und Ohren sind zahlreich, überall und oft nicht sichtbar. Jedes Verändern des Tonfalls, jede unpassende Körperhaltung oder widersprüchliche Bewegung, jedes Separieren kann auffallen, zu Irritationen führen und stille Fragen aufwerfen.

Am Telefon besprechen sie, wie sie es anstellen könnten, sich nach einem Kochkurs heimlich zu treffen. Dabei gilt es, das größte Haupthindernis zu umgehen. Sie kann nämlich aufgrund eines gewissen Misstrauens und permanenter Eifersucht ihres Ehemannes so gut wie nie alleine abends ausgehen und Veranstaltungen besuchen, sondern fast ausschließlich entweder gemeinsam mit ihm, oder mit einer, beziehungsweise mit mehreren Freundinnen.

Im letzteren Fall bildet die Gruppe selbstverständlich regelmäßig eine Fahrgemeinschaft. Diejenige der Freundinnen, welche mit ihrem Auto fährt, holt die anderen ab und enthält sich zusätzlich des Alkohols. Am Ende des Abends bringt diese die Freundinnen nach Hause und setzt jede einzelne direkt vor deren Haustüre ab. Sie kommen gemeinsam zu einer Veranstaltung und gehen wieder gemeinsam. Ausnahmen eines gemeinsamen Fahrens müssten mit stichhaltigen und wasserdichten Begründungen unterlegt sein.

Eine weitere Sache müssen die Beiden bei ihren Überlegungen bedenken. Oft gehen die verheirateten Freundinnen nach einer gemeinsam besuchten Vergnügung nicht sofort und direkt nach Hause, sondern setzen den angebrochenen

Abend in einer Gaststätte, einer Kneipe oder in einem Tanzlokal fort. In bester Stimmung machen sie dann die Nacht zum Tag, freuen sich aneinander, scherzen und lachen, sind ausgelassen und oftmals außer Rand und Band. Alleine unter sich, ohne Männer, ohne Kinder, dem Alltag entronnen, geben sie sich dem jeweiligen vergnüglichen Zeitvertreib hin. Ein spätes Aufbrechen lange nach Mitternacht ist dabei keine Seltenheit.

Diesmal jedoch sind zwei Freundinnen verhindert und so wird sie heute mit nur einer Freundin an dem Kochkurs teilnehmen. Gerne würde sie ihn nach Kochen und dem sich anschließenden gemeinsamen Essen der Kochgruppe sehen, erspüren und intensiv fühlen. Eine gemeinsame Zeit ohne gemeinsame Erfüllung ähnelt der Situation eines liebestollen Hamsters, welcher auf sein Weibchen zwar zulaufen darf, aber durch zum Beispiel pubertierende Jugendliche kurz vor Erreichen des wartenden Weibchens stets abgefangen wird und zum Ausgangspunkt wieder zurückgebracht wird. Welche Pein, wenn sich dieser Vorgang wiederholt!
Bei der Suche nach einer Lösung schlägt er ihr am Telefon vor, folgendes zu arrangieren: Sie möge mit ihrem Fahrzeug fahren, die Freundin Ulla abholen und direkt nach dem Kochkurs zu Hause absetzen. Anschließend würden sie zu einem noch zu vereinbarenden Ort kommen. Dabei wäre nach dem Absetzen der Freundin zuhause darauf zu achten, zunächst tatsächlich

die Richtung des heimatlichen Wohnhauses ein-
zuschlagen und erst später und für die Freundin
nicht sichtbar zu jenem Ort ihrer stillen Begegnung abbiegen. Lange könne dann ihr heimliches
Stelldichein nicht dauern. Der zeitliche Abstand
zwischen Ulla`s nach Hause kommen und ihres
eigenen Heimkehrens darf nicht allzu groß sein.
Denn im Verlauf dieses Zeitraums könnte Ulla
auf die Idee kommen, ihre Freundin noch einmal
kurz anzurufen, um sie etwas zu fragen, oder
Notwendiges abzusprechen oder nur Belangloses
mitzuteilen.
Sie beruhigt ihn, weil sie eine geringe Wahrscheinlichkeit für einen anschließenden, nächtlichen Anruf von der Freundin vermutet. Dieser
würde die Nachtruhe aller ihrer Familienangehö-
rigen stören. Das würde die Freundin berücksichtigen.
Es bleibt die Frage, welches ein sinnvoller Ort
wäre. Dieser sollte auf dem Hintergrund der
knappen Zeit nicht allzu entfernt sein, jedoch
auch nicht in ihrer und Ulla`s gemeinsamer
Heimatgemeinde liegen. Ihr allseits bekanntes
Fahrzeug würde in der Nacht an einem anderen,
ungewohnten Platz im Ort parkend Verwunderung auslösen: „Was macht sie denn da, mitten in
der Nacht?" Für diese Frage haben sie im Moment keine Antwort. Den Platz für ihr nächtliches Rendezvous wollen sie sich gut überlegen
und nochmals miteinander telefonieren.
Sie erreicht ihn am darauf folgenden Tag per
Telefon und schlägt eine große Ausbuchtung der
Straße in Richtung Stausee im Nachbarort vor,

welche auch als Parkplatz dient. Dieser Platz ist abgelegen und vor allem nachts sehr wenig frequentiert.

In diesem Telefonat vereinbaren sie, gegen Ende des Kochkurses nicht von sich aus den Vorschlag zu machen, noch irgendwo hin zu gehen. Auf ein solches Ansinnen, von einer anderen Person geäußert, wollten sie sich abschlägig äußern und sich darauf nicht einlassen. Sollte ein vorgetragener Vorschlag jedoch nicht abzuweisen sein, empfiehlt sie, folgenden Satz als heimlichen Code beim offiziellen Abschiednehmen auszusprechen: „Wünsche dir ein gutes Nachhausekommen". Dieser Satz möge ihnen als Signal dienen für die Unmöglichkeit eines Zusammenkommens zur nächtlichen Stunde im Anschluss an die Veranstaltung.

Etwas Weiteres gilt es zu Bedenken: Was, wenn es ihr oder ihm nicht möglich wäre, dieses „Nachtreffen" wahrzunehmen, zum Beispiel aus zeitlichen oder anderen Gründen, die jetzt noch nicht bekannt sind? Sie vereinbaren, auch dann soll dasselbe Codewort zur Anwendung kommen.

Das Kochen beginnt. Trotzdem ist sie mit Ulla immer noch nicht im Kochstudio eingetroffen. Er wartet innerlich zunächst geduldig auf sie. Gerade ist er im Begriff, sich ernsthaft Sorgen zu machen, da erscheinen die beiden Freundinnen. Diese hatten einen späteren Beginn des Kochkurses angenommen.

So bleibt den Zweien die Aufgabe, den Nachtisch zu machen. Eigentlich wollte sie gerne mit ihm zusammen an einem Gericht arbeiten, um ihm nahe zu sein. Dies hatte sie sich sehr gewünscht und vorgenommen. Aber leider ist er bereits intensiv mit dem Waschen der Salatblätter beschäftigt.

So vergeht das „gemeinsame" Kochen traurigerweise mit nur wenig Kontakt. Meist sind sie mit anderen Teilnehmenden an einer anderen Stelle der Küche beschäftigt. Zudem drehen sie sich zwangsweise lange Zeit den Rücken zu und können sich dadurch nicht mal sehen. Nur selten ist ein Wortwechsel möglich. Zuviel des Kontaktes wäre allerdings auch nicht sinnvoll, damit ihre gegenseitige Zuneigung nicht offensichtlich wird. Ein zu intensives sich „Zuneigen" würde zu eng, zu nahe, zu auffällig wirken.

Nach dem Kochen und Gestalten der frisch zubereiteten Speisen lassen sich alle Anwesende an den gesäuberten und schön gedeckten Tisch nieder. Die große Vielfalt an Köstlichkeiten ist herrlich dekoriert. Ein Genuss für das Auge.

Sie sitzt früher als er an der Tafel. Schnell beeilt er sich, wenigstens den Platz ihr schräg gegenüber für sich zu besetzen. Dies gelingt. So kann er seiner Lieben gut in die Augen sehen und sie sitzen zudem nahe genug beieinander, um miteinander, aber immer mit weiteren Beteiligten, ins Gespräch zu kommen. An ein Berühren unter dem leichten Tisch ist nicht zu denken.

Nach Essen, Spülen und Aufräumen verabschieden sich die Kursteilnehmer. Mehrere Personen streben gemeinsam Richtung Ausgang. Jetzt kommt der besonders spannende Moment: Wird sie sagen „Ich wünsche dir ein gutes Heimkommen"?

Ulla und er verabschieden sich mit einer kurzen
Umarmung. Seine heimliche Geliebte gibt ihm
förmlich die Hand. Er ergreift diese Hand an
einem etwas steif ausgestreckten Arm und er hört
sie sagen: „Bis wir uns vielleicht bald wieder sehen".

Rückzug?

Es gibt nicht nur Sonnenschein und schöne Tage mit zutiefst zufriedenstellenden Ereignissen. Es gibt auch Regentage oder besser gesagt, eine lang andauernde Regenzeit. Der Himmel ist durchzogen mit grauen Wolken, die Sonne dringt nicht mehr durch die Wolkendecke. Diese ist sehr dick. Dadurch ist es im Land der Liebe dunkel geworden. Nacht, fast pechschwarze Nacht.

Aufgrund einer Enttäuschung mit ihr stößt er auf die für ihre Beziehung existentielle Frage: Wann macht eine heimliche Beziehung keinen Sinn mehr? Im Grunde ist es wohl gleich, ob diese schwerwiegende Frage auf eine verdeckte oder offizielle Beziehung bezogen ist, auf eine Liebesbeziehung oder auf eine Freundschaft, auf eine verwandtschaftliche Beziehung oder auf ein beruflich geprägtes Verhältnis. Ist es so, dass eine Beziehung dann keinen Sinn mehr macht, wenn die Enttäuschungen und Frustrationen größer, heftiger und häufiger sind als positive, freudige und beglückende Begegnungen und Kontakte?

Wenn es unklar ist, ob eine Begegnung, welche mit dem geliebten Menschen vereinbart ist, jedes Mal die Gefahr in sich birgt, eine Enttäuschung zu werden, dann wird es zunehmend unmöglicher, sich auf diese Begegnung zu freuen, sich in die Beziehung fallen lassen, sich eine Hoffnung auf Besserung zu bewahren und sich mit dem Partner darüber auszutauschen.

Wäre ein Rückzug eine augenblickliche Lösung? Wenn auch keine auf Dauer? „Rückzug" als ein sich Zurücknehmen, um Schmerzen und Enttäuschungen zu verringern. Dies verbunden mit der Annahme und Hoffnung, durch weniger häufigen Kontakt mögen sich verbindlichere, sicherere und verlässlichere Begegnungen organisieren?

Entdeckt?

Sie erzählt ihm am Telefon von dem Inhalt jenes Buches, welches sie gerade liest. Was hat dieser Inhalt für einen Zusammenhang mit ihrer eigenen persönlichen Situation und den aktuellen Ereignissen bei ihr zuhause?

In kurzen Worten beschreibt sie die Geschichte, welche sich in diesem Buch ereignet:
„Eine Frau lernt einen Mann kennen. Es scheint jedoch nicht der Richtige und trennt sich nach einiger Zeit wieder von diesem.

Dann trifft sie einen zweiten Mann und heiratet ihn aus rationalen Gründen. Sie scheint glücklich, bekommt Kinder. Diese werden älter und sind nun bereits nahezu erwachsen.

Der erste Mann erscheint wieder auf der Bildfläche. Er will, dass sie mit nach Indonesien geht. Er habe dort eine Stelle im diplomatischen Dienst erhalten. Es arbeitet in ihr.

Am frühen Morgen versorgt sie die Familie wie üblich, schmiert die Vesperbrote für die Kinder und für ihren Ehemann. Dann packt sie ihre Koffer und fährt mit dem Pferdefuhrwerk zum Hafen. Dort trifft sie den ersten Mann, sie besteigen das Schiff. Sie fährt mit ihm nach Indonesien.

Sie ist voller Neugier auf diese andere Kultur, dieses fremde Land, welches ihre neue Welt wird. Sie verspürt kein Heimweh, nur Gewissensbisse gegenüber ihrer Familie. Doch sie hat diesen Schritt in einen neuen Lebensabschnitt auch Monate und Jahre später nicht bereut.“

Zeitgleich zu ihrem Berichten dieser Geschichte am Telefon erlebt sie eine heikle Situation in ihrem Haus, in ihrer Familie, an ihrem vertrauten Wohnort, nicht in Indonesien.

Im weiteren Verlauf ihres Telefonats unterhalten sie sich auch über Privates, wie es zum Beispiel ihren Kindern gehe. Das weckt natürlich die Neugier eines ihrer Mädchen. Er bekommt nun mit, wie sie auf Nachfrage eines ihrer Töchter, mit wem sie denn am Telefon redete, antwortete: „Sei nicht so neugierig, das geht dich nichts an, mit wem ich telefoniere."

Dies kann kaum Vertrauen schaffen. Im Gegenteil. Verständlich, dass die Tochter wissen will, mit wem die Mutter über sie redet.

In der Vergangenheit verhielt sie sich auch schon etwas ungeschickt gegenüber ihren Kindern.

Sie brechen ihre Unterhaltung ab und vereinbaren sich zu einem weiteren Telefonat am übernächsten Tag.

Dabei berichtet sie zunächst von zwei weiteren aktuellen Vorkommnissen.

Sie erzählt, ihre ältere Tochter Elke hätte sie im Verlauf der letzten Woche zweimal gesehen, wie sie im Stall mit dem Handy heimlich mit ihm telefonierte. Die Tochter habe ihr damals süffisant gesagt: „Du brauchst nicht so zu tun, als ob es deine Freundin Sylvia gewesen sei. Das war nicht Sylvia, das habe ich gehört." Und grinste heimlich wissend und ging weg.

Die jüngere Tochter Ellen kam unabgesprochen vorletzte Nacht nicht nach Hause. Sie stellte sie gestern zur Rede: „Ich gebe dir viele Freiheiten, indem ich dir manchmal erlaube, länger in der Disco zu bleiben als es normal gestattet ist. Und jetzt bliebst du die ganze Nacht über weg, ohne dass dies abgesprochen gewesen war. Du solltest dich schämen."

Ellen antwortete ihr nur: „Nein, du selbst solltest dich schämen!"

Gestern Abend fragte sie Elke, die ältere Tochter, wie ihr grinsen damals zu verstehen war und was der Ausspruch der Schwester, „nein, du selbst solltest dich schämen" zu bedeuten habe.

Die ältere Tochter wollte zunächst nichts sagen. Erst nach mehrmaligem Drängen berichtet sie von einer SMS, welche die Schwester auf dem Mobiltelefon der Mutter entdeckt habe mit dem Text: „Durch unser tolles Erlebnis und einem gelungenen Musizieren schwebe ich wie auf Wolke sieben. Dir ein schönes Osterwochenende. Ich liebe dich aus tiefem Herzen!"

Ertappt, erwischt enttarnt, aufgeflogen.

Sie berichtet ihm weiter, sie habe daraufhin sofort reagiert und darauf hingewiesen, es käme allgemein öfters vor, dass eine SMS versehentlich an eine falsche Adresse gesandt werde. Dann nämlich, wenn eine einzelne Zahl der Telefonnummer unabsichtlich falsch eingegeben worden sei.

Er bewundert ihre spontane Fähigkeit zu Ausflüchten und erzählt ihr betroffen im Gegenzug von einem Anruf eines jungen Mannes auf seinem Handy, welcher sich scheinbar verwählt hätte. Dieser Anruf des Unbekannten kam zeit-

lich nach seinem Versenden dieser von der Tochter entdeckten SMS. Kennen die Töchter und ein unbekannter junger Mann also seinen Namen? Wer ist der junge Mann?
Eine peinliche Situation. Sie sind wohl entdeckt.

Sie vereinbaren deshalb, eine Woche lang keinen Kontakt mehr mit ihren Handys zu pflegen. Auch keinen Telefonkontakt. Und eine weitere, noch längere Zeit auf diese lesbaren Kurznachrichten zu verzichten.
Eine endlos lange, ungewisse Woche ist vergangen. Eine Woche voll Bangen und Unsicherheit. Was ist inzwischen geschehen? Haben die Töchter ihren Vater informiert? Und sieht sie sich jetzt Vorhaltungen und weiteren, eigentlich begründeten Verdächtigungen ausgesetzt? Tobias` Eifersucht hätte neue Nahrung bekommen und welch scharfem Zank und heftigstem Streit ist sie jetzt ausgesetzt?
Dann endlich erreicht ihn ihr Anruf.
Sie berichtet: „Es ist alles in Ordnung. Keine der Töchter hat noch mal nachgefragt, es wurde nicht mehr darüber gesprochen."
Ihm ist nicht geheuer. Wenn auch nicht mehr darüber gesprochen wird, bedeutet dies noch lange nichts. Ein Misstrauen muss bei ihren Töchtern sicherlich weiterhin, zumindest unter der Oberfläche, vorhanden sein.
Sie unterhalten sich weiter, tauschen einerseits Bedenken und andererseits Hoffnung und Zuversicht aus.

Irgendwann, gegen Ende des Gesprächs, fragt er sie: „Kommst du mit mir mit nach Indonesien?"

Kühnheit siegt

Wieder hatte sie Mut und Einfallsreichtum be-
wiesen. Oder war es Leichtsinn und Unverfro-
renheit?

Mit einem etwas beklommenen und bedrückten
Gefühl fährt er zum vereinbarten Treffpunkt.
Unter allen denkbaren und realistisch möglichen
Telefonnummern hat er versucht, sie zu erreichen: Handy, Geschäftsnummer und Privatnummer. Er ist nämlich nicht wie üblich mit
seinem Bus unterwegs, mit Liegefläche, mit seiner
Höhle im Innenraum. Dieses Fahrzeug benutzt
gerade sein Sohn, welcher mit der Freundin für
eine Woche in den Urlaub gefahren ist. Es ist ihm
wichtig, dem Sohn mithilfe des Fahrzeugs bei
dem angekündigten regnerischen Wetter einen
komfortableren Urlaub zu ermöglichen als dies
der Fall wäre bei einem nassfeuchten Aufenthalt
in einem Zelt. Des Weiteren wäre es auch schwer
möglich gewesen, eine plausible Begründung für
seinen dringenden, eigenen Bedarf des Fahrzeugs
zu finden. Damit ist jetzt allerdings der Verzicht
auf die gewohnte, rollende Liebeslaube verbunden.
Positiv gesehen ermöglicht dieser Verzicht eine
Abwechslung in der Wahl ihrer Lokalität, denkt
er. Gerne würde er sich mit ihr wieder mal im
Freien, zum Beispiel im Wald vergnügen. Oder
nach langer Zeit erneut zu ihr nach Hause?
Während der Fahrt zum vereinbarten Ort klingelt
sein Handy. Sie ist es. Er erklärt ihr die Situation,

dieses Mal mit einem kleineren PKW unterwegs zu sein und schildert zusätzlich seine vergeblichen Versuche, sowohl am Vorabend wie ebenso an diesem Morgen, sie zu erreichen, um sie zu informieren. Auf dem Hintergrund dieser Situation ergibt sich aus ihrem Telefonat folgendes Bild ihrer momentanen Möglichkeiten: Bei ihr zuhause gehe es nicht, weil sie nicht alleine sei und ihr Van stehe leider auch nicht zur Verfügung. Dieser sei mit Material übervoll. Zudem hänge ein schwerer Anhänger auf der Anhängerkupplung, was zwar für sich allein kein ernsthaftes Problem darstellen würde, nur zusätzlicher Aufwand.

„Dann bleibt wohl nur ein netter Spaziergang übrig", meint er trotz schlechten Wetters nicht ohne Hintergedanken. „Ja, so ist es wohl, leider." „Dann treffen wir uns bei den Tennisplätzen. Zu dieser Uhrzeit und bei diesem Wetter werden wohl nicht viele Menschen unterwegs sein. Außerdem ist es dann näher für dich." Sie ist damit einverstanden.

Also fährt er umgehend zu diesem neu vereinbarten Treffpunkt. Beide können mit der Aussicht auf „nur einen Spaziergang" wirklich zufrieden sein. Hinter dem Tennisheim vermutet er in seiner Vorstellung eine Möglichkeit der zärtlichen Umarmung. Und vielleicht ist dort sogar mehr drin. Dort erkundet er die Lage.

Doch er wird sofort enttäuscht: Trotz dieses leichten Regens stehen zwei PKW vor der Tennisanlage. Daraus wird also nichts. Während er noch andere Möglichkeiten abwägt, meldet sie sich erneut: „Planänderung! Komme zu mir, parke gegenüber, aber nicht vor den Garagentoren, gehe an meinem geparkten Van vorbei direkt in mein Materiallager. Ich werde dich sehen, wenn du kommst und dann auch dorthin kommen."

Welche Überraschung. Freudig braust er los. Keine zehn Minuten später parkt er an dem von ihr beschriebenen Ort. Er sieht sie aus seinem Fahrzeug heraus schon in Richtung Materiallager gehen. Dort drinnen erwartet sie ihn.

Vieles steht kreuz und quer. Eine Fläche zum Gehen, ein schmaler Gang ist so gut wie nicht vorhanden. Sie improvisieren und wägen ab, welche Unterlage sie verwenden wollen. Um dieses nun ausgewählte, mit rotem Kunstleder bezogene Dekorationsstück waagrecht auf den Fußboden legen zu können, müssen sie zuerst mal notdürftig Platz schaffen und dazu einige Gegenstände leise wegräumen.

Sie lassen sich nur wenig Zeit zum Küssen. Völlig unromantisch ziehen sie sich rasch selbst aus, nicht den geliebten Partner, was absolut erotischer gewesen wäre.

Beide knien nun nackt auf der matratzenartigen Unterlage und umarmen sich. Berührungen an vielen Körperstellen. Sie drücken und küssen sich wild. Sie hat solch einen perfekten, schlanken, mädchenhaften Körper – dabei könnte sie schon bald Großmutter werden.

Sie lieben sich. Er liegt auf ihr. Sein kleiner Freund bewegt sich in ihr. Ihre hübschen, angewinkelten Beine kann sie aufgrund der räumlichen Enge nicht breit auseinander fallen lassen. Ein Knie drückt bereits gegen einen dicht bei ihnen stehenden Schrank. Als er ihren Körper zusätzlich mit der flachen Hand zart streichelt und dann mit seinem Finger ihr Geschlecht erregt, ohne sein penetrieren zu beenden, stöhnt sie leise.

Schon bald kommt er. Ihm viel zu früh. Gerne hätte er sie noch länger und intensiver zu höherer Lust gebracht. Deshalb will er seinen Körper an ihr hinab gleiten lassen, damit seine Zunge ihre Vagina finden kann. Doch sie drückt ihre Beine zusammen. „Du willst nicht?"

„Nein." Bislang war sie darüber nicht abgeneigt, zumindest nicht vor einem Liebesakt. Vielleicht ist es ihr danach unangenehm? Aber er fragt nicht. Die feine zärtliche Stimmung erlaubt in diesem Moment keine, wenn auch emotional gefärbte, rationale Wissensfrage.

Sie hören Geräusche von außerhalb des Lagerraumes. Er schaut sie fragend an. Sie schüttelt langsam beruhigend den Kopf. „Es ist nichts", flüstert sie. Plötzlich sind Schritte zu vernehmen. Es pocht kurz aber laut an der Tür. Die Schritte entfernen sich sofort wieder. Durch die milchig verglaste Lagerraumtür erkennt er trotz der Kürze des Pochens eine Gestalt mit rotem Oberteil, vermutlich eine Jacke. „Vielleicht ein Versandservice," meint sie leise, „oder ein Zulieferer für die Werkstatt ihres Mannes Tobias." Der Mann, es ist vermutlich ein Mann, gibt nicht auf. Er pocht an verschiedene Türen, pocht und klopft weiter. „Hoffentlich klingelt er nicht meine Tochter Ellen heraus."

Durch diesen Satz wird ihm bewusst, in welcher Gefahr sie sich befinden. Ihr Haus ist also gar nicht leer, wie er vermutete. Sie treffen sich also im Lagerraum, angrenzend an das Wohnhaus. Die Tochter ist also im Haus! Sie könnte doch sein Kommen und auch spätere Gehen bemerken!

„Sie sitzt mit der kleinen Thea in der Badewanne – zumindest, als du gekommen bist", flüstert sie leise.

Was, wenn sie mit Thea fertig gebadet hätte, dem Menschen an der Tür öffnete, nach der Mutter rufen würde und diese nicht zu finden wäre?

Sie ziehen sich rasch und möglichst geräuschlos an. Der Mensch ist immer noch zu hören. Sie verharren, stehen sich still gegenüber. Er legt seine linke Hand um ihre Hüfte und seine rechte Hand kommt zart auf ihrem flachen Bauch zu liegen – eine Geste, die beruhigend wirken soll. Zusätzlich kann er so, nicht ganz selbstlos, ihre Haut spüren und genießen.

Die Zeit ihres bangen Wartens nutzt er als Gelegenheit, sich die vielen Gegenstände und Requisiten einigermaßen aufmerksam zu betrachten – so aufmerksam, wie es ihm in dieser Situation überhaupt möglich ist.

Irgendwann hören sie nichts mehr. Sie öffnet vorsichtig die Türe, nur einen Spalt weit und prüft die Lage. Es ist nichts und niemand zu sehen. Schnell die sehr nützliche Unterlage wieder hochkant gestellt und geprüft, ob kein persönlicher Gegenstand oder gar ein Kleidungsstück liegen bleibt.

„Du gehst zuerst hinaus. Und wenn ich nichts von dir höre, verlasse ich nach zwei Minuten ebenfalls diesen Lagerraum", schlägt er ihr vor.

„Oder besser nach einer halben Minute. Gehe direkt zu deinem Auto und schaue dich nicht groß um. Ich lenke meine Ellen ab."

Er wartet kurz. Sie kommt nicht zurück. Er bemerkt beim kurzen Warten eine interessante CD und nimmt sie in die Hand. Er betrachtet und liest interessiert den Aufdruck auf dem Cover und steckt sie schließlich in seine Tasche.

Er geht los. Nicht zu schnell und nicht zu langsam. Dabei schaut er sich nicht um und steuert geradewegs auf sein Fahrzeug zu. Sofort steigt er ein. Beim Wegfahren kann er es sich nicht verkneifen, kurz auf die Fenster ihres Hauses hoch zu schauen. Es ist kein Gesicht hinter dem Glas zu sehen.

Sie findet die Tochter mit der kleinen Thea beschäftigt. Sie spielen miteinander. Deshalb hat die Tochter mit ziemlicher Sicherheit in den letzten zwei Minuten nicht aus dem Fenster geschaut.

TEIL
III

Auf Freiers Füßen

Sie Leben von einem Termin zum anderen. Die langen Zeiten dazwischen sind separate Abschnitte, in denen anderes, Privates und Berufliches das Geschehen bestimmen. Ihre Telefonate zwischen ihren Treffen dienen ihnen zu jenem persönlichen Austausch, der ihnen während ihrer gemeinsamen, immer zu kurzen Zeiten kaum möglich ist. Dann steht das Stillen ihrer körperlichen Bedürfnisse im absoluten Vordergrund.

Am Telefon tauschen sie vor allem aktuell erlebte Geschehnisse und geplante Vorhaben untereinander aus. Manchmal ist ihnen ein langes Gespräch möglich, welches schon einmal mehr als eine Stunde dauern kann. Meistens können sie allerdings nur kurz miteinander telefonieren. Oft erlaubt es bei ihr die interessierte Kundschaft nicht, sich auch nur kurz auszutauschen.

Noch extremer: Zuweilen kann sie bei seinem Anruf nicht frei sprechen. Die Angestellte, ihr Mann oder eines ihrer jugendlichen Kinder stehen neben ihr oder sind zumindest im Raum. Dann ist sie sehr geschickt und einfallsreich und sagt ihm in solch einer Situation zum Beispiel: „ Ach ja, die Ware kommt erst übermorgen. Rufen sie doch in zwei Tagen noch einmal an. Dann kann ich ihnen Näheres sagen."

Jetzt haben sie seit drei Tagen keinen Kontakt mehr. Sie hatten den Dienstag als nächsten Termin für ihr Treffen vereinbart und heute ist bereits Montag. Er versucht es bei ihr vergeblich. Immer wieder wählt er Ihre Geschäftsnummer.

Keine Verbindung. Von ihr kam kein Anruf. Deshalb bespricht er ihren Anrufbeantworter: „Kann heute Nachmittag keinen Anruf mehr empfangen. Rufe mich heute Abend an, ansonsten wie vereinbart."

Die Vereinbarung war: Dienstag, 8.30 Uhr, Parkplatz Baumarkt. Doch der Abend blieb ohne Anruf und ohne Nachricht von ihr. Es ist bereits der nächste Tag. Um 8.52 Uhr erreicht ihn eine sms: „ Kann heute nicht, wir telefonieren später." Natürlich ist er enttäuscht. Wieder dieses bekannte, vergebliche Hoffen. Dann spürt er den Fraß in seinem Herzen, welcher von Enttäuschung zu Enttäuschung tiefer vordringt, mürbe macht und kraftlos.

„Wer ewig schluckt, stirbt von innen", singt Herbert Grönemeyer.

Wie lange kann er noch die Diskrepanz zwischen scherzhaft empfundener Enttäuschung und verstandesmäßigem Verstehen, „sie habe sicher gute Gründe, abzusagen" ertragen? Sie will ihn doch selber auch sehen. Oft hat er die Zeichen ihrer hohen Aufmerksamkeit und ihrem mutigem Wagnis erfahren. Sie liebt ihn, kann ihn aber nicht so häufig und so lange sehen, wie sie es sich selber wünscht.

Also geht er, wenn auch mit schwer beladenem Herzen, seinen alltäglichen Aufgaben und Geschäften nach. „Wir telefonieren später". Das heißt wohl, sie ruft ihn später an.

Er plant den Tag um. Jetzt will er in ihrer Nähe in seinem Transporter übernachten, ihr nahe sein. Vielleicht wird sie ihn von ihrem Haus aus sehen und es gibt in der Nacht eine Gelegenheit für sie beide. Oder am nächsten Morgen, denn Tobias wird an dem darauf folgenden Tag am Vormittag arbeiten.

Mit seinem Bus fährt er mit einem Mischgefühl von Sehnen und Hoffen in Richtung ihres Wohnortes. Unterwegs gönnt er sich etwas Gutes. Nach einem Waldstück hält er an, steigt aus, begibt sich mit Isoliermatte und Oboe auf eine große Wiese, welche an zwei Seiten mit Tannenbäumen begrenzt wird. Die Sonne geht gerade unter. Es herrscht eine prächtige, besondere Stimmung, welche geprägt und gefärbt wird durch die rote Sonne, diese hellgrüne Wiese mit dem halbhohen Gras, munter aktive Insekten und Vögel mit ihren für diesen Tag letzten Flügelschlägen. Die Natur heilt den Schmerz, salbt Wunden und führt zu neuer, frischer Hoffnung, zu positiver, zukunftsorientierter Zuversicht.

So lange hat er noch selten auf seiner Oboe gespielt. Frei improvisierend entlockt er diesem alten Blasinstrument umfangreiche, wehklagende Töne, anmutige Sequenzen und originelle Phrasen. Der dichte, nur zehn Meter entfernte Wald streckt seine Baumfront im rechten Winkel ihm wohlwollend zugeneigt entgegen. Jener dichte, rechte Winkel generiert eine tolle Akustik. Dieser Hall mit kräftiger, schwingender Dynamik bereitet ihm viel Freude. Solch ein Erlebnis schaukelt die Begeisterung des Musizierenden spiralförmig nach oben in kühne Lüfte.

Zwischenzeitlich wird es immer dunkler. Er will vor Einbruch der völligen Dunkelheit in ihrem

Ort auf dem vertrauten Stellplatz angekommen sein. Würde sie aus ihrem Schlafzimmer oder zwei anderen Zimmer des Hauses aus dem Fenster schauen, könnte sie seinen ihr wohl vertrauten Bus erblicken. Er will dem Zufall eine Chance geben.

Nach kurzer Weiterfahrt biegt er in die Straße mit den Stellplätzen ein. Auf einer Weide entlang der Straße stehen Pferde. Es sind ihre Pferde und im Halbdunkel erkennt er Personen bei den Pferden: Kinder und eine Person von größerer Gestalt. Ist sie es? Er kann diesen Menschen im Vorbeifahren auf die schnelle nicht erkennen. Es ist einfach schon zu dunkel. Aber die Wahrscheinlichkeit ist groß, dass sie es ist. Wer kann sonst schon mit Kindern auf ihrer Weide bei ihren Pferden sein? Dann muss sie den Bus erkannt haben. Dann muss sie wissen, dass er da ist.

Kaum hat er rückwärts eingeparkt, schaut er wieder in Richtung Weide. Die Gestalten sind verschwunden, die Pferde aber weiterhin auf der Weide. Nun heißt es abwarten. Sicherlich wird sie jetzt die Kinder versorgen müssen und kann wohl erst reagieren, wenn Ruhe im Haus eingekehrt ist – wenn überhaupt. Er legt sich in seinem Bus auf die dünnen Schaumstoffmatratzen, welche aufgrund der höchsten Dichte des Schaums bequem sind. Nun richtet er es sich gemütlich ein, schaut auf die Uhr und beantwortet eine sms.

Da trommelt es sanft wie mit den weichen Fingerkuppen an der Seitenscheibe. Er ruft „Ja, hallo?", bleibt horchend liegen, wartet auf eine Reaktion, doch diese kommt nicht. Also richtet er sich langsam auf. Er könnte sich in dem Geräusch auch getäuscht haben. Jetzt schaut er vorsichtig durch den unteren Rand der Fensterscheibe. Freudig erkennt er sie. Sie bewegt sich vom Bus weg in Richtung Weide.

Kann er sein „Versteck" verlassen, ist es ihr recht, er käme heraus, würde dann auf sie zugehen? Ist die Situation unbedenklich, weil dunkel genug? Er ist sich nicht sicher.

Er legt sich schließlich wieder hin und schreibt seine sms zu Ende. Nun schaut er wieder neugierig nach ihr und beobachtet im Licht der Straßenlaternen, wie sie Gefäße von der einen Straßenseite zur anderen trägt und dort auskippt. Um welche Gefäße es sich handeln könnte, kann er aufgrund von Entfernung und Dunkelheit nicht erkennen.

Jetzt hält er es nicht mehr aus. Was, wenn sie einfach wieder in ihr Haus zurück ginge, nachdem sie ihr Tun beendet haben würde? Schnell zieht er sich Schuhe an, wählt bewusst eine dunkle Jacke und verlässt den Bus. Dabei lenkt er aus Vorsicht seine Schritte nicht direkt zu ihr, sondern nimmt den Weg in Richtung Weide.

Sie bewegt sich etwas auf ihn zu, was er als Hinweis nimmt, seinerseits dichter zu ihr gehen zu können. Aus den sich in der Nähe befindlichen Wohnhäusern könnten neugierige Blicke sie beobachten. Der Fahrer des parkenden, großen LKW mit Anhänger und der heruntergelassenen Seitenscheibe am Führerhaus könnte sie aus seinem Schlafabteil mit den zugezogenen Vorhängen hören.

Sie stehen nun nebeneinander, unterhalten sich, keine Berührung wagend. „Ich dachte schon, du kommst überhaupt nicht mehr heraus", scherzt sie leicht belustigt.

„Ich wagte es nicht, zu dir hierher zu kommen, wo wir hier doch sehr gut zusammen gesehen werden können." Nebenbei setzt sie ihre Arbeit mit den leeren Tonschalen fort. Irgendwann gesteht er ihr, neidisch gewesen zu sein auf ihren Nachbarn. Sie wollte nämlich bei diesem unlängst eigentlich nur Heu holen, hat dann aber ausgiebig, volle zwei Stunden lang, mit ihm Wein getrunken.

Mittlerweile hat sie ihre nächtliche Tätigkeit mit parallelem Dialog beendet und sagt zu ihm kurz: „Komm!". Er folgt ihr. Sie geht in Richtung seines Busses. Sie setzen sich an die offene seitliche Schiebetür.

Eine Frau kam zu dieser späten Stunde aus einem der umliegenden Firmengebäude und ging an ihnen vorüber, geradewegs auf ein parkendes Fahrzeug zu und fährt weg. „Kennst du sie, kennt sie dich?"

„Nein, ist aber lustig, wie die unbekannte Frau mit sich selber geredet hatte."

„Ich habe Rotwein da. Wie wär`s?"

„Ja, gerne, mit dir trinke ich auch Rotwein." Die Flasche mit dem gegorenen Traubensaft war im Verlauf des Tages im Auto von der Sonne warm geworden. Der Genuss blieb deshalb eher eingeschränkt und war wenig „berauschend".

Er fährt mit seiner flachen Hand über ihren Rücken und in den Hosenbund und berührt ihren

Po. Er beugt sich langsam zu ihr vor. „Ich kann mich nicht zurückhalten, ich muss dich kurz küssen."

„Na dann ..." Er küsst sie viermal kurz auf die Wange, nahe ihres Kiefers. Obwohl sie im Dunkeln sitzen, können sie gesehen werden. Dann fasst er seinen ganzen Mut zusammen: „Komm, wir gehen kurz in den Bus".

„Nein, besser nicht, ich muss jetzt gehen, bevor sie mich suchen." Bald darauf verabschiedet sie sich. Einerseits frustriert und andererseits glücklich, sie an diesem Abend überhaupt noch gesehen zu haben, zieht er sich in seinen Bus zurück.

Am nächsten Morgen sind die Pferde nicht mehr auf der Weide. Sie muss sie irgendwann geholt haben. Aber wann? War es noch spät abends, in der Nacht, oder erst an diesem Tag früh morgens? In der Regel werden die Pferde abends geholt und morgens wieder auf die Weide gebracht. Dann müsste sie in der Nacht noch einmal in seiner Nähe gewesen sein. Konnte sie dabei nicht zu ihm kommen? War sie nicht allein? So wird es wahrscheinlich gewesen sein.

Wenige Tage später unterhalten sie sich am Telefon und sie bezieht sich auf jenen, dem abendlichen Ereignis darauf folgenden Vormittag. „Meine Freundin Regina war am frühen Morgen bei mir vorbeigekommen und hatte mich besucht."

„Na und?"

„Sonst hätte ich dich besucht."

Nach ihrem Telefonkontakt fragt er sich im Stillen, ob sie ihn mit ihrem „sie wäre zu ihm gekommen" nur aufmuntern wollte, oder es ernst gemeint war. Schließlich ist es ein sehr großes Wagnis, am hellen Tag zu ihm in den Bus zu steigen, zumal zu einer Uhrzeit, wenn viele Nachbarn und Dorfbewohner im Berufsverkehr zur Arbeit unterwegs sind.

Verlässlichkeit und Enttäuschung

Zweimal wurde er innerhalb von nur drei Tagen von ihr enttäuscht. Wie soll er das Geschehene einordnen und gefühlsmäßig verarbeiten, was soll er davon halten?

Sie wollten sich in der großen Landeshauptstadt treffen. Dort muss sie Gegenstände abliefern. Diesen Termin muss sie ihm jedoch absagen. Ihr Mann Tobias habe sich entschlossen, mit in diese Stadt zu fahren, um Besorgungen zu machen. Deshalb ruft sie ihn an, und teilt ihm diesen widrigen Umstand mit. Natürlich findet er dies keineswegs lustig, aber er denkt sich realistisch, da könne man auch nichts machen. Es fällt ihm sogar einigermaßen leicht, diese Tatsache zu akzeptieren.

Kurz nach diesem Telefonat ruft er sie zurück: „ Wenn du die Dinge hinbringst, musst du sie an einem anderen Tag auch wieder abholen. Wann ist das?"

„Da hast du eigentlich recht. Muss mal überlegen. Morgen Nachmittag oder Abend. Kann es noch nicht genau sagen. Ich rufe dich an."

Doch dieser Anruf sollte nicht kommen. Er war bereits in Richtung dieser Stadt gefahren, um einerseits bei einem Anruf von ihr schneller bei ihr zu sein und andererseits seinen Eltern zur Hand zu gehen, welche in 30 Kilometer Entfernung zu dieser Stadt wohnen.

Er wartet dort den ganzen Nachmittag, den halben Abend. Irgendwann war es nicht mehr wahrscheinlich, einen Anruf von ihr zu erhalten. Es dürfte wohl kaum möglich sein, diese Gegenstände spät in der Nacht abholen zu können.

Er hatte große Sehnsucht nach ihr. Sie konnten sich schon längere Zeit nicht mehr in den Arm nehmen. Das lustvolle Zusammenliegen vermisste er sehr. Enttäuscht und tief frustriert fuhr er wieder nach Hause. Das war die erste Enttäuschung, die erste Nichtbeachtung.

Schlimm ist, dass er sie am Wochenende von Samstagnachmittag bis Sonntagabend nicht erreichen kann. Dann hat sie nämlich keine offiziellen Geschäftszeiten und ihr Handy ist dann ausgeschaltet.

Ihm wird bewusst, dass sie dieses Handy, welches er ihr geschenkt hatte, um mit ihr durch sms oder Telefonat auch außerhalb ihrer Geschäftszeiten Kontakt mit ihr aufnehmen zu können, in letzter Zeit nur kurz in Betrieb nimmt, wenn sie ihn erreichen will. Ansonsten hat sie es ausgeschaltet. Ihre jugendlichen Kinder kennen inzwischen den Pin-Code ihres Handys und benutzen es ihrerseits. Dafür hat er ihr diese Brücke von ihm zu ihr und umgekehrt nicht geschenkt.

Sie will herausfinden, wie der Pin-Code verändert werden kann. Dann wird sie das mobile Telefon wieder alleine benutzen. Erst dann können sie sich wieder eine Sms, eine kurze, schriftliche Nachrichten, gefahrlos zusenden.

Vor diesem Wochenende hatte sie bereits über die eventuelle Möglichkeit gesprochen, sich am

Sonntagabend zu treffen. In der kleineren Stadt in ihrer Nähe hatte er ein Engagement und sie hatte wieder Gegenstände zu bringen und später, am selben Abend, wieder abzuholen. Sie vereinbarten damals, sie würde ihn um 21.30 Uhr anrufen.

Um zirka 20.30 Uhr vibrierte sein Handy in seiner Hosentasche. Es war mitten in der Veranstaltung und es war unmöglich, es aus der Tasche zu nehmen, um nachzuschauen, wer es sei, ob sie sich bei ihm melden würde. Er wusste aber, dass es eine SMS sein musste, weil der eingestellte Vibrationsalarm nur kurz ertönte. Bei einem Anruf wäre das Vibrieren nämlich lange, bis zum aktiven Abschalten, zu bemerken gewesen.

Erst gegen 21.10 Uhr hatte er die Möglichkeit, sein mobiles Telefon aus der Hosentasche zu nehmen. Es war nicht sie. Es war eine andere Frau, welche von ihm mehr wollte, als er zu geben bereit war.

Aber es war ja noch nicht 21.30 Uhr, die gemeinsam vereinbarte Uhrzeit ihres Anrufs. Er unterhielt sich interessiert mit einer anderen Besucherin dieser Veranstaltung und bemerkt nicht, wie die Zeit vorangeschritten ist. Es ist bereits 21.50 Uhr. Wo bleibt ihr Anruf? Wo bleibt eine kurze Nachricht? Hat sie an ihn gedacht? Hatte sie das Handy nicht dabei? War der Akku leer, wie schon einmal?

Er unterhielt sich noch weiter mit der Frau, immer in der Hoffnung, noch ein Zeichen von ihr zu erhalten. Doch sein Hoffen sollte sich schließlich als vergebens herausstellen. Den ganzen Abend, die ganze Nacht kein Signal von ihr!

Diese zweite Unaufmerksamkeit nagt tiefer in seinem Inneren. Gleich zwei Enttäuschungen, diese kurz hintereinander und ohne irgendeinen Kontakt dazwischen, der wie eine Brücke das Tal des Schmerzes hätte überspannen können.
Wie viel Beachtung und somit Achtung schenkt sie ihm? Wird aus nicht gewährter Be-achtung schließlich Ver-achtung? Wie wichtig ist er für sie wirklich? Muss er durch diese Summe von Ent-täuschungen endlich festhalten und schließlich sich eingestehen, er habe sich in ihrer Zuneigung und Liebe getäuscht?

Wohltuender Ort, heilende Nähe

Trotzdem fährt er noch am selben Abend zu später Stunde in ihren Ort, um dort in seinem Bus zu übernachten.

Wieder achtet der beim Parken darauf, dass sein Fahrzeug von ihrem Haus aus gesehen werden kann. Ungewiss bleibt, ob sie aus einem der Fenster des oberen Stockwerks blicken wird, denn nur von dort aus besteht Sichtkontakt zu seinem Fahrzeug. Ungewiss bleibt auch, ob sie überhaupt zu Hause ist, denn die Pferde werden von zwei Mädchen von der Weide geführt.

Gedanken an sein Leid, die Sehsucht nämlich nach ihrer Gegenwart und der Mangel an Kommunikation mit ihr durchströmen ihn. Es quält ihn, nichts von ihr zu hören, gleich einem Fisch auf dem Trockenen, beraubt seines wesentlichsten, lebenserhaltenden Elements.

Er durchleidet diesen Abend in seinem einsamen Bus mit diesem quälenden Denken und marterndem Fühlen: Liebt sie ihn wirklich oder unterliegt er einer Täuschung?

Ein erlösendes Handeln kann er nicht realisieren. Dazu hat er aufgrund ihrer „gekappten" Verbindung kein Mittel. Darüber ist er sauer und sehr verärgert. Sicher, es gibt immer Erklärungen, verständliche Beschreibungen ihrer Unmöglichkeit zu häufigerem Kontakt. Aber wie steht es mit ihrer Kommunikationsbereitschaft?

Ihm geht langsam die Luft aus. Sein Bestreben und seine Offenheit zum Nicht-Urteilen und

Nicht-Verurteilen lässt stark nach und reduziert sich auf ein Minimum.

In lichteren, besseren Momenten in der Einöde seines Transporters sagt er zu sich selbst, er wisse nicht, welche Umstände sie davon abhalte, Kontakt mit ihm aufzunehmen. Wie es dazu kommen konnte, diese beiden ihm versprochenen Anrufe nicht zu tätigen.

Mit der Zeit wird er ruhiger. Sein Blick geht aber immer wieder in Richtung ihres Hauses. Er registriert, wann in welchem Zimmer das Licht angeht und wann es wieder ausgemacht wird. Eines der Zimmer im oberen Stockwerk ist ihr Schlafzimmer, welches sie mit Tobias teilt.

Inzwischen ist es kurz vor Mitternacht. Das Licht in deren gemeinsamem Schlafzimmer geht aus. Liegt sie jetzt neben ihm? Nach ihren Angaben hätten sie nur noch selten Sex miteinander.

Auch für ihn ist es Zeit, sich schlafen zu legen. Sein Nest ist gemacht. Im Schlafsack ist es warm. Eigentlich könne er ganz zufrieden sein, sagt er sich sarkastisch: Selten im Leben sind einem solch intensive Gefühle gegönnt. Sie schwanken von einer euphorischen Hochstimmung, wenn er ihren Körper sieht, fühlt und genießt und andererseits einer niedergeschlagenen Stimmung, voll im negativen Bereich, so wie jetzt, in Ermangelung ihres Zusammenseins, ihrer Aufmerksamkeit und seiner Unsicherheit ihrer Zuneigung..

Doch hier in ihrem Wohnort zu sein, keine 250 Meter Luftlinie von ihr entfernt sich aufzuhalten, verschafft ihm ein gewisses Maß an Nähe zu ihr. Diese relative Nähe hilft ihm, wieder Boden unter die Füße zu bekommen, sich zu erden und sich mit etwas aufgehellter Grundstimmung schlafen legen zu können.

Dieser Ort ist normalerweise nichts Besonderes. Dieser Ort ist für Fremde eine bedeutungslose Stätte, für Tourismus völlig ungeeignet.

Ein anderer, ein Fremder könnte mit diesem Ort wohl nichts anfangen, ihn nicht heimelig oder sonst wie attraktiv empfinden.

An einem neuen Ort fehlen einem Fremden Verknüpfungen zwischen ihm und dieser Erde, zwischen ihm und diesen Steinen, zu jenen Häusern, dieser Luft, der spezifischen Abendstimmung. Nichts davon ist einem Fremden ans Herz gebunden. Es fehlt ein gespeicherter Erlebnishintergrund in Gehirn und Herzen des Fremden.

So konstruiert jede Person die Wirklichkeit auf dem Hintergrund seines eigenen Bezugrahmens selbst. Niemandem ist die Möglichkeit einer relativierenden, objektiven Wahrnehmung gegönnt, völlig losgebunden von dem eigenen Ich.

Für ihn aber stellt dieser Ort eine wohltuende, energetisierende Kraftquelle dar. Weil sie da ist. Weil sie hier lebt. Er verbindet mit diesem Ort positive Erlebnisse und schöne, warme Gefühle. Dieser Ort ist in seinem eigenen Denken und Fühlen geprägt von seiner Verknüpfung mit ihr, mit ihrem rauen und zugleich anmutendem Charme, mit ihrer Art, die Dinge zu sehen, mit ihrem ganzen Sein.

Im schwarzen Loch

Morgens macht es keinen Sinn, auf sie zu hoffen. Die Pferde wurden auch nicht auf die Weide geführt. Entmutigt fährt er in sein Büro zur Arbeit.

Nun hält er es nicht mehr aus. Er will nicht mehr warten, nicht länger passiv, und somit im wörtlichen Sinn „leidend" verharren. Er greift zum Telefonhörer und ruft sie an.
Jedoch nur der Anrufbeantworter ist geschaltet, obwohl ihr Laden um diese Uhrzeit entsprechend des Ansagetextes längst geöffnet haben muss. Deshalb müsste jemand da sein.
Selbst beim zweiten Versuch an diesem Vormittag ertönt nur Ihre Stimme ihres aufgesprochenen Textes. Er legt den Hörer schnell wieder auf. Heute kann er diese ihre Stimme, die Stimme des abgrundtief ersehnten Menschen nicht länger in sein Ohr, in seinen Körper dringen lassen. Zu schmerzhaft ist sein gefühltes Getrenntsein, zu lange die Dauer der Durststrecke ohne direkten Kontakt. Häufig konnte er sich schon trösten und erlaben allein am Hören ihrer Stimme auf ihrem Anrufbeantworter. Heute nicht, heute ganz und gar nicht.
Er ist verwundet. Heute ist der Tag, an dem sie in ihrem Laden sein muss. Heute ist ihr Mann für gewöhnlich bei der Arbeit außer Haus. Heute ist ihre Angestellte normalerweise nicht in ihrem Laden. Aber wo ist dann sie? Ist sie wirklich an diesem Tag an ihrem Arbeitsplatz?

Er versucht es am Nachmittag noch einmal. Es ist bereits spät geworden, es ist gegen 17 Uhr. Er hat im Büro heute viel zu tun.

Sie ertönt: „Hallo". Nur ein „Hallo".

„Hast du erkannt, dass ich es bin?"

„Ja, habe deine Nummer gesehen. Kann es sein, dass wir heute Morgen ein Date gehabt hätten?"

„Nein, nicht definitiv vereinbart. Aber angedacht hatten wir den heutigen Vormittag. Genauso angedacht hatten wir den Samstag in der Landeshauptstadt und den Sonntagabend nach meinem Engagement."

„Ach, ich muss aufhören, Tobias kommt."

„Bin noch etwa eine halbe Stunde im Büro und danach über das Handy zu erreichen."

„Ich versuche, dich innerhalb der halben Stunde anzurufen."

Die halbe Stunde vergeht. Kein Anruf von ihr. Dann versucht er es kurz vor Ende ihrer Ladenöffnungszeit. Er drückt die Wahlwiederholung. Doch es meldet sich eine andere Person, diejenige, welche er ganz zuletzt angerufen hatte. Er entschuldigt sich wegen seines Versehens. Er ist abgelenkt durch Geschäftliches. Inzwischen ist es bereits lange Zeit nach ihrem offiziellen Ladenschluss. Er unterlässt es, sie jetzt noch einmal anzurufen, weil ihm die Aussicht auf Erfolg als zu gering erscheint.

Das war rückblickend vielleicht ein Fehler. Möglicherweise hätte er sie doch noch erreicht. Jetzt liegt er wieder in seinem Bus. Wieder in ihrem Wohnort. Wieder ungefähr 250 Meter von ihr entfernt. Wieder wartet er. Wieder kein Zeichen von ihr.

Wieder kein versprochener Rückruf. Wieder ein nicht eingehaltenes Versprechen. Eher ein „Sich versprechen", denkt er sich mit Galgenhumor.

Vielleicht geht demnächst leise die Schiebetür des Busses auf und sie kommt zu ihm hereingekuschelt? Oder wenigstens ein Klopfzeichen an einer Fahrzeugscheibe?

Nichts. Die Pferde sind noch auf der Weide und es ist längst dunkel. Werden sie bei zu erwartendem schönen Wetter nachts nicht von der Weide geholt?

Er liegt im Bus, der Verzweiflung nahe. Wieder und wieder durchströmt ihn beißend der Gedanke, erneut habe sie ihr Versprechen auf einen Rückruf nicht eingehalten. Das dritte Mal innerhalb von nur vier Tagen lässt sie ihn zappeln. Sie macht ihn zum Affen. Sie versetzt ihn wieder. Welche Gründe sind es dieses Mal? Leider vergessen, keine Zeit, keine ruhige Gelegenheit, zuviel los, immer jemand um sie herum …?

Er kann sich in seinem Bus weder durch Schreiben noch Lesen ablenken: Ein Licht innerhalb des Busses hätte seine Präsenz im Bus verraten. „Schau, da muss doch jemand drin sein!"

Er ist unruhig. Gedanken an das Ende ihrer heimlichen Beziehung, das Ende ihrer heimlichen Szenen schwirrt ihm durch den Kopf.

Sei es von ihrer Seite aus, weil sie kein Interesse mehr an ihm habe, weil sie keine Zeit mehr finde oder dieses heimliche sich Zeit nehmen, um ihn zu treffen, ihr auf Dauer zu stressig und aufwendig geworden wäre.

Oder sei es von ihm aus, weil er diese verletzend empfundenen Zurückweisungen nicht länger ertragen kann und auch nicht mehr ertragen will. Er will sich diesen Enttäuschungen nicht länger aussetzten und er hat keine Lust mehr, sich zum Affen machen zu lassen.

Ärger, Wut, ja sogar Hass auf sie durchströmen ihn. Aus Liebe kann also tatsächlich Hass werden. Insofern scheint Hass verletzte oder zurückgewiesene Liebe zu sein.

Er hält es in seinem Bus nicht mehr aus. Es ist bereits nach Mitternacht. Eine klare Nacht empfängt ihn. Sterne sind zu sehen. Doch in ihm ist trübe, dunkle Nacht. Da steht kein Stern des Entzückens am Himmel und kein Lichtstrahl durchzieht den Horizont. Er ist sehr enttäuscht von ihr.

Die Pferde sind nicht mehr auf der Weide. Sie wurden zurück zum Haus gebracht. Er hat es aber in seinem Bus nicht mitbekommen. Wer hat sie geführt? Die Kinder allein, sie allein, war sie dabei? Weiß sie demzufolge, ob er hier ist, oder weiß sie es nicht?

Im Haus ist es dunkel. Nur in einem der Zimmer flackert das Licht der Flimmerkiste entsprechend der raschen Bildfolge aufgeregt im ansonsten unbeleuchteten Raum. In normalem Tempo spaziert er auf dem Gehweg an ihrem Haus vorbei und dreht nach 100 Metern wieder um. Auf dem Rückweg erblickt er Licht im Haus, weil er jetzt von der anderen Seite her auf das Hause zuläuft. Es muss das Licht im Treppenhaus sein. Die Küche ist dunkel, ebenso wie alle anderen sonstigen Räume auch.

Es will ihm nicht in den Kopf. Es ist unfassbar. Wie kann sie so mit ihm umgehen, seine Gefühle derart verletzen? Liebt sie ihn nicht mehr? Ist es die fast normale, immanente Ich-Bezogenheit einer selbständigen Kauffrau? Oder ist es mangelndes Einfühlungsvermögen anderen Menschen gegenüber?

Nach längerem Zögern entscheidet er sich nun doch noch dazu, an die Mauer zu gehen. Zu diesem Ort mit hohem Erinnerungswert an ein besonders schönes gemeinsames Erlebnis. Er will alte, positive Gefühle wieder aufkommen lassen. Dabei erinnert er sich an einen humoristischen Satz: „Wenn einem das Wasser bis zum Hals steht – dann soll man nicht auch noch den Kopf hängen lassen." Aber ihm ist nicht zum Lachen zumute.

Auf dem Weg zu der Mauer erkennt er eine entscheidende Veränderung zu damals: Die Mauer ist jetzt relativ hell erleuchtet. Alles verändert sich. Nichts ist, wie es einmal war. Es ist eben keine stockdunkle Nacht wie damals. Und jetzt ist auch das Fabrikgelände auf der anderen Straßenseite hell erleuchtet und dieses Licht erhellt auch die Mauer.

Auf halbem Wege dreht er um. Es macht keinen Sinn, an diesen jetzt veränderten Ort zurückzukehren. Dieser Platz an der Mauer kann zukünftig für ihr zärtliches, nächtliches Liebesspiel nicht mehr verwendet werden. Aber für welche Zukunft, für welches Liebesspiel?

Kein Lichtstrahl

Der nächste Morgen. Immer noch kein Lebenszeichen von ihr. Dieser Tag ist sonst ein bevor-
zugter Wochentag, um sich am Vormittag zu
treffen. Aber es ist bereits 9.30 Uhr. Um 10.00
Uhr öffnet sie für gewöhnlich den Laden. Also
nicht mehr viel Zeit, keine realistische Chance
mehr.

Die Pferde sind noch nicht auf die Weide gebracht worden. Soll er noch warten? Kann er es
wagen, sie vielleicht auf ihrer familiären Privatnummer anrufen? Sie dann verlangen, sofern sie
nicht selbst am Apparat wäre?
Möglicherweise hat Tobias Urlaub? Dies könnte
eine Erklärung für ihr Verhalten sein. Oder eher
ein Erklärungsversuch. Sicher, sie hat viel um die
Ohren, den Kopf übervoll, wenig Zeit. Aber
erklärt dies die grausame Rücksichtslosigkeit gegenüber dem Geliebten? Oder ist er blind? Will er
nicht erkennen, was sie ihm sagen will? Liebt sie
ihn nicht mehr? Ist er ihr eher ein Hindernis in
ihrem Alltag, ein lieber, aber störender Zeitfres-
ser, eine zu groß gewordene Gefahr für ihre
scheinbare Treue zu ihrem Mann?

Inzwischen sind die Pferde auf der Weide. Seit
wann? Wer hat sie gebracht? Weiß sie von seinem
Hiersein?
Wieder die selben Fragen. Wieder keine Antworten. Kein Kontaktversuch von ihr, kein Anruf,
nichts.

Seinen Gedanken, sie über ihre private Telefonnummer zu erreichen verwirft er und wartet bis zu ihrer offiziellen Ladenöffnungszeit, um sie dann, was weniger gefahrvoll ist, unter ihrer Geschäftsnummer erreichen zu können. Dann könnten sie miteinander reden, denkt er sich, sofern sich keine Kundschaft im Laden befindet, sofern Tobias nicht in der Nähe ist, sofern sie überhaupt da ist und nicht privat oder geschäftlich weggefahren ist. Sofern statt ihrer nicht die Angestellte den Laden offen hält und sie vertritt, wie an diesem heutigen Wochentag es des Öfteren der Fall ist.

Aber das wäre der Gipfel der Unverschämtheit: Ihn in ihrer Nähe wissend wegfahren, ohne ihn darüber zu informieren, ihn warten zu lassen ohne Aussicht auf Kontakt.

Die letzten beiden Situationen mit den gebrochenen Versprechen, sie würde ihn anrufen, müssen ihm doch zeigen, dass sie wohl keine Skrupel kennt, ihn tagelang warten zu lassen. Hat sie wirklich keine Gelegenheit, sich bei ihm zu melden? Tatsache ist, sie meldet sich nicht, obwohl er für sie ständig erreichbar ist.

Trauer macht sich in ihm breit. Er ist ihren strukturellen Vorbedingungen und ihrem unzuverlässigem Verhalten abhängig ausgeliefert. Er selbst kann nur immer wieder versuchen, sie telefonisch zu erreichen und sich dabei eine blutige Nase zu holen. Immer wieder die selben Worte: „Nein, jetzt geht es nicht", „Kundschaft kommt", „Tobias ist in der Nähe, ich muss aufhören".

Oder die Angestellte ist am Apparat und er muss sich dann etwas einfallen lassen, was er denn sagen könnte. Er muss dabei etwas sagen, was unauffällig, alltäglich und gewöhnlich klinkt.

Genügend erfolglose Versuche, mit ihr endlich mal wieder in Kontakt zu kommen. Es reicht.

Nein, die Beziehung will er nicht lösen, wenn sie auch sehr schmerzhaft sein kann. Vielleicht stellt eine größere Distanz ein hilfreicher Kompromiss dar. Weniger sich bei ihr melden, mehr auf ihren Anruf warten. Nur noch wirklich sichere Dates vereinbaren – sofern es so etwas bei ihr überhaupt gibt. Obwohl, meistens ist sie ja zu einem vereinbarten Treffen doch gekommen, wenn auch üblicherweise mit Verspätung. Die Absagen waren die Ausnahmen, muss er gestehen.

Er will weiterhin einen lebenslangen Kontakt zu ihr: Heimlich oder offen, häufig oder selten, freudig oder verletzend. Egal, gleich wie auch immer.

Heftige Auseinandersetzung

Nach dieser deutlich gefühlten Erniedrigung malt er sich im Kopf aus, welche Worte er wählen sollte, wenn sie ein erneutes Mal miteinander Kontakt haben werden. Irgendwann in der nahen oder fernen Zukunft dürfte dieses lang ersehnte Ereignis doch endlich geschehen.

Selbst beim Sport, was in der Regel eine sehr geeignete Möglichkeit der Ablenkung ist, konnte er nicht anders als ständig daran denken, wie er ein kommendes Gespräch beginnen sollte. Die Gedanken daran kreisen in seinem Kopf. Worte, Sätze, Phrasen werden formuliert, bewertet, durchgekaut, verworfen, erneut hervorgeholt, wieder auf die Waagschale gelegt und für zu leicht oder als eventuell geeignet empfunden. Das Gehirn arbeitet permanent. Es lässt sich nicht abstellen. So muss es wohl sein, wenn man von etwas „wie besessen" ist.

Aus seinem Herzen keine „Mördergrube" machen und offen sagen, wie sehr er sich verletzt fühlt? Am liebsten würde er sie seinem empfinden entsprechend anschreien und ihr heftigste Vorwürfe machen.

„Vernünftig", also mit Vernunft und sachlich die Situation schildern, wie sie sich für ihn darstellt und sich in den letzten Tagen dargestellt hat?

Nach ihrem eigenen Erleben fragen, wie sie selbst die Tage erlebt hat? Sie ohne Angriffe und ohne zunächst die eigenen Gefühle zu schildern nach dem Grund ihres Sich-Nicht-Meldens fragen?

Er entscheidet sich für die letzte Variante. Aber wird ihm dies gelingen? Kann er seine verletzten Gefühle, diese tiefe Kränkung aufgrund hautnah erlebter, schmerzhafter Missachtung, in Zaum halten?

Auf alle Fälle will er alles tun, um aus dem Konflikt keine grundsätzliche Angelegenheit zu machen. Er nimmt sich fest vor, keine Grundsatz- und keine Existenzfrage zu stellen. Ihre Beziehung will er absolut nicht in Frage stellen.

„Willst du wirklich wissen, warum ich mich nicht gemeldet habe?"

„Ja, das will ich gerne wissen."

„Du weißt, dass ich sehr beschäftigt bin, mich um Lehrlinge, Buchhaltung, Bestellungen und Angestellte kümmern muss. Zusätzlich meine Familie versorge, mich um die Thea kümmere, die Pferde versorge, das neue Ladenprojekt konzipiere, es plane und so weiter. Das ist der Grund. Ich konnte mich einfach nicht melden. Es ging nicht!"

„Im Grunde weiß ich das ja, aber in fünf Tagen kein Zeichen, kein Anruf, kein Signal?"

„Da gibt es kein ‚Aber'! Es ist einfach so und ich ging davon aus, dass du meine Situation kennst."

„Ich kenne deine Situation. Gebe dir aber trotzdem keinen Freibrief, dich nicht zu melden, wenn du es versprochen hast. Es ist das Normalste von der Welt, sich zu melden, wenn man es versprochen hat."

„Gut, dann kann ich dir das zukünftig nicht mehr versprechen …"

„Das wäre mir sehr recht, weil wenn du einen Anruf versprichst, dann erwarte ich auch einen Anruf von dir. Und wenn du nichts sagst und versprichst, dann brauche ich auch nicht auf einen Anruf zu warten. Kannst du dir das denn nicht vorstellen? Wie würde es dir denn gehen, wenn ich dreimal verspreche anzurufen, und du hörst nichts von mir, auch in den nächsten Tagen nichts? Das ist so erniedrigend, schmerzhaft, missachtend …"

Er hat die letzten Sätze sehr erregt, laut und halb weinend, eher empört weinerlich gesprochen.

„Ich muss aufhören. Kann ich dich in zehn Minuten wieder anrufen?"

„Ja."

Zeit zum Durchatmen. Sie wendet sich ihrer Kundschaft zu, muss freundlich sein und gelassen wirken.

Er stellt für sich fest, doch nicht sachlich geblieben zu sein. Das ärgert ihn einerseits, andererseits ist er nicht unglücklich darüber, ihr seine Emotionen gezeigt zu haben. Sie soll ruhig etwas von seinem Ärger mitbekommen. Er zieht sich eine andere Hose an. Kleiderwechsel soll einen Stimmungswechsel bewirken können.

Noch einmal

„Hallo, hast du dich wieder etwas beruhigt?“

„Ja, habe etwas getrunken, etwas anderes angezogen und bin nun weniger in meinen Gefühlen und mehr wieder im Kopf, oder wie du dich früher mal ausgedrückt hast: `Jetzt komm mal wieder runter auf den Boden'!“

Dieses Scherzen und Lachen lockert die Stimmung auf und nimmt „Dampf aus dem Kochkessel“. Jetzt können sie sachlich weiterreden.

„Ich kann deine belastete Situation ja verstehen. Mich verwundert nur, dass du mich fragtest, ob wir ein Date ausgemacht hatten.“

„Ja, das war mir unklar, das wusste ich nicht mehr genau.“

„Hast du eigentlich deine Versprechen, mich zurückzurufen, schlicht vergessen?“

„Es war einfach keine Zeit, das sagte ich ja bereits.“

„Na ja, in fünf Tagen, in vielen hunderten von Minuten hast du keine zwei Minuten Zeit gehabt, mich irgendwann einmal anzurufen? Das kann ich mir nicht vorstellen.“

„Das kannst du dir nicht vorstellen? Dann verstehst du meine Situation doch nicht!“

„Du kannst nicht behaupten, ich hätte kein Verständnis für deine Situation. Das habe ich immer gehabt.“

„Manchmal kann ich nicht mal einen Bissen essen oder kurz auf die Toilette gehen.“

„Ich wundere mich nur, dass du nicht nachfühlen kannst, wie es mir gehen muss, diese Missachtung, Abwertung …"

„Jetzt hör aber auf. Ich habe mich bei den Pferden auf der Weide extra laut verhalten, damit du mich in deinem Bus hören kannst."

Pause. Stille.

Er kann darauf spontan nichts mehr sagen. Erst später kommt ihm in den Sinn, was er hätte sagen können: Wie sie sich das vorstellt, ob er bei hellem Tag seinen Kopf hätte zeigen können und ihr womöglich zuwinken sollen?

Sie fährt fort. „ Muss Schluss machen. Gehst du zu deinen Eltern?"

„Ja."

„Wie geht es deinem kranken Vater?"

„Darüber kann ich jetzt nicht reden. Tschüss."

„Tschüss."

Voller Emotionen stammelte er den letzten Satz in den Telefonhörer – zu aufgewühlt, um auf ein völlig anderes Themengebiet plötzlich und ohne Umschweife mit wechseln zu können. Von einer aufwühlenden Gefühlsebene plötzlich umzuschwenken auf eine informative Sachebene ist nicht gerade seine Spezialität.

Nachschwingungen

Wieder konnte er seine Gefühle nicht zurückhalten. Wieder sinkt seine Stimmung nach unten.
Für sie war die Sache nach dem Gespräch abgehackt, geklärt und erledigt. Es konnte aus ihrer Sicht von Neuem weitergehen.

Er macht sich noch viele Gedanken. Dieser Konflikt beschäftigt ihn noch tagelang. Er fragt sich wieder und wieder, wie sie so rücksichtslos sein konnte. Hatte sie wirklich so wenig Einfühlungsvermögen? Sieht er selber diese Angelegenheit zu streng, zu gefühlsbetont? Ist er ihr gegenüber ungerecht? Nimmt sie vieles leichter und er nimmt Unstimmigkeiten unnötig schwer?
Eine Frage geht ihm besonders nach: Warum hat sie sofort sehr heftig reagiert? Hat sie etwas zu verbergen? Fühlte sie sich ertappt?
Womöglich hat sie einen anderen, weiteren Freund, mit dem sie an diesem Wochenende, innerhalb dieser fünf Tagen Zeit verbracht hatte, während er gleichzeitig vor ihrem Haus verschmachtete?
Er erinnert sich in diesem Zusammenhang erneut an diese schon geschilderte wirsche, heftige Reaktion ihrerseits, welche er am Telefon mit anhören konnte: Eine ihrer Töchter fragte sie während eines ihres gemeinsamen Telefonates, in dem sie ihm auch etwas über ihre Kinder sagte, mit wem sie rede. Ihre Reaktion war damals: „Das geht dich überhaupt nichts an. Sei nicht so naseweis."

Eine harsche Reaktion als Folge von schlechtem Gewissen?

Oder ist das ein Hirngespinst von ihm?

Vielleicht hat sie sich nur auf ungerechte Art und Weise von ihm angegriffen gefühlt und reagiert deshalb so stark?

Unter Umständen ist dies auch ihr übliches Verhalten, auf Vorhaltungen und Kritik, gepaart mit Schuldgefühlen - wie hier im konkreten Fall über die versäumten, versprochenen Rückanrufe - dann mit Gegenangriff zu reagieren?

Seine Seele ist zu Tode betrübt. Und dies im wörtlichen Sinn: Gedanken kommen ihm, sich umzubringen. Suizidgedanken halten sich hartnäckig. Wie wäre es wohl, nicht mehr zu leben? Wie würde sie die Nachricht auf sein Ableben erhalten? Was würde sie tun, wenn sie ihn über sein Handy nicht mehr erreichen würde? Würde sie es über Menschen erfahren, die sie gemeinsam kennen?

Und wie würde sie diese Nachricht treffen? Hätte sie Schuldgefühle? Würde sie ihre Betroffenheit bald überwunden haben?

Er denkt selbstreflektierend an den eigenen Nutzen, an den persönlichen Gewinn seines Suizids. So wie viele potentielle Selbstmörder sich von ihrer Tat den Nutzeffekt versprechen, dann, mit und nach vollzogener Tat unausgesprochen anklagen zu können: „Das hast du jetzt davon! Hättest du dir nur mehr Zeit für mich genommen! Hättest du mich nur mehr geliebt!"

Würde er dann endlich näher bei ihr sein? Bei ihr sein, ständig, permanent, immer und ewig - und dies dann ohne seelische Schmerzen? Keine körperliche Pein mehr, dann, wenn er sich „entleibt" hätte, wie es in Österreich ausgedrückt wird?

Er fühlt sich nur noch als ihr Objekt. Nicht mehr Subjekt, nicht mehr zu autonomem, eigenem, selbstständigem Handeln fähig. Abhängig von ihr.

Er möchte nicht ihr Spielball sein.

Ihre Liebe und ihre Zeit gesteht sie ihm nur nach ihren sonstigen Aktivitäten zu. Nur nach ihren vielfältigsten Aufgaben stellt sie ihm einen Teil ihrer Zeit zur Verfügung, nur nach vielem anderem. Das ist brutal.

Sein Stellenwert bei ihr scheint aus seiner Sicht sehr gering zu sein. Das Gegenteil von seinem Fühlen zu ihr. Das Gegenteil seiner Wertschätzung ihr gegenüber. Das Gegenteil seiner Bereitschaft, alles für sie zu opfern.

Sie aber opfere ihn auf dem Alter ihrer sonstigen Aktivitäten, so empfindet er. Einen kleinen Anteil ihrer 24 Stunden am Tag, einen kleinen Anteil ihrer 10000 Minuten in der Woche, einen kleinen Anteil an ihrem Leben - das würde ihm momentan schon genügen.

Ganz am Anfang ihrer heimlichen Beziehung sagte sie ihm einmal: „Ich schenke dir einen Teil meines Herzens". Wie viel ist davon übrig geblieben? Wie groß ist dieser Anteil gewesen, welche Größe hat er jetzt? Ist dieser Anteil geschrumpft? Geschrumpft bis in den Nanobereich und somit nicht mehr erkennbar und sichtbar?

Geht denn das, ein „etwas weniger lieben"? Sich weniger sehen, weniger körperliche Liebe, dann auch weniger emotionale Liebe? Ist Liebe nicht unteilbar? Ganz oder gar nicht?

Allerdings kann Liebe wie ausgelaufene Lava erkalten. Nicht mehr feurig, nicht mehr rot, nicht mehr brennend, nur noch kalt, hart, tot. Ist die angehimmelte Geliebte auf dem Weg, ein erloschener Vulkan zu werden? Die Krateröffnung fest, kantig, abweisend?

Wer liebt, ist fast hilflos dem geliebten Menschen ausgeliefert. Schutzlos, wehrlos, in Gefahr, zertreten zu werden.

Was geschieht mit dem Herz, wenn ihm Nahrung entzogen wird? Wird es kleiner, verkümmert es, stirbt es? Bei geringer nährender Zuneigung verringert sich des Herzens Leistungsfähigkeit. Es verringert sich auch des Herzens emotionale Bestimmung, sein Liebesvermögen.

Kann sie sich ein größeres Maß an einfühlendem Verstehen in seine Lage aus Zeitmangel gerade nicht leisten?

Ist er für sie ein schönes Spielgerät, ist ihr seine Liebe ein bezauberndes Spiel? Ein interessanter Zeitvertreib, ab und zu mal Sex? Dient ihr seine Zuneigung ihrer eigenen Erbauung?

Aber da war doch mal was! Was ist mit ihrem leisen, kaum vernehmbar hervorgebrachten, gehauchten Satz, damals beim Spaziergang zu dritt mit Kinderwagen, er als Adda-Begleiter: „Ich brauche dich."?

Ist diese Aussage in ihrem Bewusstsein nicht mehr präsent? Verschollen, überwuchert, versteckt? Vielleicht nur im Unterbewusstsein rudimentär und unsichtbar vorhanden, gerade noch als Geist, gerade noch leicht und nebulös erahnbar?

Oder nicht mal mehr das?

Da war doch auch mal diese leise Form von Eifersucht! Dieser Anflug von leichter Irritation. Dieses: „Ich will über andere Frauen besser gar nichts hören". Diese sanfte, indirekte Weise, ihre Zuneigung auszudrücken!

Er muss wohl diese Lektion notgedrungen lernen: Sie hat wenig bis abschnittsweise gar keine Zeit mehr für ihn. In ihrem Ranking ist er nicht erste Priorität, er steht ganz unten auf der Skala ihres Zeitfensters. Er muss lernen, sich nicht auf sie allein zu konzentrieren, sie kann so nicht sein Alles sein. Deshalb: Binde dein Herz nicht allein an ihren Zweig!

Losgelöst

Hänge dein Glück nicht nur an einen Zweig.
Bricht dieser, dann fällst du tief.
Genieße stattdessen eine Vielzahl an Ästen,
deren Gestalt, Form und Stärke,
ihr Geruch, Geschmack und Struktur.

Du hast eine große Auswahl in Verschiedenheit,
erfreue dich derer Individualität und Wesensarten,
auf dass du geborgen bist und dich bewahrt fühlst
im Glück des gesamten Baumes.

Der dich nährt, schützt und liebkost
im Wechsel des täglichen Geschehens
- dein Leben lang.

Alle Wechselfälle deiner Lebensereignisse
sind Teil deines Werdens:
Heftiger Regenschauer, warme Sonnenstrahlen,
starker, frischer Wind und eisige Kälte.

Diese Wechsel erwartungsfroh genossen
lässt dein Glück strahlen:

Losgelöst von allein eines Zweiges Süße,
losgelöst von bloß einer Jahreszeit,
losgelöst von allen äußeren Mächten,
losgelöst von deinem Streben und Wollen,
losgelöst von deinen Gefühlen und Begierden,
losgelöst von Hunger nach Erfolg und Anerkennung,
losgelöst von allen Zeiten und Räumen,
losgelöst von dir, losgelöst von deinem Selbst.

Zeit wird knapper

Wie ist ihr Satz zu verstehen: „Eigentlich hättest du es verdient, dass ich mehr Zeit für dich habe"?

Zunächst reagiert er voll emotional.

Er hört primär, „dass ich mehr Zeit für dich habe" und fühlt dabei seinen Schmerz über die zunehmend geringer gewordene Zeit, welche sie für ihn erübrigt. Dieser Satz bedeutet für ihn aus seinem Bezugrahmen deshalb im Klartext: „Weniger Zeit für ihn haben".

Diese Negation lässt er tief in sich eindringen. So tief, dass er nach langer Pause sie fragt: „Magst du mich?"

Trotzdem sie mit „Ja" antwortet, fällt er in ein Loch.

Gänzlich ausgeblendet ist bei ihm das Positive, welches auch in ihrem Satz steckt mit „eigentlich hättest du es verdient ...", nämlich seine Verdienste um sie, ihre Anerkennung für ihn, seine Bestrebungen um sie und seine Bemühungen um Kontakte mit ihr. Diese ihre Wertschätzung für ihn kann er nicht aufnehmen.

Doch das Herz versteht. Das Übliche wird in nächster Zeit ein geringerer Kontakt sein, sie weniger sehen, spüren, umarmen. Magerkost, auf Diät gesetzt, Fasten ist angesagt. „Man sieht nur mit dem Herzen gut" und so sieht und spürt er, was dieser Satz in den nächsten Wochen und Monaten für seine Zukunft mit ihr bedeutet.

Hatte sie am Anfang ihrer Beziehung noch wesentlich mehr Zeit, weil sie damals ihren früher kleinen Laden nur drei Tage die Woche geöffnet hatte, wurde ihre berufliche und private Gebundenheit immer größer. Nachdem der zeitraubende Erweiterungsbau fertig wurde, öffnete sie an jedem Werktag ihren Laden, von Montag bis einschließlich Samstag. Dann hatte sie zusätzlich tägliche Verantwortung für die kleine Thea übernommen. Ferner reduzierte ihr Mann Tobias seine Arbeitszeit in seinem Angestelltenverhältnis und ist somit häufiger zuhause. Dafür hat er einen Nebenerwerb aufgenommen, den er zuhause ausübt und welcher ihn deshalb auf seinem Grundstück präsent sein lässt, die halbe Woche lang.

So wurden ihre Rahmenbedingungen für gemeinsame Treffen immer schwieriger und ihre zur Verfügung stehende Zeit immer kürzer.

Jetzt kommt auch noch das große Ladenprojekt in der Stadt dazu! Noch mehr Engagement ihrerseits, noch mehr Arbeit, noch weniger freie Zeit, noch weniger Raum für ihre Liebe.

Er versteht, was die Zukunft bringen wird. Er versteht ihren Satz „du hättest es verdient, dass ich mehr Zeit für dich habe" tief in seinem Herzen. Er hat Angst, sie zu verlieren. Diese Angst ist wirklich berechtigt.

Er hat sie als präsente Person und ihre Aufmerksamkeit für ihn mit ihrer immer stärker werdenden zeitlichen Gebundenheit Stück für Stück verloren. Es ist schwer, immer weniger von Liebgewonnenem zu akzeptieren, wenn man gestern noch ein Mehr davon gewohnt war.

Was bleibt? Was bleibt übrig? Was bleibt von ihrer liebenden Beziehung übrig? Was bleibt von ihrer Liebe übrig?

Was bleib ihm übrig? Was bleibt ihm übrig zu tun?

In der Pizzeria

Sie verabreden sich zu etwas, etwas für sie gänzlich Ungewöhnlichem, etwas besonders Spektakulärem, etwas kaum Vorstellbarem: Sie gehen gemeinsam in ein öffentliches Lokal, in eine Pizzeria.

Was andere, gewöhnliche Paare, ganz ungezwungen und häufig genießen können und dies deshalb für diese üblich und ungefährlich ist, das ist für die beiden eine Besonderheit. Zusätzlich ist ein gemeinsames Essengehen eine Tat, welche mit einem erhöhten Risiko vor Entdeckung ihrer Beziehung, ihrer Zuneigung verbunden ist.
Bewusst wählen sie eine Pizzeria in einem entfernten Ort aus, um die Gefahr des Zufalls so gering wie möglich zu halten. Wie leicht lassen sich auch nur entfernte Bekannte oder weitläufige Verwandte ungewollt begegnen!
Doch dieses bevorzugte Lokal hat Betriebsferien. Ihr fällt eine andere Pizzeria ein, ebenso gut in der Qualität, aber in einem Ort, in welchem beide über berufliche Kontakte verfügen. Sie nehmen das erhöhte Risiko in kauf.
Im Lokal befindet sich kein Gast, den sie kennen. Das ist prima. Beim Auswählen der Speisen vereinbaren sie ein Spiel. Es geht darum zu erraten, welches Gericht er oder sie ausgewählt hat. Das ist schon erstaunlich: Sie kennen sich schon Jahre aber wissen nichts über die bevorzugten Speisen des anderen.

Anschließend berichtet zunächst sie. Sie ergreift die Initiative und bestimmt das Thema. Das Gespräch gerät ins Stocken. Er weiß, er müsste jetzt etwas sagen. Er ist dran. Doch er ist innerlich nicht frei, er fühlt sich alles andere als ungezwungen.

„Ich wollte dir so viel sagen …" Er stottert herum und stochert nach Worten. Wie innerlich gezwungen berichtet er von seinem Urlaub in der vergangenen Woche. Doch das Erzählen will einfach nicht recht fließen. Schließlich drückt er im wörtlichen Sinn doch raus, was ihn umtreibt: Die schmerzliche Aussicht auf immer weniger Kontakt mit ihr.

Sie schildert ihm zum wiederholten Mal ihre Situation und sagt zusätzlich etwas, was sie ihm früher schon einmal geschildert hatte: „Ich will meine Familie und meine Arbeit nicht aufgeben. Beides verschafft mir viel Freude. Und ich habe Verantwortung. Auch in der Zukunft kannst du nicht damit rechnen, dass sich daran etwas ändern wird. Mit Tobias geht es einigermaßen. Du bist frei, dir jemand anderes zu suchen, und das weißt du auch. Ich kann dir nichts versprechen."

Inneres Selbstgespräch

Fühlst du auch das, was du sagst? Ist dein Fühlen und Denken deckungsgleich? Was empfindest du dabei wenn du sagst, ich könne mir eine Andere suchen? Überlagert dein Kopf dein Herz?
Muss das so sein, bei so viel Verantwortung für Familie und dein „Business voranbringen wollen"? Kannst du dir einfach nicht erlauben, etwas Zeit an mich zu verschenken? Fehlinvestition? Bringt das kein „Output"? Brauchst du mich nicht zu deiner Ich-Stabilität, zum glücklich sein? Kannst du dir Glück und Liebe nur in eingeschränktem Maße „leisten"? Welchen Preis bezahlst du dafür? Ist er niedrig, vernachlässigbar? Oder ist er hoch, gemessen an deiner Lebensbilanz?

Scheinbar braucht sie mich nicht. Wenigstens nicht dringend, nicht bewusst. Einmal, beim Spaziergang, beim „Kinderwagen schieben", sagte sie leise: „Ich brauche dich". Leise gesagt, leise gefühlt? Im Alltag das Gefühl überlagert, nicht erlaubt, eher hinderlich?
Aber was ist dann mit diesen wenigen Momenten ausgedrückter leichter Eifersucht? Wie sind diese Momente zu verstehen? „Nein, sag nichts, sag nichts, mit wem du alles Kontakt hast". Oder: „Ist die Frau jetzt mitgefahren"?
Alles Schall und Rauch? All das bedeutet überhaupt nichts? Ein Spiel, sich leicht eifersüchtig zu präsentieren? Eine zufällige Anwandlung ohne größere Bedeutung?

Aber mir sagen, ich könne mir bei dieser Perspektive, nämlich deiner Gebundenheit an Familie und Beruf, mir die Erlaubnis und Anregung zu geben, eine Andere suchen!

Wie passt das zusammen?

Ist meine Gleichung eine Ungleichung, wenn ich das Maß deiner „mir Zeit zur Verfügung stellen" gleichsetze mit dem Maß deiner Liebe zu mir? Ist es nicht so wie es in dem Spielfilm „Wie im Himmel" ausgedrückt wird: „Ein Zeichen von Lieben ist, den anderen ständig sehen zu wollen?" Ist dein Projekt und die für dessen Aufbau notwendige Zeit dir über alles, wirklich alles wichtig? Sicher, verstehe, du musst dich darauf konzentrieren. Was links und rechts liegt, muss liegen bleiben, darf nicht interessieren. Liege ich links oder rechts? Opferst du auch mich? Opferst du mich auf dem Altar deines Ladengeschäftes?

Wie viel bin ich dir wert? Welchen Stellenwert habe ich bei dir? Du bist sogar bereit, mich ganz aufzugeben. Aus Liebe zu dir, aus Liebe zu mir?

Nimm dir von deiner ausgefüllten Zeit bitte ein paar Minuten um nachzuspüren, wie du selbst empfinden würdest, wenn dir von dem Menschen, den du über alles liebst, nach und nach gemeinsame Zeit entzogen wird?

„Und hältst du es nicht aus, dann sei so frei und suche dir einen anderen Menschen, eine Andere!" Sind denn Menschen derart auswechselbar? Besonders die Person, die man abgrundtief liebt? Wenn du das annehmen solltest, wie sehr liebst du dann mich?

Oder ist Einfühlungsvermögen nicht deine besondere Stärke? Vielleicht aus Zeitmangel? Muss ich diese deine Lektion lernen: Du hast mit weniger Kontaktzeit mit mir auszukommen, du spielst nicht die erste Geige in meinem Leben, auch nicht die zweite, auch nicht die dritte. Du wirst aus der Abstellkammer geholt, wenn es zeitlich gerade mal passt. Wenn du „etwas Luft" hast. Luft zum kurz Durchatmen. Luft für den bizarren Geruch des Geliebtwerdens. Luft, um sich mal wieder dieses Gefühl zu leisten. Welches Gefühl? Ach, da war doch noch etwas. Was war es doch gleich wieder? Ach ja: „Lieben"!

Oder ist das Ganze für dich nur ein Spiel, reiner, knapp gehaltener Zeitvertreib, ab und zu sich mal wieder sexuelles Erleben gönnen, eine Liebelei, Verliebtheit erahnen wollen?

Werde ich jetzt unfair und gemein? Tötet mein Schmerz jegliches Abstrahieren, jegliches distanziertes Sehen deiner Situation, deines Fühlens, deines Wollens?

Aber verstehe, wie es mir ergeht, wie mir geschieht, was mit mir gemacht wird. Was passiert mit dem Herz, wenn ihm langsam immer mehr Nahrung vorenthalten wird? Durch weniger Nahrung auch geringere Leistungs- und Liebesfähigkeit? Wenn dem Herzen Kraft entzogen wird? Wird es kleiner, verkümmert es, stirbt es?

Zum wiederholten Male: Wer liebt ist fast gänzlich hilflos dem oder der Geliebten ausgeliefert. Wie ein Schilfrohr dem Wind ausgesetzt ist. Weniger sich sehen heißt weniger körperliche Liebe. Mangel, Entzugserscheinungen, seelisch abmagern, dünn werden, Kraft verlieren, Ohnmacht. Kann denn dies funktionieren, ein „Etwas weniger lieben"?

Lieben drängt auf Erfüllung, hofft auf Reaktion, wünscht ein positives Echo und strebt nach immer stärkerer Liebe. Welch verständliche, natürliche Bestrebung und gleichzeitig ein unrealistisches, unmögliches Unterfangen.

Liebe und Leid sind zwei Seiten derselben Medaille. Ohne Liebe kein Leid, „no woman no cry". Ohne quälendes Leiden, inständiges Hoffen oder marterndes Sehnen kein tiefes Gefühl der Liebe. Mit beidem muss also beim Lieben gerechnet werden, Glück und Schmerz. Fülle oder Leere.

Die Intensität des Liebens lässt sich nicht an das reduziert zur Verfügung stehende Zeitkontingent anpassen, ohne die Seite des Leids zu erhöhen.

Mein Stellenwert ist bei ihr sehr gering. Welch großer Gegensatz zu meinem Stellenwert, den ich ihr beimesse! Allerdings ist die jeweils unterschiedliche realistische Rahmenbedingung mit zu berücksichtigen. Wie würde ich mich anders verhalten können, wenn ich selbst, wie sie, immer weniger Zeit zur Verfügung hätte? Vermeide also Beurteilungen und Verurteilungen. Kopf und Gefühl stehen im Widerstreit.

„Meine Seele sehnt sich nach dir in der Nacht, mein Geist sucht dich zutiefst in mir." Nein, ich möchte nicht ihr Spielball sein. Benutzt und dann wieder liegen gelassen, je nach Lust und Laune, nach Spaß und Unlust, nach Bedarf und zeitli-

chem Vermögen. Liebe und Zeit für mich nur nach ihren sonstigen Aktivitäten. Das ist grausam. Nur noch Objekt sein, ausgeliefert, zum seltenen Benutzen vorgesehen. Nicht Subjekt, autonom und Herr eigenem, selbst bestimmtem Fühlen und Handeln. Meine Seele ist zu Tode betrübt. Suizidgedanken.
Deine Geschäftsinteressen stehen im Vordergrund. Werde keine kalte Geschäftsfrau. Gehe nicht über Leichen. Lasse etwas Raum in deinem Herzen - für die Liebe!

Wolken weg geschoben

Er gibt nicht auf. Am nächsten Tag ruft er sie an und sie unterhalten sich über den gestrigen Tag und über seine Urlaubswoche.

Eine Verfremdung seiner Anrede ihr gegenüber zu Beginn seiner letzten beiden SMS aus seinem letzten Urlaub fand sie sehr witzig. Sie meint, man muss schon Ruhe und Erholung haben, wie in einem Urlaub, um sich eine solch lustige Anrede einfallen lassen zu können.
Diese positive Bewertung gefällt ihm so sehr, dass er kurz nach diesem sehr harmonisch verlaufenen Telefonat erneut eine SMS sendet mit erneut dieser verfremdenden Anrede: „Lieber Karl Dehner, unser heutiges Telefongespräch war sehr nett. Würde es gerne bald fortsetzen. Grüße Sigrid Böblinger." Nur sie weiß, welche versteckte Botschaft hinter diesen beiden verwendeten Kunstnamen stecken.
Später erkennt er auf seinem Handy, dass sie versuchte, ihn zu erreichen. Darüber ist er glücklich. Sie meldet sich wieder häufiger bei ihm. Diese ihre spezielle Beziehung scheint wieder in entspanntere, ruhigere und erfreulichere Gewässer zu führen.

Nach längerem Zögern und intensiven Überlegungen entschließt er sich, allein in ein Open-Air-Kino zu gehen.
Er fährt mit seinem Motorrad. Dadurch, so sein abwägen, habe er sowieso bereits warme Klei-

dung an, welche bei einem Stillsitzen während des Kinoerlebnisses im Freien und zu dieser Jahreszeit „wärmstens" angeraten zu sein scheint.

Dort erreicht ihn ihr Anruf. Er freut sich riesig. Er kann nur sehr leise mit ihr reden und dies wird bereits kurze Zeit später von den Kinobesuchern um ihn herum als störend empfunden. Die Frau vor ihm schaut sich zu ihm um. Also ein Signal, das Gespräch schnell zu beenden. Sie verspricht, später noch einmal anzurufen.

Kaum zehn Minuten später klingelt sein Handy nur kurz: Also eine SMS. Er liest ihre kurze Information: „Dann bekommst du eben so meine Nachricht. Ich habe dich sehr lieb und störe dich heute nicht mehr. Viel Spaß noch. Hoffe, du bist nicht zum Knutschen ins Autokino. Gute Nacht, Süßer."

Er ist überglücklich. Sie habe ihn sehr lieb. Das ist es, was er brauchte, was ihm so fehlte: Die Zusicherung, sie habe ihn lieb. Und noch eines: Wieder eine Andeutung von leichter Eifersucht.. „Hoffe, du bist nicht zum Knutschen ins Autokino." Glück, was willst du mehr. Tiefe Liebe hat einen Namen, hat ein Gesicht, hat ein berauschendes Gefühl.

Ein toller Abend. Die Zusicherung ihrer Liebe, ein ergreifender Film, den Film an frischer Luft im Freien genossen, eine Bekannte getroffen, sich mit ihr über den Film noch ausgetauscht ... Beschwingt setzt er sich auf sein Motorrad, hat Spaß am Fahren, nimmt den Weg über eine breite, leicht kurvige, ansteigende und dann stark abfallende Straße, verirrt sich, steht mit seiner

Maschine plötzlich vor dem Ende des Feldweges, dann fängt der Wald an. Er hat Freude an allem.

Zuhause dreht er vollends auf, lässt fetzige Musik laufen und tanzt. Tanzt mit sich allein vor Glück, ist beschwingt, im siebten Himmel, super zufrieden, im Nirwana. Trinkt Rotwein und fühlt den honigsüßen Genuss des Lebens.

Am nächsten Morgen schreibt er ihr erneut eine SMS, ohne diese spezielle Anrede, welche ihr gefallen hat: „Mit deiner gestrigen SMS hast du mich sehr glücklich gemacht!"

Gefühlswelten – ein Schatten bleibt

Das überschäumende Glück dauert genau bis zum Abend an.

Sie ruft ihn überglücklich an und informiert ihn darüber, den beantragten Kredit von der Bank zum Aufbau ihres Ladengeschäftes erhalten zu haben. Diese Zusage für die Finanzierung bedeutet den Startschuss zum Durchstarten. Ihre bereits getätigten Bemühungen im Vorfeld der Kreditzusage mit Handwerkern, Hausbesitzer, Finanzamt usw. können jetzt greifen. Die Vorarbeiten waren nicht vergebens.
Es sprudelt nur so aus ihr heraus. Aufgrund ihrer bisherigen Gespräche über ihre Bemühungen ist er mit den Umständen ihrer Planungen vertraut und kann deshalb qualifiziert nachfragen. So sind schnell 20 Minuten vergangen. Sie muss abbrechen, weil sie etwas von einem ihrer Kinder gefragt wird und dies gleich zu erledigen ist. „Ich rufe dich später noch einmal an."
Er kommt sich nicht gut vor. Er fragt sich, was seine Funktion sei.   In welcher Rolle befindet er sich im Verhältnis zu ihr?
Sicher, er ist ihr ein Begleiter in ihrem über die Maßen ausgefüllten Alltag. Nicht nur. Er ist auch Geliebter. Heute ist er für sie der Zuhörer und Nachfrager als Schale für ihre freudige Nachricht, welche ihr Herz erfüllt und ihr Mund davon gerne spricht.

Er ist gerne Schale für sie. Aber warum kommt er sich in dieser Situation nicht gut vor? Hat es mit seiner eigenen, bereits vor dem Telefonat vorhandenen Stimmungslage zu tun, welche ihn jetzt nur eingeschränkt mitfreuen lässt? Oder liegt noch ein Schatten auf seinem Herzen im Zusammenhang mit seiner Beziehung zu ihr? Diese Stimmung von unklarer Betrübtheit und vager Unsicherheit irritiert ihn.

Was hängt da noch nach? Was ist noch unklar, reimt sich nicht, passt nicht zusammen? Sie beteuert doch ihre Liebe zu ihm. Was will er noch mehr? Warum ist er bedrückt, geradezu am Verzweifeln?

Sie ruft ihn wieder an. Er schildert ihr ausführlich, wie glücklich er nach ihrer sms war, wie er beschwingt Motorrad gefahren sei, zuhause laut Musik hörte, in seinem Zimmer tanzte, nur mit sich, voll Freude, in bester High-Stimmung, ein maslowsches „Gipfelerlebnis".

„Das war nun die schöne Seite", berichtet er ihr weiter.

„Gibt es auch eine schlechte Seite?"

„Ja", truckst er herum, „es gibt auch eine schlechte Seite".

Dann hört sie sein zögerndes Sprechen, endloses pausieren und abgehacktes Stammeln.

„Ich packe das nicht", leise sprechend, weinerlich zitternd, innerlich sehr bewegt. Pause. Kaum fähig zu reden. Dann: „Was fühlst du, wenn du mir sagst, ich könne mir eine andere Frau suchen? Was sagt dein Herz über das, was dein Mund mir da sagt?"

„Das ist nicht wichtig, wie ich fühle. Wichtig ist, wie es dir geht."

„Nein, das ist wichtig! Hat mit deinem Gefühl zu mir zu tun. Wie kannst du mich frei geben und mir gleichzeitig versichern, mich zu lieben? Das kriege ich nicht zusammen."

„Ich meine es gut mit dir. Wenn es dir nicht gut tun sollte, mit mir unter diesen meinen dir bekannten Umständen, dann scheint es mir für dich besser, dir eine andere Frau zu suchen, mit der du glücklicher sein kannst. Ich mag dich sehr. Deshalb."

„Also weil du mich magst?"

„Ja, nur deshalb."

Das ist es also. Das ist der springende Punkt, der Knoten in seinem Hals, das Unbegreifliche in seinem Gehirn, das Verworrene in seinem Herzen: Aus Liebe zu ihm, nicht aus mangelnder Liebe zu ihm kommt sie dazu ihm zu empfehlen, sich nach einer anderen Frau umzuschauen.

Später meint sie noch wie entschuldigend: „Vielleicht sollte man bei solch einem Inhalt mehr als nur einen Satz sagen. Diesen Satz mehr ausführen, erläutern, erklären. Doch mehr Worte zur besseren Verdeutlichung verlieren."

Wie tief erleichtert er nun ist. Jetzt ist es ihm möglich, in etwas entspannterer, schon fast frotzelnder Stimmung weiter zu reden: „Und dann, wenn ich eine andere Frau hätte, hätten wir dann weiter unsere heimliche Beziehung?"

„Nein, kann ich mir nicht vorstellen. Man kann nicht zwei Menschen zu gleicher Zeit gleich stark lieben. Ich glaube, das geht nicht." Weitergehend schneidet sie einen anderen Aspekt an: „Du hättest natürlich das Recht, mir die Bedingung zu stellen, alles sausen zu lassen und alles aufzugeben. Ich müsste mich dann fragen, was ich will. Ich müsste mich dann entscheiden."

Dazu sagt er nichts. Er weiß genau, wie sie sich entscheiden würde und entscheiden müsste. Sie sagte ihm früher einmal, sie habe Verantwortung für ihre Familie.

Aber er sagt stattdessen: „Jetzt ist es mir viel leichter. Der Widerspruch, den ich empfunden habe, ist klarer, eigentlich geklärt. Der Knoten in meiner Brust beginnt langsam sich zu lösen. Ich bin froh, auch die negative Seite angesprochen zu haben, keine heile Welt vorgetäuscht zu haben."

Und später fügt er hinzu: „Mir kommt es vor, als ob die Qualität unserer Beziehung sich durch das Sprechen über dieses Thema stark verbessert hat. Ich habe dich mehr kennen gelernt."

Sein Brief an sie

Er schreibt ihr:

„Ich kann dir keine Bedingungen stellen, dir nicht
die Pistole auf die Brust setzen und Forderungen
stellen im Sinne von „wenn … dann …". Dazu
liebe ich dich zu sehr und weil ich dich über alle
Maße lieb habe, will ich dich nicht drängen,
zwingen, oder in eine seelische Notlage bringen.
Wer liebt, kann den Geliebten nicht unter Druck
setzen. Das schließt sich per se aus.
Doch ich fühle mich so weit weg von dir, getrennt wie durch eine hohe Mauer, welche zwischen uns steht und die nicht zu überwinden ist.
Ich will zu dir, und das geht nicht. Bei dir sein,
dich sehen, ertasten, fühlen, liebkosen. Wärme
und Nähe mit allen Sinnen erfahren, mit dir verschmelzen, Einssein mit dir. Und das geht nicht.
Es sind diese deine, und reflexiv somit auch meine, Rahmenbedingungen unserer heimlichen
Beziehung. Wir können uns nicht öffentlich treffen und uns als Paar zeigen und sehen lassen.
Dein Zeitrahmen erlaubt uns im Schnitt nur einen kurzen Kontakt und das nur etwa einmal in
der Woche - wenn es gut läuft und die Umstände
es zulassen.
Das ist zu wenig. Darunter leide ich. Ich brauche
weitaus mehr Nähe und Zärtlichkeiten mit dir,
oder auch nur das Erleben deiner Gegenwart. Es
schmerzt, tut weh. Sehnen ohne Erfüllung. Jeden
Tag. Häufig noch verstärkt mit Enttäuschungen,
dass es jetzt doch nicht geht, ‚heute können wir

uns leider nicht sehen'. Das fühlt sich sehr peinigend an, wie Speerspitzen, welche in den Körper eindringen oder wie unerwartete Wespenstiche. Einer Dornenkrone gleich, welche einem ins Haupt gedrückt wird, deren harte Spitzen in den Schädel eindringen.

Weil ich dich ständig suche, ersehne, erhoffe, im Geiste jeden Tag neu erschaffe, körperlich Kontakt zu dir brauche, suche ich dich in allem. Gestern zum Beispiel fand ich meine Schwägerin zum ersten Mal hübsch und meine Tante wieder attraktiv und sexuell anziehend. Was ist nur mit mir los?

Jeder Rock fasziniert mich – es könnte deine Kleidung sein, jeder Frauenkörper zieht mich an – es könnte dein Superluxusbody sein, jeder weibliche Pferdeschwanz winkt mir zu – es könnte dein Haar sein.

Unerfülltes Verlangen zaubert Phantasien vor das innere Auge. Ziehendes Sehnen strebt nach Erfüllung. Wünsche mir, mit dir zu sein, wünsche, in dir zu sein, wünsche den Himmel auf Erden, wünsche die Aufhebung sowohl unserer getrennten Räume als auch unserer Zeiten ohne Kontakte, wünsche mir das Unmögliche mit dir.

Ich will, wie geschehen, bei Gelegenheit ersatzweise mit anderen Frauen schmusen, will mir kleine Kieselsteine gönnen aus einem Steinbruch, der du für mich bist, will Zuwendung, Zuneigung, Streicheleinheiten als Salbe meiner offenen Wunde, welche von unseren Lebens- und Liebesumstände permanent und wieder und wieder aufgerissen wird.

Ich will den anderen Frauen, wie geschehen, sagen, dass ich nur dich über alles lieb habe und dass sie niemals mein Herz erobern können, denn es gehört dir. Es schlägt nur für dich, jeden Tag, jede Sekunde, mein Leben lang – und darüber hinaus.

Sie können meinen Körper genießen, meine Zuwendung, meine Aufmerksamkeit, meine Zärtlichkeit erhalten, aus meiner Quelle trinken, die niemals versiegt, die allein dir als Quelle dienen könnte.

Ich liebe dich so sehr, dass ich es akzeptieren und ertragen könnte, wenn du auch andere Liebhaber hättest.

Ich mag dich so sehr. Ich will und darf dich nicht verlieren. Du sagst, ich solle dir vertrauen. Du schreibst mir zur Nacht, „in keinem Augenblick könnte ich es nicht gut mit dir meinen. Vertraue mir. Schlafe gut."

Kann ich es wagen, dir all das zu sagen, wie es mir mit uns geht, wie sehr mich mein zeitlicher und räumlicher Abstand zu dir belastet, wie es leidvoll unmöglich ist, Unmögliches zu erwarten, wie sich mein unerfüllter Wunsch nach dir Ersatz sucht?

Kann ich dir das sagen, ohne von dir verstoßen zu werden? Sage nicht: „Ich meine es gut mit dir und deshalb ist es besser, wir trennen uns. Ich meine es gut mit dir und deshalb kannst du eine andere Frau lieben, diese oft sehen oder gar mit ihr leben."

Ohne dich kann ich nicht gut leben. Du? Kannst du gut ohne mich leben?

Können wir darüber sprechen? Kann ich dir auch diesbezüglich vertrauen?

Lass uns eine gemeinsame Lösung finden: In Liebe und Vertrauen.

Abschied

Sie hatten es besprochen und sind übereinge-
kommen, sich am Stausee zu treffen. Sie ist
pünktlich, hat Thea dabei und ist mit ihr im Kinderwagen bereits zehn Minuten gelaufen, als er
endlich erscheint.

Er parkt sein Fahrzeug hinter einem anderer
PKW. Ein junger Mann ist hinter dem Koffer-
raumdeckel dieses PKW zu sehen. Dieser trägt
eine Trainingsjacke mit der Aufschrift des örtli-
chen Sportvereins. Dieser junge Mann könnte
deshalb die heimliche Freundin durchaus kennen.
Deshalb tut er zunächst so, als ob er sie nicht
kennen würde und studiert scheinbar interessiert
die Informationstafel mit den Lehrpfaden.
Sie erlöst ihn mit den Worten: „Kommst du,
dann können wir loslaufen." Sie sieht also keine
Gefahr darin, ihre Bekanntschaft mit ihm vor
dem jungen Mann offen zu legen.
Sie spazieren mit Thea im Kinderwagen entlang
des Stausees. Sie eröffnet ein ausgesprochen in-
haltsreiches Gespräch: „Ich habe nachgedacht".
Aus Filmen weiß er, eine solche Eröffnung eines
Gesprächs verheißt oft nichts Gutes.
„Es scheint mir besser zu sein, unsere Beziehung
sein zu lassen. Du hast grundsätzlich Recht mit
der Annahme, dass eine Wechselwirkung besteht
zwischen dem Maß, wie viel Zeit der Einzelne
der Beziehung zur Verfügung stellt und wie viel
Wert der Einzelne dadurch der Beziehung bei-
misst. Ich habe keine Zeit, weil ich vielfache Auf-

gaben habe. Und Verantwortung für meine Familie und mein Geschäft. Mit dem neuen Laden steht finanziell viel auf dem Spiel. Da muss ich viel Zeit investieren und meinen Kopf zusammen haben."

Bei diesen Worten erkennt er bei ihr leicht feuchte Augen und interpretiert dies als Ausdruck ihrer überaus große Belastung.

„Ich will dir nicht zumuten, dich auf die Wartebank zu setzen."

Pause.

„Warum sagst du nichts?"

„Muss erst mal Luft holen".

Sie gehen weiter. Das Gras wird höher und feuchter, was für die Füße nicht angenehm ist. Deshalb drehen sie um.

Innerlich tobt es in ihm. Er zwingt sich, kühlen Kopf zu bewahren. Er kämpft dagegen an, sich in tiefe Enttäuschung fallen zu lassen. Schließlich kommt es leise aus ihm heraus:

„Ich will dir keinen Druck machen, weil ich dich liebe." Er greift ebenfalls an den Bügel des Kinderwagens und umfasst dabei ihre linke Hand, welche den Kinderwagen bereits schiebt. So kann er sie unauffällig berühren. Von Ferne muss es so aussehen, als ob er jetzt ebenfalls den Kinderwagen schieben würde.

„Mir kommt es so vor, als ob du damit das Kind mit dem Bade ausschütten würdest – in deiner dir eigenen, konsequenten Art."

„Oh je", stöhnt sie, „jetzt werde ich schon wieder schwach".

Er übernimmt das Rollen des Kinderwagens. Doch Thea wehrt sich dagegen und beginnt lauthals zu quäken. Das, obwohl sie bereits miteinander gescherzt haben und er ihr als ihr „Adda-Begleiter" einigermaßen vertraut sein müsste.

„Sind es wirklich die Umstände, oder liebst du mich nicht mehr? Es wäre ja blöd, die zeitlichen Umstände vorzugeben, sie als Argument zu nehmen und eigentlich ist deine Zuneigung zu mir erloschen."

„Nein, das ist ja nicht der Fall."

Er strengt sich in seinem Kopf an, eine Lösung zusammenzubasteln, auf die sie sich einlassen könnte.

„Ich lasse dich zukünftig in Ruhe".

Dabei kommt ihm der Satz in seiner Doppeldeutigkeit in den Sinn, den er einmal sich selbst sagte: „Lasse sie in Ruhe – dich lieben."

„Nächste Woche wäre sowieso nur der Dienstag möglich, sich zu sehen", fährt er laut fort, „und du musst flexibel deine Zeit einteilen können und spontan auf Anforderungen reagieren können. Im Gegensatz dazu muss ich meine Zeit früh planen können und somit meinen Terminkalender weitsichtig strukturieren und gestalten können. Dann sehen wir uns nächste Woche nicht. Und ich habe mich letzte Woche bereits darin geübt und es geschafft, dich nicht, wie schon so oft zu fragen, wann wir uns wieder sehen können."

Mittlerweile haben sie wieder sein Auto erreicht. Er geht mit den beiden weiter in Richtung ihres Fahrzeugs. Die Zeit wird knapp. Bald werden sie ihr Fahrzeug erreicht haben und sie kann nicht länger bleiben.

„Wir könnten es doch so machen: Nur du meldest dich bei mir, wann immer du Zeit und Lust hast, und ich melde mich nicht bei dir."

Damit will er ihr zunächst beweisen, sie tatsächlich in Ruhe lassen zu können. Er will sie die Erfahrung machen lassen: Ich kann mich, von ihm gänzlich unbedrängt, um meine eigenen, vordringlichen Angelegenheiten kümmern, ohne an ihn denken zu müssen. Ich brauch mich nicht um Zeit mit ihm bemühen und brauche mich dadurch nicht unter Druck setzen. Ich kann mich voll und ganz auf mein Projekt konzentrieren und das ohne schlechtes Gewissen haben zu müssen, weil es schließlich so abgesprochen ist. Ich brauche meine weiteren Aufgaben wie Projektaufbau, Familie, Thea und Pferde usw. nicht vernachlässigen.

Sie schaut ihn an und nickt.

Sie ist damit einverstanden. Sie ist irgendwie erleichtert. Er drückt ihr vor der Autotüre noch schnell einen Kuss auf ihren Mund.

Jetzt schnallt sie Thea im Kinderautositz an, setzt sich auf den Fahrersitz und startet den Motor. Bei ihrem Wegfahren winkt er ihnen zu. Auch sie hebt kurz die Hand und strahlt freudig. Auch Thea winkt ihm mit ihrer zarten Kinderhand erstaunlicherweise zu. Dabei wird ihm ganz anders ums Herz. Es scheint ihm, als habe Theas Winken eine tiefere Bedeutung.

Hat sie die Kleine vielleicht dazu aufgefordert? Ganz gleich, das ist unwichtig.

Sie nehmen voneinander Abschied. Für wie lange?

Die Gefahr, mit ihm Schluss machen zu wollen, besser gesagt, aus Zeitnot mit ihm Schluss machen zu müssen, scheint gebannt zu sein. Er ist müde und erleichtert.
Sie fährt dynamisch die ansteigende Straße hoch. Von einer Last befreit. Und doch mit einem Schatten von Skepsis.

Realistisch bleiben

Sie hat sich von einem unangenehmen, einengen-
den Druck befreit. Dieser wurde im Verlauf ihrer
gemeinsamen Zeit immer größer.

Anfangs hatte sie viel Zeit, weil sie ihren damals
noch kleinen Laden nur dreimal in der Woche ein
paar Stunden geöffnet hatte. So war es möglich,
mit ihm im Wald spazieren zu gehen, sich bei der
Gelegenheit ausgiebig und ohne Zeitdruck zu
lieben, mit ihm schwimmen zu gehen, Rad zu
fahren oder auch einen halben Nachmittag lang
sich im Auto zu vergnügen.

Dann vergrößerte sie ihr Ladengeschäft um das
vierfache der bisherigen Quadratmeterzahl. Die
Öffnungszeiten erweiterte sie ebenfalls und hatte
schließlich an sechs Tagen in der Woche geöffnet. Da bleibt nur wenig Zeit übrig wenn man
bedenkt, dass die heimlichen Treffen immer einen Vorwand brauchten und die Abwesenheit
ihres Mannes von zuhause selbstverständliche
Bedingung war. Eine ausführliche Unterhaltung
erfolgte am Telefon in der Zeit zwischen ihren
seltener gewordenen Treffen.

Dank ihres kreativen Einfallsreichtums konnten
sie sich aber weiterhin Treffen. Allerdings waren
ihre heimlichen Begegnungen nicht mehr so lange und nicht mehr so häufig. In der Regel waren
nur noch die vormittäglichen Zeiten vor ihrer
Ladenöffnung das, was noch realistisch möglich
war. Mehr als eine Stunde war kaum drin. Lange
genug, um sich zu lieben und das Wichtigste und

Allernotwendigste kurz abzusprechen. Allerdings war eine Stunde wiederum zu wenig, um darüber hinaus gemeinsame Ausflüge zu unternehmen. Dadurch wurden ihre Dates eher eintönig, weil ohne Abwechslung: Ab und zu noch ein nächtliches „Stelldichein", doch selten, kurz und mit höherem Risiko verbunden. Manchmal noch ein vormittägliches Intermezzo. Freudige Zufriedenheit in der Beziehung sieht anders aus.

Er bemängelte damals die seltenen und kurzen Treffen. Sie empörte sich dann innerlich: Er kann gut reden, hat er doch geringere Arbeitszeiten und losere familiäre Bindungen und Verantwortlichkeiten, weil er sich von seiner Frau trennte. Dies erhöhte zusätzlich ihren Druck.

Sich irgendwoher Zeit stehlen zu müssen, ihre eigenen mangelhaft erfüllten Wünsche nach Nähe und Zärtlichkeiten und dann noch seine Forderungen nach häufigeren und längeren Kontakten – der Druck im Dampfkochtopf stieg stetig an. Gut, er ruft sie gemäß seines damaligen Vorschlags nicht mehr von sich aus an. Doch sie weiß von seiner Sehnsucht und Erwartung und Begierde.

Und jetzt das Umziehen mit dem Ladengeschäft in die nächste, größere Stadt mit einer erneuten, nochmals verdreifacht größeren Quadratmeterzahl. Damit verbunden ein riesiger organisatorischer und fachlicher Aufwand: Das Abwägen, ob das Mieten der Räume überhaupt sinnvoll und möglich sei. Fragezeichen stehen hinter den Vorstellungen des Vermieters, stehen hinter den Baulasten und hinter den notwendigen Umbaumöglichkeiten, hinter der finanziellen Rückendeckung der Bank, hinter dem großen Aufwand ihrer Einarbeitung in ein Buchführungsprogramm, hinter der Erlaubnis zur Lehrlingsausbildung und hinter dem Risiko, neue Mitarbeiterinnen einzustellen. Handwerker aus der Verwandtschaft sind zu organisieren, die neuen Räume müssen gut konzipiert und gestaltet werden, die Auswahl der Materialien ist zu treffen, Lieferanten sind zu kontaktieren und es müssen vielerlei Absprachen getroffen werden. Wer wird die Bauaufsicht übernehmen, erlaubt ihr Zeit eine hohes Maß an Eigenleistung, es sollte gebrauchtes Inventar aus einem aufgelösten Fachmarkt transportiert werden …

Sie muss realistisch bleiben und die Rahmenbedingungen bewerten. Sie braucht jetzt ihren Mann Tobias mit seinem handwerklichen Geschick. Sie braucht dessen Unterstützung für ihr gewaltiges Vorhaben. Sie braucht ihn zur Planung und Bauaufsicht. Sie braucht sein Einverständnis für das finanzielle Risiko.

Deshalb kann sie sich zusätzlich auch innerlich keinen heimlichen Freund mehr „leisten". Das Hintergehen des eigenen Mannes ist auch eine belastende Angelegenheit. Die gesellschaftlichen Moralvorstellungen bleiben nicht vor ihrer Haustür stehen. Sie lebt mit Tobias zusammen. Der Kontakt ist durch das Projekt um ein Vielfaches intensiviert.

Da musste sie die Notbremse ziehen. Der heimliche Freund ist keine dringliche Notwendigkeit.

Eher ein Luxus für ihr höheres Wohlbefinden, sofern sie sich das zeitlich und innerlich leisten kann. Luxusgüter sind in ihrer Dringlichkeit als nachrangig einzustufen.

Diese Herabstufung zu einer Angelegenheit auf der untersten Stufe ihrer Dringlichkeitsskala verletzte und quälte ihn. Mit seinem Verstand konnte er ihre Beweggründe verstehen, sein emotionales Erleben aber sträubte sich heftig. Er wollte sie nicht verlieren, sie nicht missen, nicht ohne sie sein.
Doch genau in dieser Situation ist er jetzt: Ohne sie, auf einen Anruf von ihr wartend. Wann kann sie wieder etwas Zeit übrig haben? Während der Umbauphase sicherlich nicht. Dann kommt die Anfangszeit mit speziellen Aktionen der Werbung. Dann schließt sich das Weihnachtsgeschäft an. Stresszeit. Umsatz machen. Wird sie etwas Luft haben nach Weihnachten? Vielleicht vor der Faschingszeit? Irgendwann im neuen Jahr?

Positives und Negatives

So lange kein Anruf von ihr! Ihre gemeinsame Vereinbarung war, nur sie meldet sich bei ihm, nicht er sich bei ihr. Erst dann suche sie wieder Kontakt zu ihm, wenn es bei ihr ginge und sie den Kopf wieder etwas frei habe. Er bleibe wartend inaktiv. Jetzt ist er allerdings selbst in Gefahr, „das Kind mit dem Bade auszuschütten".

Häufig, so seine Erfahrung, konnte sie sich am Besten sonntagabends nach zehn Uhr und montags und dienstags am Vormittag bis zehn Uhr bei ihm melden. Diese Zeiten sind nun kritische Zeiten für ihn, denn sie sind in seinem Gedächtnis eingeprägt. Wie bei einem pawlowschen Reflex genügt das Erleben dieser Zeiten, um an das Klingeln ihres Anrufs erinnert zu werden.
Allerdings kommt kein Anruf von ihr. Dieses sein Sehnen ist ihm kein Genuss, sondern eine einzige Qual. In der letzten Zeit ging es ihm erst dann gut, wenn er nicht mehr an sie gedachte. Insofern würde es ihn eher freuen, nicht mehr an sie erinnert zu werden. Welche Wandlung seiner Erwartungshaltung, welche Änderung der damit verbundenen hoffenden Gefühle!
Er will nicht leiden müssen aufgrund seiner unerfüllten Sehnsucht nach ihr. Diese Sehnsucht zieht ihn runter.

Dann erhält er nach langer Zeit doch einen Anruf von ihr. Darin fragt sie ihn, ob er sich vorstellen könnte, ihr kurzfristig, gleich am darauf folgenden Tag, beim Ausräumen eines Textilgeschäftes zu helfen, welches aufgegeben wurde. Dort könne sie viele Einrichtungsgegenstände kostenlos bekommen. Eine einmalige Chance, viel Geld zu sparen bei der Einrichtung ihres neuen Ladengeschäftes.

Spontan sagt er ihr zu. Endlich wieder die Möglichkeit, sie zu sehen. Endlich wieder mit ihr in Kontakt sein zu können.

Beide sind pünktlich am vereinbarten Ort. Kaum Zeit für ihn sie zu fragen, wie alles organisiert sei. Rasch in ihren Lieferwagen gestiegen und zu diesem Textilgeschäft gefahren. Sein ganzes Werkzeug, welches er vorsorglich mitgebracht hat, befindet sich noch in seinem Transporter. Sie ist unter erheblichem Zeitdruck. Ihnen steht nur eine kurze Zeit von ca. vier Stunden zum Ausräumen von für sie nutzvollen Gegenständen zur Verfügung wie etwa Konsolen, Beleuchtungen, runde Präsentationskarussells, Theken, Schaufensterdeko oder Tisch und Stühle. Nur solange ist ihnen Zeit gegeben, solange Mitarbeiter vor Ort präsent sind, ebenfalls damit beschäftigt, die allerletzten Ausräumarbeiten zu erledigen.

Fünf Stunden lang hetzen sie inzwischen, um manche, teilweise sehr schwere Gegenstände ins Freie zu tragen und dort kurzfristig zwischen zu lagern, oder andere Möbel gleich in ihren Van einzuladen und an den neuen Bestimmungsort zu transportieren, oder sperrige, spezielle Einrichtungsteile draußen vor dem überdachten Eingangsbereich stehen zu lassen, als deutlich sichtbares Zeichen für die anderen Arbeiter, diese ausgesuchten Teile nicht anzurühren und nur nicht mit in einen großen Container zu werfen.

Dann geht es erneut darum, das voll beladene Fahrzeug innerhalb der Stadt rasch zu ihrem neuen Geschäft zu bewegen, dort die vielen Gegenstände auszuladen und sie an einem sinnvollen Ort im noch unrenovierten Raum ihres zukünftigen Ladengeschäftes abzustellen. Beim wieder nach draußen gehen, mit dann leeren Händen, wagt er es nicht, sie kurz aufzuhalten, um sie zu umarmen. Er spürt ihre Hektik und hetzende Zeitnot, welche sein Sehnen nach einem kurzen, zärtlichen Stopp für unangebracht erscheinen lässt.

Es ist ihm eine Freude, sie in ihrer Art zu erleben, ihren Körper in Bewegung zu sehen, ihre Kraft beim Tragen von schweren Gegenständen zu erfahren und Ihre sich unter ihrem Pulli abzeichnende süße, kleine Brust zu erahnen. Er hat so die bezaubernde Gelegenheit, ihre schlanke Figur, ihr schmales Becken und ihren rund geformten Po aus verschiedenen Blickwinkeln und in unterschiedlichen Bewegungen zu betrachten, speziell, wenn sie gemeinsam ein Möbel tragen, sie vor ihm nach vorne gerichtet es trägt und er hinter ihr tragend läuft. Dann sieht er ihren Po, ihren Körper, kurz ihre sich abzeichnenden Brustwarzen von schräg hinten.

Irgendwann, nach vielen Transporten, bemerkt sie nebenbei, nach der Aktion sofort nach Hause zu müssen, um sich um Thea zu kümmern. Er ist kaum fähig zu reagieren. Nicht in der Lage, seine Erwartung zum Ausdruck zu bringen, noch etwas Zeit mit ihr zu verbringen, sie zu erfühlen, sie zu halten.

Auf der letzten Fahrt versucht er, mit ihr um wenigstens zehn Minuten für ihn, für sie beide zu feilschen. Doch sie bleibt hart und gesteht ihm keine Zeit zu. Ein neuerliches Nachhacken seinerseits beim Ausladen hat dann etwas Erfolg. Sie lässt sich auf drei Minuten ein. Schließlich haben sie die letzte Fuhre abgeladen und sie „zeigt ihm den geplanten Sozialraum". Doch bereits nach kurzer Zeit spürt er ihre innere Abwehr. Kaum dass sie sich umarmen - wie fremd ihm ihr Oberkörper ist – kaum dass sie sich küssen argumentiert sie bereits mit der nicht verschlossenen Ladentür und dass irgendwann ein Handwerker noch kommen würde. So macht es nun keinen Spaß.

Sie drängt zum Aufbruch und bereits im Gehen sagt er kurz: „Stopp". Sie kommt zum Stehen. Er schiebt ihr ihren Pulli nach oben und küsst sie kurz auf ihre Brustwarzen. Das war`s. Das war alles.

Er wäre dazu berechtigt, entrüstet zu sein, sich ausgenützt zu empfinden. Doch dies kommt ihm erst später in den Sinn, als er wieder allein ist. Fünf Stunden seiner Zeit hat er ihr geopfert und sie konnte ihm keine wenigen Minuten schenken. Er hat in Kauf genommen, mit seinem eigenen Umzug am selben Tag aus seinem Büroraum in ein neues Zimmer zwei Stockwerke höher in Zeitverzug zu geraten. Er hat in Kauf genommen, in Stress zu geraten, weil es der letzte Tag des Monats war und am nächsten Tag vertragsgemäß sein Büroraum zur Übergabe bereit stehen musste. Er hat in Kauf genommen, bis in die späte Nacht diesen seinen eigenen Umzug durchziehen zu müssen, um danach noch eine Stunde müde nach Hause zu fahren.

Ihr Grund für ihren Zeitmangel war Thea, wie sie sagte. Sie müsse zuhause sein, wenn Thea aufwache. Dabei erzählte sie von zwei Personen, welche bei ihr zuhause. und somit bei Thea waren, um sich um die Kleine zu kümmern. War ihre Begründung wirklich glaubhaft?

Was wäre gewesen, wenn die Aktion zehn Minuten länger gedauert hätte? Hätte sie dann für sie wertvolle Gegenstände liegengelassen und hätte sie dann die Ausräumaktion abgebrochen? Kaum vorstellbar. Das wäre wohl nicht der Fall gewesen.

Sie hat sich keine Zeit für ihn genommen - was ihn schmerzhaft berührt. War Thea der wirkliche Grund? Ist er ihr wirklich so wenig wert? Sein Eindruck ist, sie vermeide körperlichen Kontakt mit ihm. Wenn dem so wäre, was steckt wohl dahinter?

Seltsam erscheint ihm im Nachhinein ihre freudige Verwunderung, als er ihr am Telefon zusagte, ihr bei der Ausräumaktion zu helfen. Wie wenn sie nicht unbedingt damit gerechnet hätte. Ist das auf dem Hintergrund ihrer langjährigen engen Beziehung wirklich so verwunderlich? Ihm schien und scheint es eine Selbstverständlichkeit zu sein.

Danach hört er wieder längere Zeit nichts mehr von ihr. Wenn es auch so abgesprochen ist, nur sie würde sich melden und er sich in Geduld üben, ist es für ihn eine überaus harte Zeit. Sein Sehnen ist zunächst stark. Er tröstet sich und kompensiert seine Sehnsucht mit Kontakten zu anderen Freundinnen, welche von ihm in Kenntnis gesetzt waren über seine Beziehung zu ihr, seiner heimlichen Freundin. Dennoch lassen sie sich auf ihn ein.

So hält er diese kontaktlose Zeit zu ihr doch einigermaßen aus. Ein seltsamer Effekt stellt sich ein: Ihm ist es ganz recht, nichts mehr von ihr zu hören. Er vermutet und befürchtet peinigende Zeiten dann, wenn er sie zwar selten, nur ab und zu, von ihr hören würde, sie aber nicht sehen, geschweige denn sie berühren könne. Dann ist es ihm lieber, nichts von ihr zu hören, sie nicht zu sehen, besser nicht an sie erinnert zu werden.

Der Alltag bringt ihm die Erinnerung an sie zu genüge hervor. So hat er das Passwort seines Computers in Anlehnung an den Namen ihres Ladensgeschäftes gestaltet. Immer wenn er den Computer benutzt, wird er zwangsläufig an sie erinnert.

Es war auf der Fahrt im Auto, auf dem Weg zu einer Freundin, als sie sich nach langer Zeit per Handy wieder meldete. Sie konnten sich recht gut über ihre aktuelle Situation austauschen. Es blieb ihm jedoch merkwürdig unklar, ob sie ihn liebe.

Gegen Ende ihres Telefonats bat er sie leise und in großer Unsicherheit, sie möge ihm etwas Liebes sagen.

Ihre Reaktion war zuerst ein kurzes Zögern. Dann sagte sie in zurückhaltendem Ton: „Im Augenblick kann ich das nicht, ohne unehrlich zu sein. Ich bin so müde und erschöpft."

Sicher, sie hat im Moment „Stress hoch drei" und dürfte körperlich ziemlich ausgelaugt sein. So muss sie nicht an ihn denken, muss sich nicht an ihn erinnern, muss sich nicht nach ihm sehnen. Dazu hat sie wohl keine Zeit. Hat sie in einer vielleicht stillen Stunde, vielleicht vor dem Einschlafen oder nach dem Aufwachen einen Gedanken an ihn? Wenn überhaupt, mit welchem Inhalt?

Müdigkeit und Erschöpfung würden verhindern, dem Menschen, den man liebt, etwas Liebes zu sagen? Das ist ihm neu. Ist das glaubhaft?

Enttäuschung macht sich in ihm breit. So tut sie ihm nicht mehr gut. „Tu ich dir gut?" Das war einmal ihre Frage an ihn. Das ist schon lange her.

Er leidet. Auf negative Aussagen oder Verhaltensweisen ihrerseits will und muss er verzichten. Diese tun weh. Nach diesem letzten Telefonat brauchte er volle zwei Tage, um sich wieder einigermaßen zu stabilisieren.

Wieso hatte sie überhaupt angerufen? Ist ihr Anruf ein Signal mit dem Inhalt, sie wolle Kontakt zu ihm halten? Will sie ihn doch hören, auch ohne ihm etwas Liebes sagen zu können? Das ist für ihn nicht zu begreifen. Quälen will sie ihn sicherlich nicht. Was bringt ihr Anrufen ihr selbst?

Nein, Negatives möchte er von ihr nicht mehr hören. „Negatives" sind Aussagen und Verhaltensweisen wie zum Beispiel: „Vielleicht können wir uns morgen/ übermorgen/ nächste Woche/ in vier Wochen wieder sehen" oder „ich kann dir nichts Liebes sagen" oder „habe keine Zeit, jetzt lange mit dir am Telefon zu reden" oder „versuche, dich später wieder anzurufen". Ungewisses und Unkonkretes, ebenso jegliche Form von Unzuverlässigkeit wirken sich für ihn in dieser Situation, in dieser Art ihres momentanen Verhältnisses negativ und destruktiv aus. Dies auch deshalb, weil dadurch bei ihm Sehnsüchte und Erwartungen geweckt werden, welche schon zu oft unerfüllt blieben. Und im Moment scheint eine Chance auf das Stillen seiner tiefen Sehnsucht als absolut unwahrscheinlich.

Positiv wären ihm konkrete Aussagen wie „ich mag dich", „treffen wir uns morgen um 8.30 Uhr beim Einkaufszentrum?", „ich kann und mag mich mit dir am Telefon ausführlich unterhalten", „ich will mich mit dir über mein Projekt unterhalten", „Will wissen, was du zu meinen Ideen meinst" oder gar „kannst du mir beim Umzug helfen? Und danach habe ich auch noch Zeit für uns".

Ist ihr denn zurzeit nichts Positives möglich? „Dann lasse es sein", denkt er sich in seiner Phantasie. Dann rufe mich nicht an. Dann quäle mich nicht. Melde dich erst wieder, wenn du mir

etwas Positives sagen kannst. Ganz gleich, wie
lange es dauern wird. Schutz, Selbstschutz, lässt
ihn so denken.

Finaler Traum

In einem langen, ausführlichen und aussagekräftigen Traum sieht er sich in seinem vergeblichen Bemühen, ihr bei ihr zuhause nahe zu kommen.

Er wandert zu ihrer steinernen, einfachen Burg bergan. Diese Burg gleicht keiner stolzen, mächtigen, hoch auf einem Bergkegel ruhenden Trutzburg, sondern einem schlichten, kahlen Gehöft auf einem Hügel oberhalb eines kleinen Dorfes.
Er findet wie selbstverständlich Einlass, wandelt in den karg eingerichteten Räumen nach Belieben und schaut ungezwungen in jedes Zimmer. Die Türen stehen offen. Neugierig beobachtet er verschiedene Szenen der vielköpfigen Familie.
Er sieht die Kinder sich tummeln, sieht sie mal miteinander, mal für sich alleine mit kleinen Gegenständen spielen. Seine beobachtenden Augen erkennt sie einmal bei ihrem Umgang mit Kindern, dann allein bei verschiedenen Hausarbeiten. Erfreulicherweise befindet er sich dabei in ihrer Nähe, aber immer mit einem züchtigen Abstand.
Tobias ist auch im Haus. Mal sichtbar zugegen, mal scheinbar abwesend. Beide wähnen ihn präsent, im Geistigen in allen Räumen zugegen, zumeist im direkten Nachbarzimmer fürchtend vermutet.
Sie ruft zum Essen. Vier Personen gesellen sich um den kleinen, aus dickem, starkem Holz grob gefertigten Tisch: Sie, Tobias und zwei Kinder im Alter von zirka drei und fünf Jahren. Der Ess-

tisch ist nur spärlich mit wenig Geschirr und nur einem Topf in der Mitte gedeckt.

Er kommt zu dem Tisch mit den vier sitzenden Personen, geht näher heran und bleibt stehen. Alle schauen zu ihm auf. Da fühlt er durch ihre Blicke, dass er nicht dazu eingeladen ist, am Tisch Platz zu nehmen und mit zu speisen. Ein „Herzliches Willkommensein" fühlt sich anders an.

Er verlässt die Gruppe und begibt sich ins Freie. Nun befindet er sich in einem von einer nur 70 Zentimeter hohen steinernen, sehr niedrigen Mauer umgebenen und mit dichtem Gras bewachsenen Garten. Nur Gras und Stein. Keine Bäume, keine Nutzpflanzen, keine Tiere, keine Blumen.

Irgendwann tritt sie aus dem burgähnlichen, steinernen Gehöft in diesen kahlen Garten, in welchem er sich wartend befindet. Sie flüstert ihm im Rausgehen unauffällig zu: „Tobias ist misstrauisch, beobachtet uns beide und schaut jetzt verstärkt in diese unsere Richtung, in Richtung dieses Gartens."

Sie geht ohne anzuhalten weiter, biegt um die Ecke ohne sich noch einmal umzudrehen und ist dann verschwunden.

Allein zurückgeblieben, von ihr einsam zurückgelassen, mit Tobias` misstrauisch argwöhnischen Blick im Nacken spürend steht er nun allein in diesem fremden Garten. Sein Blick geht über diese niedrige Steinmauer und dann über die steil abfallenden Häuser des Dorfes hinweg in die weite Ferne, auf liebliche, bewaldete Landschaften Richtung Horizont.

Nein, er ist nicht willkommen. Dies ist kein angenehmer Platz zum Verweilen. Er kann ihr nicht nahe kommen, ist nur noch enttäuscht. Seine Bemühungen um sie sind vergebens.

So setzt er sich auf die niedrige Mauer. Seine Beine hängen über deren Außenseite dem Dorf entgegen. Da erkennt er tief unter seinen Füßen Dächer von Häuser, diese wie in Schichten übereinander aufgetürmt, welche eine tiefe Schlucht bilden.

Schaudernd fürchtet er seinen freien Fall von der Steinmauer in die Tiefe. Vorsichtig hebt er angstvoll seine Beine zurück über die Mauer und dreht dabei langsam Gesäß, Kopf und Oberkörper, bis er auf die dem Haus zugewandte Seite der niederen Mauer im Garten auf dem Gras zum Stehen kommt. Jetzt hat er wieder festen Boden unter seinen Füßen und ist erleichtert.

Er erkennt einen breiten, flach und bequem abfallenden Weg aus dem Gehöft in Richtung Dorf. Dann setzt er sich langsam in Bewegung und geht diesen Weg, ohne sich noch einmal umzudrehen.

Lebenslanges Sehnen,
lebenslanges Begleiten

Diese beiden negativen Erfahrungen, zum Einen nach jener gemeinsamen Räumaktion ihm bzw. ihnen zusammen keine Zeit zu schenken und zum Anderen ihrer Unmöglichkeit, ihm etwas Liebes zu sagen, nagen stark in seinem Herzen.

Fühlt er diesen beiden Eindrücken, welche in ihn „eingedrückt" sind, welche sein Herz belasten nach, ist ihm ganz Elend zumute. Dann, in dieser Stimmungslage, erinnert er sich zusätzlich an ihre Sätze aus jüngster Zeit: „Ich kann dir für die Zukunft nichts versprechen, du kannst dir eine Andere suchen" und an den finalen Satz „ich habe nachgedacht und schlage vor, unsere Beziehung zu beenden".
Sind diese Verhaltensweisen und Worte alle dem Stress geschuldet, welcher mit der Neueröffnung und dem Umzug ihres Ladengeschäftes einhergeht? Will sie ihn nur schonen und schützen vor ihrem Mangel an Zeit für Ihn? Ist sie einfach viel mehr auf die sich ihnen präsentierende Realität in sachlich rationaler Weise bezogen als er?
Sie hat einfach weniger Zeit zum empfinden und hat gleichzeitig viel um die Ohren. Emotionen kann sie sich augenblicklich nicht leisten. In ihm dagegen schlagen Denken und Fühlen unaufhaltsam Purzelbäume.
Oder soll er den Worten mehr glauben schenken, die sie auch gesagt hat: „Das kriegen wir hin"? Damit meinte sie die Durststrecke, die sie im

Zusammenhang ihres Hyperstresses erfahren und aushalten müssen. Noch etwas hat sie ihm gesagt: „Vertraue mir." Gerne will er ihr vertrauen und diese zwei Worte halten ihn immer wieder über Wasser. Und er erinnert sich an einen kurzen, leise gehauchten Satz von ihr: „Ich brauche dich".

Er ist verwirrt! Was soll er glauben? Das Negative oder das Positive? Oder stimmt beides? Ist sie in ihrem Fühlen ambivalent?

Er erinnert sich an einen Satz aus einer Liebesgeschichte, welcher aus einem Fernsehkrimi stammt: „Manchmal muss man sich auch mit der Sehnsucht zufrieden geben".

Diese Aussage hat ihn sehr angesprochen und sitzt wie ein Stachel in seiner Haut. Ist das sein Schicksal? Gut, sich manchmal mit der „Sehnsucht zufrieden geben", ist in Ordnung und kein Problem. Aber ein Leben lang? Kann er es aushalten, von der Sehnsucht nach ihr zu leben und sich damit wirklich zufrieden zu geben?

Nein! Unerfülltes verletzt auf Dauer, schmerzt, betäubt, macht traurig, macht depressiv. Ist zwar sehr romantisch, passt in das 18. Jahrhundert, aber sich ein Leben lang sehnen?

So findet er keinen Frieden.

Einverstanden wäre er, sofern sie dies braucht, sich monatelang nicht mehr zu sehen und dann sich wieder intensiv zu lieben – sofern dies gewiss ist.

Er wünscht sich, sie mögen sich einander ein Leben lang begleiten, mit allem, was der Alltag ihnen jeweils und gemeinsam beschert, mit allen

Freuden und Leiden, in guten wie in schlechten Tagen, mit all diesem kratzenden Wechsel der Zeiten von Abstand und Nähe.

Ihr scheint, denkt er, eine öffentliche Beziehung zu ihm nicht möglich zu sein. Dann eben ein Leben lang diese heimliche Liebe pflegen, für den Rest ihrer Tage. Auch damit wäre er einverstanden.

Er sehnt sich nach ihr, er liebt sie, sehr! Ihm rinnen Tränen über die Wangen.

Was denkt sie? Was empfindet sie? Mit welcher Lebensform wäre sie einverstanden?

Wie viele Tage stehen ihnen noch zur Verfügung?

Freuden und Leiden, in guten wie in schlechten Tagen, mit all diesem kratzenden Wechsel der Zeiten von Abstand und Nähe.

Ihr scheint, denkt er, eine öffentliche Beziehung zu ihm nicht möglich zu sein. Dann eben ein Leben lang diese heimliche Liebe pflegen, für den Rest ihrer Tage. Auch damit wäre er einverstanden.

Er sehnt sich nach ihr, er liebt sie, sehr! Ihm rinnen Tränen über die Wangen.

Was denkt sie? Was empfindet sie? Mit welcher Lebensform wäre sie einverstanden?

Wie viele Tage stehen ihnen noch zur Verfügung?